鸣川文集

平凡的生活里
总有不期而至的感动

华夏 著

北京出版集团
北京出版社

图书在版编目（CIP）数据

平凡的生活里总有不期而至的感动 / 华夏著. — 北京：北京出版社，2021.12

（妫川文集）

ISBN 978-7-200-16730-6

Ⅰ.①平… Ⅱ.①华… Ⅲ.①散文集—中国—当代 Ⅳ.①I267

中国版本图书馆CIP数据核字（2021）第244354号

妫川文集

平凡的生活里总有不期而至的感动

PINGFAN DE SHENGHUO LI ZONG YOU BUQI' ERZHI DE GANDONG

华夏 著

*

北 京 出 版 集 团
北 京 出 版 社　出版

（北京北三环中路6号）

邮政编码：100120

网　　　址：www.bph.com.cn

北 京 出 版 集 团 总 发 行

新 华 书 店 经 销

北京朝阳印刷厂有限公司印刷

*

787毫米×1092毫米　16开本　16印张　218千字

2021年12月第1版　2023年7月第2次印刷

ISBN 978-7-200-16730-6

定价：58.00元

如有印装质量问题，由本社负责调换

质量监督电话：010-58572393

"妫川文集"编委会

顾　　问：胡昭广　许红海　邱华栋　杨庆祥　杨晓升
　　　　　乔　叶　马役军　刘明耀　胡耀刚
总 策 划：赵安良
主　　任：乔　雨
副 主 任：高立志　高文洲　赵　超　周　诠
主　　编：乔　雨
副 主 编：周　诠
编　　辑：谢久忠　林　遥　周宝平　许青山　张　颖

序

飞雪迎春到

　　2022年，四年一度的冬奥会即将在北京举行，届时大会将上演一场拥抱冰雪的激情盛宴，而最令人感奋的高山滑雪等精彩项目是在延庆境内北京第二高峰海陀山上举行。为迎接冬奥会来临，中国国际文化交流基金会妫川文学发展基金管委会、延庆区作协联手北京出版集团编辑出版了这套大型丛书"妫川文集"，以之作为盛会文化礼品，这是一个非常值得称赞的文化创意。

　　延庆，古称妫川。28年前，我任北京市副市长的时候主管科技、教育，多次到过延庆，结识了一些文化、科技、教育工作者。特别是1997年兼任北京控股集团有限公司董事局主席时，吸纳八达岭旅游公司加盟北控在香港成功上市，进而收购龙庆峡、开发玉渡山风景区之后，跟延庆的联系就更紧密了。延庆是个被历史文化深深浸润着的地方，缓缓流动着的古老妫水，炎黄阪泉之战的古战场，春秋时期山戎族遗迹，古崖居遗址，饮誉海内外的八达岭长城，厚重的历史人文和钟灵毓秀的山川，滋润着这片土地，也滋润着这里文化的传承和发展。

一转眼快30年了，无论我在北京工作，还是后来到香港工作，我对延庆的文化、科技、教育发展始终投以关注，也相知、相识了一批默默推动文学艺术发展的有志之士。延庆乡土作家孟广臣同志是个代表人物，20世纪50年代曾出席过全国文联代表大会，受到过毛泽东主席和周恩来总理的接见，出版过许多颇有影响的文学作品，他影响和培养了一大批文学爱好者，对当地的文化发展做出了卓越贡献。

　　而更重要的是，坚持推动地区社会主义文化艺术繁荣发展，一直为延庆区委、区政府所高度重视。据了解，延庆区作协成立较晚，但是最近5年，在党和政府的大力支持下，他们做了许多事情，在对重点作家进行培养、助力文学新人成长方面，打造了一种积极热情的社会氛围。特别是在挖掘弘扬延庆红色文化方面，做出了不俗的成绩。在这里，还要特别提到一位也曾在延庆工作过的乔雨同志，他当时是我们北京控股集团有限公司董事局最年轻的执行董事、八达岭旅游公司董事长，也是中国作家协会会员。乔雨在诗歌、散文、纪实摄影创作方面成绩斐然，先后在伦敦、巴黎举办了"行走中国"个人摄影展。更重要的是，他对延庆当地文学艺术创作的发展，发挥了承前启后的推动作用。

　　进入21世纪以来，当代文学创作多少受到了经济发展的冲击，延庆也一样。这个时候，在相隔10年的时间里，乔雨先后主编出版了《妫川文学作品精选集》《妫川文学作品精选集（2001—2011》。前一套汇集了1950年至2000年80余位延庆籍作家的260余篇作品，后一套汇集了21世纪前10年的佳作，计有135位延庆作者的500篇作品选入。这两套书的出版，在当地产生了较大的影响，团结和发现了一批文学创作者，激励和调动了他们的创作热情，这些人中的佼佼者先后加入了北京作家协会和中国作家协会，成为当今妫川文学创作的中坚力量。

　　还有，在乔雨的积极奔走努力下，2018年夏天，中国国际文化交流基金会专门为延庆设立了"妫川文学发展基金"，资助延庆作家出版图书；设立妫川文学奖，每两年评选一次；激励、支持延庆作家和文学爱好者进行文学创作，冲击国内外大型文学奖，从而促进延庆作家创作出具有时代意义和世界眼光的精品力作。这对延庆的文学艺术发展，是一件功在当今、泽及后人的事情。据了解，这个基金成立后作用显著，已经有19位作家正式出版了个人文学专集或获奖。以上这些都为本次大型丛书"妫川文集"的诞生，奠定了坚实而重要的基础。

文学，作为文化重要的表现形式，在德化民风、善润民心方面发挥着不可替代的作用。延庆正是因为有了像孟广臣、乔雨、赵安良、周诠、谢久忠等一大批埋头苦干、默默耕耘者的无私奉献，才推动了妫川文学大发展、大繁荣。

本次编辑出版的"妫川文集"，是对延庆文学创作的一次大检阅和汇总，也是延庆经济和文化共同繁荣发展的一个标志，更是当代延庆文艺工作者留给历史的文学记忆。本文集精选了乔雨、石中元、陈超、华夏、远山、谢久忠、郭东亮、周诠、林遥、张和平、浅黛11位作家的文学作品，以个人单集的形式出版，汇成文集。石中元创作的报告文学《白河之光》，真实再现了"南有红旗渠，北有白河堡"的历史画卷，是记录妫川儿女在那个火红的社会主义建设年代中埋头苦干、默默奉献的群英谱；郭东亮主编的《妫川骄子》涉及古往今来41位延庆籍人物，从侧面反映了延庆的历史发展进程；周诠的《龙关战事》收录了近年来他创作并在《解放军文艺》等期刊发表的5部中篇小说，基本代表妫川小说的水平。"妫川文集"收录的作品包括诗歌、散文、小说、报告文学、摄影作品，大部分都是在全国文学期刊和报纸上发表过的，有不少曾结集出版，其中还包含了许多曾获得过全国奖项的作品。它不仅能够体现一个地区的文学水平，其中有的作品甚而达到了中国当代文坛的艺术水准。

伟大的时代需要创造伟大的业绩，伟大的业绩需要伟大的作品来讴歌和表达。新的历史时期，以习近平同志为核心的党中央高度重视社会主义文艺工作。习近平指出："文艺是时代前进的号角，最能代表一个时代的风貌，最能引领一个时代的风气，实现'两个一百年'奋斗目标，实现中华民族伟大复兴的中国梦，文艺的作用不可替代，文艺工作者大有可为。广大文艺工作者要从这样的高度认识文艺的地位和作用，认识自己所担负的历史使命和责任，坚持以人民为中心的创作导向，努力创作更多无愧于时代的优秀作品，弘扬中国精神、凝聚中国力量，鼓舞全国各族人民朝气蓬勃迈向未来。"引导广大文艺工作者，也包括入选本文集的延庆籍的作家们，应充分意识到重任在肩，时不我待，要结合实际，深入生活，扎根人民。为人民书写，为人民立传，为时代放歌，创作出更多无愧于时代的优秀作品，推动社会主义文学艺术繁荣，这不仅是我们的责任，更是我们的光荣使命。

古往今来，包含民族精粹的博大精深的文化和当代的文学艺术，都是推动社会发展进步的重要动力。我深信，这套大型文集的出版，无论是对宣传延庆、展示延庆，提升延庆的知名度和美誉度，还是对延庆文化的传承创新以及经济社会发展，都将产生积极而深远的影响，也为实现首都"四个功能"战略定位贡献一份力量。

是为序。

胡昭广

2021年金秋于北京

注：

胡昭广，北京市原副市长，中关村科技园区第一任主任，（香港）北京控股集团有限公司董事局主席，京泰集团董事长，中国国际文化交流中心顾问。

目录

第一辑

人间烟火

第二辑

儿女情长

第三辑 青涩年代

第四辑

大块文章

我眼中的华夏和他的作品

华夏是我的丈夫，他要新出一本散文集，书名叫作《平凡的生活里总有不期而至的感动》。

我问："你不找人写个序？"

他说："不找。"

"为什么？"

"不想找，也没有合适的。"

我说："找个名人，还能给你这本书装装门面，多好。"

"用不着。"他说。

一副很淡定很自信的样子。我喜欢他这副淡定自信的样子，我看不得男人急吼吼的样子。华夏虽然在生活中是个急脾气，干事儿不拖沓，嘎嘣脆利索，但在名利面前，常常表现得很淡定、很自信。所谓的每临大事有静气，在他身上还是很能体现出几分的。

"还是有个序好吧，"我说，"哪怕是自序呢，说说你想说的话。"

他好像灵机一动地说道："我突然想起一个写序的合适人选。"

"谁？"我问。

"你。"他说。

我觉得很意外，感觉他像在开玩笑。"别开玩笑。"我说。

"没开玩笑，我是认真的，"他说，"你是最合适的人选，没有人比你更了解我和我的作品了。"

我说："我可没写过这种东西，我怕写不好。"

他说："没问题。你要对自己有信心，你也是高级职称，副研究员，在学术期刊上发表过那么多篇论文，很了不起的。"

接着，他又像是灵机一动地说道："我还想到一个合适的人选，让他来写跋。"

"跋是什么？"我问。

"和序对应的，写在书的最后，介绍和评价的文字。有了序和跋，这本书就完整了。我的好朋友，《散文》杂志的原主编贾宝泉，曾经出过一本散文集，书名就叫《人生，从序走向跋》，听着就有一股书卷气。"

"谁？"我问他想到的写跋的合适人选是谁。

"刘船。"他说，"最了解我的人是你，其次就是他了。"

我笑了，他说的刘船是我们的儿子。他的这个想法真是出人意料，而且令人耳目一新，绝了。这本书，老婆写序，儿子写跋，古今中外，都算奇闻，或成佳话，何乐而不为呢？

华夏的作品，不论是小说还是散文，里面经常有这种灵机一动，突发奇想，意料之外又在情理之中，让人拍案叫绝。

华夏把这个想法和刘船一说，刘船也乐了，说这个点子好，并欣然接受。刘船说："第一次给人写跋，没想到写的竟是老爸的跋。"

华夏说："什么老爸的跋，是这本散文集的跋。"

我和刘船问了同一个问题："有什么要求吗？"

他说："放松心态，放开手脚，实事求是。别拔高儿，也别趁机抹黑我。"

应该说，我是华夏文学创作的欣赏者、参与者和鼓动者。

恋爱的时候，他就经常给我朗诵诗歌，朗读他自己创作的作品。他朗诵和朗读的时候一本正经，感情真挚。我喜欢他这个样子，也喜欢他的声音。这个时候我是幸福的，我想，嫁给这个男人，日子肯定是有奔头儿的，会越过越好。

哪个女人不喜欢过这种有诗意的生活呢？哪怕是暂时清贫一些，心里也是甜的，也是充满希望的。

我不但喜欢他的朗诵，还和他一起朗诵。凡是他喜欢的，会背诵的唐诗宋词，李白、杜甫、白居易、柳永、苏轼、李清照，我都找来背诵，而且很快就记住了。就连那些比较长的唐诗，如《春江花月夜》《长恨歌》

《琵琶行》等，只要是他会背的，我都会背。还有一些他喜欢但是不会背的现代长诗，我也会背，像食指的《相信未来》《这是四点零八分的北京》，徐志摩的《再别康桥》，戴望舒的《雨巷》，舒婷的《致橡树》，梁小斌的《中国，我的钥匙丢了》，等等，我都能流利地背诵下来。

有一段时间，华夏喜欢在家人、朋友聚会的时候，给大家朗诵诗歌。他喝了几杯酒有时会忘词儿，这时他就会求助地看着我，我会立刻给他提醒儿。有时我也会站起来，大大方方地朗诵一首。

生活里充满诗词的诵读声，怎么也比充满闲话，充满抱怨，甚至是充满谩骂的声音，要好得多吧，要快乐得多吧！每个认识我的人，都说我生活幸福，我确实幸福。用这样的心态去生活，这样的方式去生活，能不幸福吗？

我喜欢这种感觉。我喜欢这种夫唱妇随、琴瑟和鸣的感觉。

华夏在家里人的微信群里朗诵诗歌，我也跟着一块儿朗诵。几百首诗歌朗诵完了，我又鼓励他朗读美文。他朗读，我也朗读，全家人都跟着朗读，这样的气氛多好。这才是学习型社会、学习型家庭应该有的样子。心思都用在这样的事情上，还会为了一些鸡毛蒜皮的小事儿夫妻反目、家庭不和吗？生活在这样的家庭的子女能不健康快乐有出息吗？

后来，华夏把这个经过写成了两个长篇散文，一篇是《微信群里的诗意生活》，一篇是《我们都是朗读者》。两篇文章发表后，都收到了广泛的好评。有的读者读后，甚至感慨道："要是早看到这样的文章，我们对孩子的教育也许就会更成功一些，也许就不会这么失败了。"

华夏的很多散文里都有我的影子，都有我的影响。比如《平凡的生活里总有不期而至的感动》，写的就是我们生活里的一件小事儿。谁也想不到，他会把这么小的事儿，写得这么出彩，这么感人，这么有意思，这么有意义，这么大情怀，这么大气象。这就是大手笔、大家风范吧？

写好一件小事儿不易，把一件小事儿写成一个大作品，那就更难了。

还有《请你打分》，还有《三个人一双眼睛》，还有《廿五年前的一次大哭》，还有《我是怎么加入红小兵的》，还有《一个人被孤立起来是个什么滋味》，还有《我最幸福》，还有《我是如何表达爱意的》，还有《我的老师》，等等，都是把生活里不起眼儿的小事儿写成了大作品。这样的作品，除了华夏，还有谁能做得到呢？

华夏曾写过一篇报告文学《前线》，那是我参与程度最高的一部作品。2003年闹"非典"，我亲临一线，接受了血与火的洗礼，经历了生与死的考验。回来以后，我把这段经历讲给他听。他听着听着，激动起来，说："等等，你讲慢点儿，从头儿来，让我记下来。别着急，讲得越细越好。"这样，我流着泪，断断续续讲了三天。他一边听，一边问，一边帮我擦眼泪。

很快，一篇两万多字的报告文学就在我们的合作中诞生了。他没做大的改动，更没有修饰和夸张，几乎是把我的讲述原汁原味地记录了下来。因为真实，因为自然，因为平静，因为滚烫，表面平静内心滚烫，所以效果就出奇得好。作品在《北京文学》杂志发表后，被多家报刊转载，被收入多种选集。很多读者说，这是他们读到的众多"非典"文学作品里最真实、最感人、最好的一部。

我和华夏一样有成就感，这是他的作品，难道不更是我的作品吗？

华夏的散文最大的特点，我觉得有两个，一个是接地气，一个是感情真挚。好就好在接地气和感情真挚。

华夏个性很强，桀骜不驯，锋芒毕露，年轻时偶有荒唐之举，不是什么人都能和他相处的。我们把日子过得越来越好，相处得越来越和谐、越来越融洽，我能做到的就是欣赏和包容。

欣赏他身上过人的才华，包容他的个性和荒唐。古今中外，哪个才华出众的人，没有个性，没做过几件荒唐的事情呢？多看他的好处和长处，少挑他的毛病。他的长处和好处远远大于他的毛病。

一个妻子要是眼睛总盯着丈夫的毛病，或者一个丈夫总盯着妻子的毛病，那这个家还会是个家吗？日子还能过下去吗？

我们一起散步的时候，华夏有时会告诉我他要写一部小说，故事是什么，人物叫什么，人物关系是什么，想表达的意思是什么，题目叫什么，问我觉得怎么样？

我说："好，赶紧写。"

或者，他说："我想写一篇散文，想这么写，你觉得怎么样？"

我说："好，赶紧写。"

我知道他有才华，他在干正经事儿，他肯定能把它干好，我就特别高兴，就愿意全力支持。

我常和华夏讲电视剧《士兵突击》里许三多的两句话，一句是"人活着就要做有意义的事情，有意义的事情就是好好活"，还有一句是"不抛弃，不放弃"。我说："对你来说，什么是有意义的事情？写作呀。你这么有才华，写得这么好，不写不是浪费了吗？还有不抛弃，不放弃，在生活里就是你不抛弃我不放弃我，我也不抛弃你不放弃你，恩恩爱爱白头到老；在精神上，就是你不抛弃文学，不放弃创作。"

他吃惊地看着我，说："你什么时候成了我的导师和政委了？"

我说："小女子不敢，我永远是你的跟班儿和'粉丝'，睁着一双崇拜的大眼睛，忽闪忽闪地看着你，看着你好好活，做有意义的事情。"

华夏听了，哈哈大笑。

周翠云

2021 年 5 月 26 日

第一辑

人间烟火

平凡的生活里总有不期而至的感动

这是一个平常的日子，也是一个平淡的日子。

这一天，京城的雾霾特别大，开窗看不到对面的楼房。这一天因为尾号限行，我骑车上班，老婆休假在家。老婆工作在医院，攒了好多假，遇上雾霾天，遇上汽车限行，正好在家休息。

我呢，因为老婆在家，上午把工作上的事情弄完，下午也就请假休息了。早晨上班之前，就和老婆说好了，中午回家吃饭。而且说好，中午12点之前到家。

中午回家，因为路上去一家百年义利专卖店买了两个面包，到家晚了三分钟。老婆按我12点之前到家准备好了饭菜，玉米面钢丝饸饹，酸菜肉丝卤。

玉米面钢丝饸饹，是我老家一种独特的食物，是用玉米面轧出的饸饹，晾干后像钢丝一样硬。吃的时候，要先蒸后煮，煮熟就软了，特别有嚼头儿。泡上酸菜肉丝卤，吃进嘴里，甭提多爽口，多带劲了。

因为我从来守时，所以她才敢在12点之前把饭菜做好，我一进门，她就可以把饭菜端上饭桌。这次，她把饭菜做好了，看看表，到了12点，有些意外，甚至有些惊讶，给我打电话，不接。再打，不接。再打，还是不接。她就害怕了。

平时，我不但守时，也从来没有不接电话的习惯。这次我是骑车，马路上的噪声太大，我没有听到口袋儿里手机的响声。

老婆特别担心我出什么意外，立刻换了衣服，准备骑车逆行，迎着我回家的路，找我。她刚打开房门，听到楼下有停放自行车的声音。当时我家住在一个六层楼房的五层，一楼两户之间有一个很宽敞的停放自行车的地方。

她在五楼听到了一楼停放自行车的声音，心放下大半，她沙哑着声音叫了一声我的名字，我答应。接着，我听到了她关门的声音。家里的房门有两层，一层是外面的防盗门，一层是里面的木门。现在这么装门的少了，一个防盗门就足够了。我听到了她关里面木门的声音，她进去换衣服，进厨房端饭菜去了。

我进门，换了衣服，洗了手，坐在饭桌前，老婆已经把饭菜摆好，碗筷也摆好了。这时她才问："怎么回事儿，说好了，到时却不见人影儿，打电话又不接，吓死我了。"

我看了一眼墙上的钟表，说："虽然只晚了三分钟，我还是错了。路上买了两个面包。我一个大男人，你至于吗？"

她说："到了点儿，不见人回来，我就慌了。打电话，不接，我就害怕了。想起早晨，你出门的时候，望着我说'我走了啊'，我说'走吧'。越想越觉得不吉利。"

我说："家里人出门的时候，不都这么说嘛。"

她说："去年，我三姐出门的时候，就是这么和我三姐夫说的，结果出门就出了车祸，人就没了。我实在是吓着了。"

这么说着，她的眼里就有了泪光。我赶紧把话题岔开，心里翻起一个热浪，顷刻将我淹没。

这是一件小得不能再小的小事，可我却感到了她无边无际的爱，无边无际的深情。

到这天，我们结婚已经二十七年零五天了，我们的儿子已经二十五岁了，可我们对彼此的感觉不但没有麻木，反而越来越依恋对方。我拉着她的手，不但不像左手拉右手，反而越来越有了感觉，有了恋爱时都没有过的心动的感觉。她呢，也越来越愿意把她的手，放进我的手里，而不是放进自己的另一只手里，越来越需要我的牵扯和紧握。

为了我晚到家三分钟，而担心，而埋怨，而眼有泪光，让我感到面前这个女人的可贵、美好，还有我在她生活中的分量。生活是平淡的，平淡里又藏着太多的温暖，太多的感动。我觉得这平淡的日子，值得我们倍加珍惜。

请你打分

6月17日早晨，我和老婆开车回老家，京郊延庆。老婆开车，我坐在旁边，偶尔客串一下教练。老婆的驾龄和我一样，也已经十年多了，早就不需要我指手画脚了。可我总是管不住自己，总觉得自己经验更丰富，总想客串教练。我语气温和，老婆心情又好的时候，我的指点她乐于接受。我语气生硬，她心情不快，就会立刻反击，甚至发火。

回延庆要走京藏高速，过了居庸关，就是山路了。山路弯多，上下坡多，路况复杂。这天是星期六，我们走得早，所以路上的车不是很多。等到了山路的紧要处，还是有不少的货车在蜗牛似的爬行，吭哧吭哧的，像一个个负重爬坡的老人。这样就出现了轻度的拥堵。

穿行在货车之间，坐在副驾驶上的我，立刻紧张了起来。总觉得老婆该抢的时候不知道抢，该让的时候不知道让，又开始指手画脚，而且语气生硬。老婆忍了几次，火了，一副要拼命的样子，从温和的女人变成了一只要吃人的老虎。我赶紧闭嘴，因为我不是武松。

把一个温和的女人，变成一只要吃人的老虎，这是一个男人的罪过。把一只要吃人的老虎，变成一个温和的女人，才是一个男人的本事。我立刻提醒自己，不要做一个罪过的男人，要做一个有本事的男人。

道路变得顺畅的时候，我和老婆的心情也变得舒畅了，我们又重新聊起轻松的话题。我说："明天是父亲节，作为丈夫和父亲，两个角色我做得怎么样，你心里是最有数的，你分别给打个分吧。你觉得我这两个角色做的，分别是多少分？"

老婆开着车，认真地想了一下，说："做丈夫呢，我给你打九十分；做父亲，我给你打九十五分。"

这两个分数，着实吓了我一跳。我没想到她会给我打这么高的分数。从这两个分数来看，我作为父亲，比作为丈夫，还要稍稍好一点儿，成功一点儿。不管怎么说，都很出乎我的意料。我身上有很多缺点和毛病，连我自己有时都讨厌自己。如果在老婆给我打的这两个分数上，各减去二十分，那才是我心里预期的分数。

我问："为什么要给我打这么高的两个分数呢？"她说："不高，你值这个分数。要不是刚才开车的时候，你惹我生气，我会给你打两个相同的分数，都是九十五分。"我说："那我就更不敢当了。我身上有那么多的缺点和毛病，我经常惹你生气，你都忘了？"她说："谁没有缺点和毛病？你还有更多的优点，更多的对我们的好呢！看人要看整体和大节，从整体和大节上看，你是一个优秀的丈夫和父亲。"

我感到非常惭愧。我身边的这个女人，是个内心光明的人。内心光明的人，看事物总是看到积极的一面，看人总是看到一个人的优点和长处。一个自私的人，一个内心阴暗的人，一个鸡零狗碎的人，在给别人打分的时候，分数肯定高不了。为什么呢？因为他自己就是一个分值不高的人。

内心光明的人，心地是坦荡的，精神是开朗的，生活是幸福的。像我这样内心有点儿小黑暗、小邪恶、小扭曲的人，每天和这样一个女人生活在一起，慢慢地，也被她照亮了。

到了延庆，我们先去江水泉公园的门前，买了一些中午要吃的菜，接着在公园里走了一圈儿。准确地说，老婆是跑了一圈儿，然后又返回头，迎接正在不紧不慢走着的我。从公园出来，就回家搞卫生，做午饭。吃午饭的时候，我说："你给儿子打个电话，就说你们单位的工会搞一个活动，让每个孩子给父亲打分。你说你爸爸现在不在身边，出去买菜了，你给你爸爸打多少分。"

我们的儿子已经工作整整三年，三年里上了三个台阶，已经成为他们单位的一个部门的负责人。从小到大，儿子在学习和工作上，很少让我们操心。我想听听，我在他心目中的分数。

老婆手机使用了免提，儿子听完妈妈的话，回答："你们这个活动搞得很有意义。我给爸爸打一百分。"老婆说："你爸爸不在身边。你要实事求是，说真心话。"儿子说："我是实事求是呀，说的就是真心话，我爸爸，一百分。希望你们的这个活动办得成功。你也告诉我爸爸，就说我爱他，明天再祝他父亲节快乐！"

我坐在旁边，听着儿子的话，儿子给我打的分数，感到非常惶恐。老婆关了电话，我问她："你说儿子说的是真心话吗？"老婆说："怎么不是，儿子可不会说瞎话！"我说："一百分?！绝对不是我。没有一个父亲，没有一个人是满分的。"老婆说："可在儿子的心里，你就是一百分。"我说："小时候，我经常打他的屁股，有时还冲他发火，难道他都忘了？"老婆笑了，说："从小到大，你对他那么好，好得我都做不到，我都羡慕。至于发火，打屁股，哪个父亲不冲儿子发火，没打过儿子的屁股！正因为你打过他的屁股，他才跟你更亲了。"

我说："儿子给我打了一百分，并不说明我真的就是一百分，我离一百分还有很远的距离，只能说明儿子和你一样，是个厚道的人，是个内心光明的人。还说明儿子是个情商很高的人，他知道他爸爸肯定就在你的旁边，听着他的答案，即使不在旁边，也会在第一时间知道他的答案。明天就是父亲节了，他希望他的爸爸心情舒畅，过一个高兴的节日。虽然一百分在我的心里是个不真实的分数，却是一个可以给我带来最大快乐的分数。"

我觉得我是一个幸福的人，娶了一个内心光明的妻子，她又给我生了一个内心光明的儿子。还有什么比和一个内心光明的人生活在一起，更幸福的事情呢！

我还觉得，一个人，在他给别人打分的时候，其实也是在给自己打分。从你给别人打出的分数里，也能看出你自己的分数。

三个人一双眼睛

星期日。百货大楼。熙熙攘攘。

从楼上并排走下三个人。中间是一个很漂亮的小男孩儿，有八九岁。他左手牵着爸爸，右手牵着妈妈。

爸爸和妈妈是两个盲人。

很小心很慢地踩着一级一级的楼梯。所有目睹的人立刻停下脚步，闪开了一条路。喧闹声像绷断了弦的琴。

一步、两步、三步……那小男孩儿的眸子多么明亮啊，漆黑漆黑的。他们一边走，一边说着，还有笑在三张脸上流。

渐渐地，远了。

三个人一双眼睛。

而我，两只脚却像生了根，纹丝不动了许久。思绪的羽翼却飞向了远处。不知过了多久，我才像从酣睡中惊醒，身躯抖动了一下，呼吸也震颤了。

三个人一双眼睛。还有笑在脸上流。

我不知为了什么，竟跑下楼，去追赶他们。我想更准确地看清他们的长相。我想望望小男孩儿的眼睛，摸摸他的头，再捧起他的闪着淡淡光芒的小脸，还想和他的爸爸妈妈握握手。我要询问他们关于这个世界、关于生活中的很多问题。

三个人一双眼睛。还有笑在脸上流。

我跑到街中央，车流和人流淹没了那三个人。我惘然若失。

我突然觉得天空从来没有像现在这样蓝过，生活从来没有这样美好过。新鲜的阳光在这个世界上流着，正如新鲜的笑在三张脸上流着。

哦，我为什么竟哭了！

我最幸福

打开电视，手中的遥控器无意中搜到这样一个画面：一个女孩儿在讲述她的经历。

女孩儿身材小小的，脸上带着微笑，眼里却闪着泪光。我还没听清她在说什么，就被她的微笑和泪光吸引住了。女孩儿正在讲述她上学时的一段经历——

当时是冬天，特别冷。我趴在教室外的墙上，听老师讲课。老师提了一个问题，班上没有一个同学能回答出来。我想，这么简单的问题，他们怎么都不会呢？我也没想那么多，就把答案喊了出来。教室里的老师一直没有发现我，听我一喊，感觉非常惊讶，推开门，出来看。我吓坏了，就从墙上掉了下来。老师被我的行为感动了，就把我领进了教室，对同学们说，咱们就收留她吧，每天让她和你们一块儿上课。就这么，我上完了小学。

女孩儿小学毕业的考试成绩，是他们全县的第一名。可是却没有一个中学录取她，因为她没有双手。讲到这里，我才发现女孩儿的两个袖管空空的，里面什么都没有。女孩儿的母亲脑子出了毛病，隔一段时间就要出走一次。在她很小的时候，她母亲又一次出走。她的双手就是因为母亲的出走，失去的。具体怎么失去的，因为我是中途打开的电视，没有听到。

我听到主持人问她："你的双手是因为母亲的出走失去的，你恨没恨过她？"她说："没有，从来没有。我爱她，我总觉得对不起她。"

一天，她的母亲又一次出走，就再也没有回来。后来，在结了冰的河水里，找到了她的母亲。女孩儿在讲到这里时泪流满面，说："是我没有照顾好母亲。"以后的日子里，女孩儿一想起不幸的母亲，就感到深深的自责。

没有了双手，失去了母亲，上不了中学，可是女孩儿却写了一篇作文，题目叫作"我最幸福"。作文在全县的一次征文中，获得了一等奖。主持人只念了开头儿的两段儿，里面没有一句抱怨，有的全是对生活的感激。

我的心里好像有一口大钟，被女孩儿这篇作文的题目，还有她对生活那种感激的态度，撞响了。回声在我的体内久久地、久久地震荡。

女孩儿辍学在家，除了给父亲、哥哥做饭，还自学了中学的课程。电视里有女孩儿用两只脚切土豆的画面，她切得很细，脸上带着坚毅的笑容，可我却看得心惊肉跳。我赶紧把妻子叫来一块儿看。我的儿子已经睡着了，我没敢把他叫醒。第二天，当我给他讲述这个女孩儿的时候，他说："你怎么不把我叫醒呢！"

女孩儿说她什么饭都会做，像米饭、炒菜都是简单的，她还会蒸包子和包饺子呢。女孩儿不仅用双脚学会了做饭，还学会了画画和书法。电视里展示了她的绘画作品，在我这个外行看来，水平绝对不低。她还现场表演了书法，她写的还是那四个字："我最幸福"。字体端庄大方。我虽然不太懂书法，但我觉得那四个字写得比任何一个书法家的作品，都更能征服我。

如果哪一天，我有幸见到这个女孩儿，我一定请她给我写这样四个字："我最幸福"。我要把它装裱好，挂在家里最醒目的地方，向每一个看到她的人，介绍这几个字的出处。

女孩儿后来被一所大学破格录取了。独立生活的她，为一件事感到自豪，那就是她学会自己上厕所了。军训时她叠的被子，让部队的领导都感到惊讶。领导说，要把她叠被子的录像留下来，新兵入伍时让他们都看看。

她的讲述让身边的妻子泪流满面。我作为一个男人，虽然没有落泪，但是我特别感动。电视里还出现了女孩儿在旷野里舞蹈的画面，她的两个空空的袖管随风摆动的情景，将我深深打动。

在以后的几天里，我总是想起这个女孩儿，想起她的经历。眼前不断浮现出她写的那四个大字："我最幸福"。那个女孩儿没有双手，经历坎坷，可她却感觉"我最幸福"。我呢？我们呢？

如果我们多想想那个女孩儿，心里都装着那四个字"我最幸福"，那么我们对生活是不是就会多一些热爱，少一些仇恨；多一些奉献，少一些索取；多一些感激，少一些抱怨；多一些进取，少一些颓废；多一些平和，少一些牢骚呢？

我想，假如你也像那个女孩儿一样，大声地说出"我最幸福"，那么你肯定会发现生活更多美好的东西，你的精神也会随之焕然一新。我们都应该这样做一次试试。

后细瓦厂胡同25号

1995年11月，我们一家三口从京郊延庆搬进了京城，租下了后细瓦厂胡同25号院里的两间平房。后细瓦厂胡同，在和平门的北边儿。整条胡同就一个公共厕所。早晨，经常是抱着肚子跑到厕所，一看，里面的蹲坑都被占满了。你只好提着气、倒着脚，在外边等着。那个滋味可是相当的难受，也是相当的迫切。

不过，这里距我工作的报社，骑自行车，只有十分钟的路程。距我老婆工作的医院，只有十五分钟的路程。租房子能租到这么好的位置，很不容易。

25号院是个大杂院，我租住的那家，在这个院子的东北角，因为私搭乱建，屋里终日不见阳光，水泥地上，常年都是湿的。墙上和顶棚上，是一块一块的水渍，就像小孩儿或者老人尿过的床单。每个墙角都有蜘蛛网和吊吊灰儿。房主好几年都没在这里住了，好多东西都没有弄走，旧衣服、木头箱子、柜子、书本、杂物等等，这些东西常年放在这么潮湿的地方，都发了霉，长了绿毛。屋里就永远都有一股挥之不去的霉味儿。

那时候我儿子刘船刚刚四岁，一进屋，就拉他妈出来，说："这是哪儿呀，太脏了，太黑了，咱们回家吧。"他妈说："以后这就是咱们的家了。"刘船说："这不是咱们家，咱们家在延庆，在楼上。"我就逗他，说："你一个人回延庆楼上的家去住，我和你妈在这儿住，行吗？"他说："不，我妈住哪儿我住哪儿，我跟着我妈。"

大杂院里的房子年久失修，一次下大雨，刘船蹲在邻居家的房檐下玩泥巴，抬头看见一只蜻蜓在眼前飞，就去追这只蜻蜓。他刚一离开，头上的房檐就"轰隆"一声塌了下来。这件事让我后怕了好长时间，我想，那只蜻蜓是专门来救刘船的命的。他要是再晚离开一秒或者两秒钟，后果不堪设想。

　　还有一次，是我在这家的配房里读书。这家自己盖了个配房，既做厨房又做书房。每天晚上我都在这里读书、写作。那是冬天，配房里生着土炉子，还有土暖气。我看书看到很晚，突然感觉头发木，眼皮发沉，我以为是瞌睡了，就想放下书去睡觉。这时我发现自己已经站不起来了，想喊也喊不出来了。我想，糟了，我中煤气了！书桌距离房门只有四五步远，我用了很长时间，费了很大的劲儿，几乎是爬着过去的。当我到了门口，打开房门，呼吸到新鲜的空气，我知道自己死不了了，我的心这才落进肚里。

　　第二天打开这间配房的房门，发现前一天刚给刘船买的一只兔子，已经被煤气熏死了。我跑了出来，保住了性命，兔子却被煤气要了小命。

　　大杂院里的生活上有很多不方便的地方。房租五百，当时我的月工资正好也是五百，等于每个月都白干了。虽然经历了两次危险，虽然日子过得很清贫，但是我一点儿都没觉得苦。相反，我觉得很快乐，很幸福。感觉幸福的原因有两个：一是我们夫妻恩爱，家庭和睦。有了这一条，再苦的日子都是甜的。二是读书和写作。在那段时间里，我每年都写出近二十万字的作品，而且都发表在了有影响力的报刊上。

　　大杂院里有十几户住家，生存空间显得特别逼仄，但大家相处得都很和睦。邻里间，摩擦肯定有，但很少撕破脸。院里的自来水就在我家的窗下，我过冬的蜂窝煤就码在水龙头旁边。邻居家的妇女每天都在水龙头下洗衣服、投衣服，水哗啦哗啦地溅出来，溅到蜂窝煤上，有差不多一半都被泡了，没了形状，不能用了。我很不快，可我没有办法。生存环境就这样，谁也没办法。

　　刘船比我更快地融入了这里，他交了很多朋友，有同龄的，有比他大几岁的，还有一个五十几岁的忘年交。这个忘年交姓李，因为年龄比我都大了不少，所以刘船叫他李大爷。两个人在一起玩儿得特别高兴。那时刘船上幼儿园，下午，李大爷就站在门口念叨："刘船怎么还不放学呢。"刘船一回来，就教李大爷做操，是他刚刚在幼儿园里学的。一大一小，一教一学，都很认真。那情景，也非常好笑。

当时我最大的梦想，就是有一套自己的房子，家里有卫生间，早晨不用再去公共厕所去排队，还能随时洗个热水澡。冬天不用自己生炉子取暖，不用到处找人借煤本，不用到处找三轮车去拉过冬的蜂窝煤。我有好几次是让收废品的帮我去拉煤，收废品的三轮车特别单薄，一车蜂窝煤有点儿吃不消，老像要散架的样子。不用再骑着自行车去换煤气，煤气也是高价的煤气。

我在这个大杂院住了两年半，过了三个冬天，终于搬到了楼上，梦想一一变成了现实。我经常想起租住在胡同里的那段日子，我很怀念它。

腌一缸酸菜慰乡愁

今年初冬，京城的第一场大风伴着寒潮到来的时候，我们家腌了一缸酸菜。

夜里，躺在床上，听着窗外大风呼啸的声音，想着那口装了十二棵白菜的缸，想着白菜一棵棵整齐地码在缸里，想着白菜上面那块沉甸甸的石头，想着缸里的白菜慢慢发酵，最后变成爽脆可口的酸菜，想着端上餐桌的砂锅酸菜豆腐猪肉粉条，热气腾腾，香气扑鼻，我咽了咽嘴里的口水，进入了甜甜的梦乡。

为了找一口合适的缸，不大不小，可以装十二棵白菜——六棵长白菜、六棵圆白菜，我和老婆转了京城的几家市场，都没有找到。为此，我们在一个周六的早晨，特意回了一趟老家延庆。延庆是北京的远郊，那里腌酸菜的人多，秋天过后，农村几乎家家都要腌至少三缸菜，一缸咸菜，两缸酸菜。

两缸酸菜，一缸腌的是整棵的白菜，长白菜或者圆白菜，也叫积白菜、积酸菜。还有一缸内容丰富，有被切成条儿的萝卜，有胡萝卜，有辣椒、柿椒、白菜、芹菜、菜花、豆角，有切成块儿的茄子，有没有成熟的个头儿较小的青色的西红柿，当然最好还有鬼菜姜。这十来种蔬菜放在一起腌制，色彩斑斓，味道以酸、辣、咸为主，用以佐餐，总能令人胃口大开。这缸酸菜以萝卜为主，萝卜被切成了条儿状，所以我们称它为萝卜条儿，或者叫腌萝卜条儿。

为了一口缸，我和老婆回了一趟延庆。我们先去了火神庙街，这条街上是一家挨着一家的店铺。这条街在城区，我多次从这里路过，感觉有卖缸的，还有卖各种坛坛罐罐的。这天早晨，我们从街的北头儿找到南头儿，没有。问其中的一个店主，说这条街上没有卖缸的。于是，我们驱车赶往一个叫永宁的集镇。

永宁的集市上有卖缸的，我们很肯定，因为以前我们就曾在一个店铺前犹豫过是不是买一口缸。这次我们下了买缸的决心。等找到那家店铺，店主说，当地人都是在入秋开始腌菜，那时是各种缸销售的旺季。那阵儿一过，缸就卖不动了，所以就没再进货。想买缸，等明年秋天吧。而且整个集市上只有他一家卖缸，他家没有，就不要再找了。

没想到，为了一口缸，两个地方都白跑了。这时，我想起了乡下的老家。老家在一个叫苏庄的村子里，二十五年前，父母从那里搬出后，我们就再也没有在那里居住过。老家的房子是我的曾祖父盖的，是为了给我祖父娶媳妇盖的。我掐指一算，房龄已经过了百年。房子当年在村里肯定是最好的房子，起码是最结实的房子，否则也不会历经百年的风雨而不倒。不过，再好的房子，如果不翻修，历经百年，也会变得破败倾斜，就像一个风烛残年的老人。

我们兄弟几个，这些年一直想着将它重新翻盖，又一想，盖好了也没人去住，于是迟迟没有行动。好在这几年大哥每年都回去种菜，种了满院子的黄瓜豆角，还有白菜萝卜，老宅子多少有了一些生机。

老家过去是有很多缸的，大大小小，有十多个。十多个缸各有各的用处，有盛水的水缸、装面的面缸、装米的米缸，再有就是腌各种菜的菜缸了。我记得我们家腌过大咸菜，腌过泡菜，也就是前面说过的萝卜条儿，腌过酸菜，就是腌大白菜和圆白菜，还腌过雪里蕻，腌过香菜，主要是香菜的根部，咸咸的，香香的，喝粥时吃它最好，还腌过葱绿和黄豆，腌制以后，葱绿更绿，黄豆更黄，也是咸的。在大雪天，坐在热炕头儿上，盛一碟这样的黄绿相间的咸菜佐餐，饭菜一家伙变得更加可口。

小时候，生活条件差，没什么好吃的。但是，有了这些咸的、辣的酸菜，五味杂陈、颜色各异的腌菜，饭菜顿时就变成了美味佳肴，生活也变得有了味道，有了情趣。那时的饭菜是简单的，味道却是丰富的；那时的生活是清贫的，日子却被我们过得红红火火。

因为二十多年没人在这里生活过了，家里大大小小十多口缸，早就不翼而飞，下落不明了。倒是在一个墙角还有一口大缸，布满了尘土。这口缸以前可能曾被用作水缸，或者用作面缸米缸，或者腌过大咸菜，积过酸菜。这么一想，好像有阵阵酸菜的香气从这口缸里飘出，沁我的心脾。可惜太大了，我们用不了。

这次老家之行，买缸的愿望可能无法实现了。傍晚老婆给她的大哥打电话，询问他们老家过去的那些大缸小缸是否还在。大哥说在是在，可小一点儿的他们自己腌菜用着，大的倒是空着，我们一样用不了。大哥倒是提供了一个信息，说是县城里的双信商城的院子有一个露天市场，那里有卖缸的。我和老婆立刻行动，争取在收摊之前赶到，买上那口想要的缸。

赶到双信商城，楼下一个扫地的大姐说："院里的露天市场已经没有了，买缸你们去日上批发市场。"这个市场在县城的东边，我们又去那里。那是一个很大的市场，我们赶到的时候，各个门店正纷纷关门打烊，还好，市场里唯一一家卖缸的门店还在营业。店铺里还有大小几个缸，其中最小的那个，正是我们想要的。这口缸，可以盛六棵长白菜、六棵圆白菜，够我们一家三口一个冬天吃了。不够，可以再往里续；吃不了，可以放在冰箱冻起来，一年里随时可以吃。

就这样，第二天早晨，我们载着这口缸，返回了京城。晚上，在呼啸的北风中，老婆就把洗好的白菜装进缸里，腌制了起来。一个月以后，它们就会变成我们餐桌上的美食。

离开农村以后，我就很少再吃到小时候顿顿离不开的各种各样的腌菜了。咸菜、泡菜虽然还经常出现在餐桌上，但都不是我小时候家里的腌菜的味道。腌菜，每家有每家的味道，每人有每人的味道，各地有各地的味道，你最喜欢的肯定是你从小吃到大的你家的味道。父母上了年纪，随着儿子们搬到城里，我从此就再也吃不到他们腌的酸菜、咸菜了。后来，他们相继离世，腌菜就和他们一起，成了我的回忆、我的思念、我的乡愁了。

城里人大多住在楼上，楼上地方小，屋里热，所以不好腌菜。弄一坛子泡菜还行，几天就能吃，很快就吃完了，不容易坏。腌一缸酸菜可不行。腌酸菜时间长，温度一高，酸菜就坏了。老婆的姐姐家，有一个背阴的阳台，是个腌酸菜的好地方。这几年，每年冬天他们都腌一缸酸菜。隔几天，我们就去她家的缸里捞两棵，砂锅豆腐粉条一炖，让我大解其馋。

十年前，老婆开始在家里腌泡菜，就是小时候家里每年冬天一定要腌的酸萝卜条儿。用的是比坛子大一点儿的小缸。容器虽小，内容却非常丰富，有萝卜、白菜、菜花、芹菜、辣椒、柿椒，当然一定还要有鬼菜姜。厨房相对凉快一些，泡菜就放在厨房。整整一个冬天，这一坛子泡菜，让我找到了过去的味道、老家的味道、母亲的味道、乡愁的味道，我觉得我的幸福指数一下子提高了很多。

泡菜虽小，如果和你的幸福指数连着，意义就大了。

从那时开始，每年入冬前，老婆都要腌这样一坛子泡菜，幸福我的胃。

一年四季，一日三餐，不论是多么丰盛的饭菜，我都离不开那碟最家常的咸菜。我说的是大咸菜，就是萝卜或者芥菜疙瘩腌制的只有咸味的咸菜。过去生活在农村，家家都要腌一缸咸菜，现在只能去超市买了。我一直希望自己的家里，还能腌一缸，哪怕是很小的一缸咸菜。我特别想吃到自己腌制的咸菜。住在楼上，条件不允许，只好作罢。

去年我们搬到新居，新居的阴面有一个阳台，这个阳台一下子就让我喜欢上了——腌菜、咸菜、酸菜、泡菜，纷纷浮现在我的眼前。今年秋天，老婆在我的鼓动之下，先腌了一小缸泡菜，又腌了一小坛酱黄瓜，又腌了一小缸芥菜疙瘩。接着，就是回老家延庆买缸，腌酸菜。

这个阴面的阳台真是好，没有暖气，入冬以后，特别凉，非常利于腌菜。老婆心灵手巧，腌制出的泡菜、酸菜、咸菜、酱黄瓜样样色香味俱佳，让我大饱口福，大快朵颐，幸福感爆棚。

　　台湾诗人余光中，说乡愁是一枚邮票，是一张船票，是海棠红，是雪花白；我说，乡愁还应该是一缸大咸菜、一缸积白菜、一坛酱黄瓜、一坛酸萝卜条儿。腌这样一缸咸菜、酸菜，不仅是为了解馋，还能慰藉我心头时时泛起的乡愁。

雪澡精神

我比现在更年轻的时候，一度对诗歌非常痴迷。那些经典的唐诗宋词，我不但经常大声诵读，而且还把它们抄录在一个又一个硬皮本子上。在诵读的时候，我很投入；在抄写的时候，我全神贯注。这样，在诵读和抄写的过程中，我觉得我的内心特别干净。

那时，记忆力好，很多诗词我都能背诵。夜深人静，我在背诵的时候，感觉和那些早已作古的诗人息息相通，感觉他们就坐在我的面前，感觉他们就是我，我就是他们。我的内心，在洁净中笼罩着淡淡的忧伤。

我特别喜欢宋词，那种有些活泼的语感，让我感觉千回百转又荡气回肠。我喜欢李煜，虽然我没有经历过他的经历，也永远不会有他那样的经历，可我诵读他的诗的时候，总有一种身临其境的感觉。他的忧伤把我淹没，让感到忧伤的同时感到了美。我还喜欢李清照，喜欢柳永，喜欢苏轼，喜欢辛弃疾。

我特别喜欢苏轼的《江城子》——

十年生死两茫茫，不思量，自难忘。千里孤坟，无处话凄凉。纵使相逢应不识，尘满面，鬓如霜。……

这是他悼念亡妻的一首词。我刚接触到它的时候，不但没有结婚，甚至还没有一个明确的女朋友。可是，它为什么竟如此地打动我，以至我一吟双泪流呢？我想，打动我的是文字和真情。

除了古诗，我还喜欢现代的诗歌。艾青的《大堰河，我的保姆》，还有戴望舒的《雨巷》、徐志摩的《再别康桥》，都是我经常诵读的作品。

朦胧诗被争论得最激烈的时候，我正在学校读书。北岛、舒婷、江河、芒克、顾城的诗，一下子就把我彻底征服。我抄了好多，甚至把一本一本的集子整个抄了下来。我把抄录着这些诗歌的硬皮本子压在枕头底下，睡不着的时候，就默诵几首。结果呢，情绪被诗歌点燃，就更睡不着了。

梁小斌是我很喜欢的一个诗人，他的《雪白的墙》《中国，我的钥匙丢了》让我知道了好诗是个什么样子。还有他的《早熟的孩子》《少女军鼓队》都曾将我深深地打动。

顾城的诗一度令我爱不释手。可是，自从他杀妻自缢后，我就很少再碰他的东西了。再后来，我就谁的诗、什么诗也很少读了。我找不到读诗的心情和心境。我在生活里忙忙碌碌，疲于奔命，我觉得我的心里落满了尘土。不仅是我看不见的心里落满了尘土，就连能够看见的脸上、身上也总是感觉落满了尘土，即使是刚刚从浴池出来，也有这种不洁的感觉。

那种诗歌带给我的通体洁净的感觉，好像再也找不到了。

我曾在乡下教书数年，有时在给孩子们讲完课，我看看表离下课还有几分钟，就说，我给你们朗诵一首诗吧。学生们为我这出其不意的举动鼓起了掌，并且伴着一片叫好声。我朗诵了梁小斌的《雪白的墙》——

妈妈，我看见了雪白的墙。早晨，我上街去买蜡笔，看见一位工人，费了很大的力气，在为长长的围墙粉刷。……

我充满感情地朗诵着，我发现很多孩子的眼里都闪着泪光。即使是最调皮的学生，这时也异常安静，仿佛进入了另一个更美好的世界。那天下课的铃声响起的时候，所有的孩子好像都没有听见，他们全都沉浸在诗歌的意境当中。

以后，只要是我提前讲完课，孩子们都会带着央求的语气，让我再给他们朗诵诗歌。在聆听的时候，他们的目光是那么纯净，他们脸上的表情，纯净里透出神圣的光芒。

在我和妻子谈恋爱的时候，她也喜欢听我给她朗诵诗歌。晚上她来我的办公室，在灯光下，我放低声音，充满感情地为她诵读我喜爱的诗歌。她听得如醉如痴。我喜欢她如醉如痴的样子，她却说："我喜欢你给我诵读诗歌的样子。"有时是在野外的星光下，她说："再给我朗诵一首诗吧。"我问："谁的呢？"她说："你喜欢的。"我想了想就朗诵了一首，等我朗诵完了，她也像变了一个人，变得对我有些崇拜，有些依恋，人也越发可爱了。

那时我没有房子，没有存款，更看不出什么锦绣的前程，我几乎什么物质的东西都没有，一直担心这个可爱的女孩子不会下决心嫁给我。可她却说："虽然你什么也没有，可是在你诵读诗歌的时候，你拥有一个世界。"就为了这句话，她也值得我用一生去珍惜。

等到我们真的结了婚，纷乱的生活早就把我们心中那份诗意荡涤一空。有时，我看着秋天大风中飘落的叶子，就想，我们心中的那份诗意，就像树上的叶子一样，被一场一场的大风无情地刮掉了，最后连一片都不剩。这个物欲横流的年代，诗人差不多成了"神经病"的同义词，有多少人还会对诗歌情有独钟呢？

这几年，我们的生活逐渐安定下来，日子也一天天地好起来，躁动的心情慢慢平静下来。一天晚上，妻子突然说："还记得结婚前你给我朗诵诗歌的情景吗？那时多好啊。"我被她的话打动了，说："今天晚上我就再给你朗诵几首。"她说："好。"

我把过去抄写的一个个硬皮的本子找出来，然后一本一本地翻找适合朗诵的那首。小学上到六年级的儿子，得知我们要干什么后，非常兴奋，说他也要朗诵，也忙着翻他的语文课本。我选了两首诗，一首是舒婷的《致橡树》，一首是杨然的《父亲，我们送您远行》。

我一边朗诵着，一边感觉到我的身体，从里到外一点点纯净起来。妻子的眼里闪动着点点泪光。儿子在我朗诵的时候，偷偷地录了音。他自己也抢着读了他们课本上的两首古诗，一首李白的，一首杜甫的。然后，我们开始听刚才的录音，录音里的声音显得有些陌生，有些怪诞，这次我们全都笑了。妻子也来了精神，非要自己朗诵两首。一直到很晚，我们这个家庭的诗歌朗诵晚会，才宣告结束。妻子很满足，我也体验到了一种久违的愉快。

后来，这样的家庭诗歌朗诵会，过几天就会举行一次。它带给我们的那种纯净舒畅的感受，是任何电视节目都做不到的。

这年春节，我们兄弟五个都回了京郊的老家，平时大家都在为各自的生计奔波，很少有聚齐的机会。兄弟五个干着不同的职业，终于聚在一起，自然有很多话要说。这天下午我们兄弟五个，又聚在了一起，聊着聊着就聊起了诗歌。这真是一个遥远的话题。年轻的时候，我们都曾经迷恋过诗歌，老二和老四甚至还都做过诗人，写了很多，也发表了很多。两个人都显露出这方面的才华，后来一个从了政，一个经了商，干得也都不错。

这个话题慢慢地勾起了我们很多美好的回忆。先是老五，站起来，声情并茂地朗诵了一首李白的《蜀道难》。我们给他做了三十多年的哥哥，没想到他还有这么一手。他朗诵得很好。我们的孩子刚才还在玩他们的，一看我们把聊天改成了诗歌朗诵会，顿时兴奋起来。几个孩子里最大的正在读高二，最小的还在幼儿园。他们的情绪被大人调动了起来，也争着抢着"登台"表演。

老四曾经非常喜爱雪莱和拜伦，这时站起来，朗诵了一首雪莱、一首拜伦。老二诵读的是他早年发表的一首长诗。老大一直没有放下架子，居高临下地欣赏着，脸上是一副陶醉的神情。妻子们没有想到我们会把聊天改成了诗歌朗诵会，开始还觉得有点可笑，很快便被我们的情绪感染，娴静端庄地坐在一边，出神地望着我们。

这样的情景令人感动，让我深深地感到生活的美好。轮到我"出场"了，我朗诵的是海子的《面朝大海，春暖花开》——

从明天起，做一个幸福的人

喂马、劈柴、周游世界

从明天起，关心粮食和蔬菜

我有一所房子，面朝大海，春暖花开

…………

这样朗诵的时候，世界在我的眼里一下子变得温柔多情，千娇百媚。

我看《百家讲坛》

这一年我基本上没怎么看书，工作之余，我把大部分时间都用来看《百家讲坛》了。看得高兴，看得投入，看得辛苦，收获也很大。周末，我把自己关在家里，有时一天能看五集，上午三集、下午二集，看得腰酸腿疼，能不辛苦吗？当然啦，要是不高兴，不投入，也根本坚持不下来。

我先后看了蒙曼讲的《武则天》，三十二集；隋丽娟讲的《慈禧》，二十七集；阎崇年讲的《清十二帝疑案》，看了十七集，没有看完；易中天和王立群合讲的《汉代风云人物》，易中天的十二集，王立群的九集；王立群读史记的《汉武帝》，三十七集；康震讲的《李清照》，十集；康震讲的《苏轼》，十集；孙丹林讲的《陆游》，四集；易中天讲的《品三国》，五十二集；于丹讲的《庄子心得》，十集；于丹讲的《论语心得》，七集；王立群读史记的《秦始皇》，三十三集；蒙曼讲的《太平公主》，十八集；赵晓岚讲的《李煜》，十集；康震讲的《李白》，十集。

我粗略地算了一下，这一年，我看了二百九十八集的《百家讲坛》。这只是我在电脑上集中看的，还不算平时偶尔在电视上看的。

这些人的讲座，有我喜欢的，也有不太喜欢的。比如阎崇年的，开始几集我挺喜欢，看着看着，就看不下去了，我觉得他有点儿"装腔作势"，讲述好像也抓不住重点，比如他讲的清帝，那么多稀奇古怪的人物和莫名其妙的事件他不去讲，却把一座公园说起来没完。公园是个静止的东西，很难讲出"花"来。观众要是有兴趣，完全可以自己买张票进去逛逛，或者买本小册子自己去研究。他的《清十二帝疑案》，我硬着头皮看到十七集，实在没了耐性，不看了。

还有隋丽娟的《慈禧》，开始看着很好，觉得这个女老师表情真是丰富、生动，还有她的带着东北味儿的普通话，听着也挺好玩儿。可是，看着看着，就有点儿受不了了，觉得她有点儿咄咄逼人——恕我不恭，甚至是有点儿"张牙舞爪"了。不过我还是克服了心理上的障碍，把她的二十七集讲座看完了。

王立群是我非常喜欢的，否则他的读史记中的《汉武帝》和《秦始皇》那么长，我是不会一口气看完的。他在讲述历史的时候，还常常夹杂一些自己的感想，比如他说"怀才就像怀孕一样，迟早都会被人发现的"，他还说"一个人要想成就一番事业应该具备四个'行'，一是你自己得行，二是得有人说你行，三是说你行的这个人得行，四是你的身体得行"，讲得就非常有意思。

我喜欢战国时代那些个性张扬的人物，那种为了信义视死如归的精神，那些惊天地泣鬼神的故事。虽然我早已过了不惑之年，可这样的人物和故事，仍然让我热血沸腾，心向往之。

早先曾读过《东周列国志》，那时书中的人物和故事就常常令我激动不已。我经常庆幸自己是在汉语的哺育下长大的，我能真切地体会到汉语的魅力，能通过汉字走进这段风起云涌的历史，和这些英雄人物息息相通。我也常常为自己是炎黄子孙感到自豪，我的祖先真是英雄辈出，豪气干云啊。我在读其他的古典名著时，也常常会有这种庆幸和自豪。看完王立群读史记中的《秦始皇》后，我又重读了《东周列国志》，再一次感受那些英雄的心跳，倾听他们血液流动的声音。

易中天也是我喜欢的。他的风格有点儿像评书，具有很强的吸引力和感染力。于丹我也喜欢。她在讲《庄子心得》时说"境界的大小决定一个人对事物的判断"，还说"心态决定状态"；她在讲《论语心得》时说"成败往往取决于一个人内心的定力和从容"，还说"风格来自人格"，这些都可以作为我们人生的格言。于丹出口成章，讲座时用的全是书面语，听着挺过瘾。不知她生活中是不是也这样说话，要是也这样说话，那将是一件可怕的事情。

蒙曼的讲座也很有特点，她年龄不大，身材又那么单薄，讲的却是中国历史上唯一的一个女皇帝。那么强势的一个女皇帝，被她讲得生动活泼妙趣横生，实在不易。我喜欢。康震讲了三个我喜欢的词人和诗人，他风格沉稳，却讲得栩栩如生。赵晓岚的《李煜》，讲得风趣幽默、活泼俏皮，让人耳目一新。

一边看，我一边做笔记，一年下来，竟密密麻麻地记了好几个大本子，碳水笔的笔芯儿用掉了好几根。我的儿子看着我的认真劲儿，还以为我在准备什么重要的考试呢。将近三百集的《百家讲坛》听下来，我感觉收获颇丰，受益匪浅。

首先是提高了我的表达能力。有一段时间，我白天看完几集讲座，晚上在和爱人散步的时候，就尽量详细地给她复述。因为平时很少说话，在开始复述的时候，我的嘴巴是笨拙的，甚至是麻木的、口干舌燥的。嘴巴说的，和心里想的，是分离的。有些话在我的心里时是生动的，可是从我的嘴里一出来，就变成干巴巴的了。慢慢地有了改进，有了提高。在说话的时候，我平静了内心，放缓了语速，降低了声调，这样，嘴巴和内心渐渐地和谐统一了起来。

以前我说话时总是着急，越着急越词不达意，越词不达意越着急，恶性循环了。结果就是，一说话，往往急赤白脸甚至气急败坏，说过头儿话做过头儿事，伤人伤己，害人害己。通过练习心平气和的说话，我的性格也在不知不觉中有了改变，变得从容了，遇事也不再像火燎了屁股似的着急了，给人的感觉好像也稳重成熟了许多。

其次是在写作上对我也产生了较大的影响。这些好的讲座，里面都充满了分析、判断、对比、思辨、设问、解答、归纳和总结，这些方法的运用，使得讲述条理清楚，明白透彻。在看《百家讲坛》期间，我应朋友之邀写了三篇共六万字的报告文学。在写作过程中，我就有意识地运用了分析、判断、归纳和总结等方法。结果，主人公、出版方和我自己三方都很满意。

再次是对我观察、应对和思考生活的方式方法产生了较大的影响。我自己生活中的一些不如意，放在历史的大背景上去反思，简直就微不足道了。这样一想，就会让人稍稍释怀。历史无数次地告诉我们，即使在最困难的时候，也不要失去信心，转机可能就在明天早晨出现。

阳台上的韭菜兰

我们家的阳台上，只有一盆花，很不起眼儿，是一盆韭菜兰。

以前，有一阵子，我心血来潮，要在家里植树造林，弄回了很多花木，有买的，有向人要的。高高矮矮，大大小小，花花草草，各式各样，弄了一阳台，而且每个屋子都摆了几盆。

看着这些花木，我很有一股子成就感，同时也充满了期待，期待能开花的早点儿开花，能结果的早点儿结果。没事儿了，我就盯着它们出神，有点儿魔怔。一段时间以后，这些花木并没有朝着我期待的方向生长：该开花的并没有开花，或者开了，开得没精打采，一点儿都不热烈；该结果的也没有结果，或者结了，果子很小，一副营养不良的样子，受了后娘虐待的样子，拉了三天稀的样子。

看着它们的样子，我也开始失落。我再一次意识到，我这个人是不适合养花草的。什么样的花草，到了我的手里，也长不好。满屋子的花草开始被我往外扔了，哪盆最没精神，就先扔哪盆。拿出去，放在楼下，很快就被别人搬走了。我想，能不嫌弃我扔掉的花草的人，肯定是个内行，花草落到他们手里，会一天天好起来，而且越来越旺盛。

生活里有很多像我这样的人，什么花草落到我们手里，都会变得无精打采，一天天枯萎，直到死去。还有一些人，他们特别会莳弄花草，什么花草到了他们手里，都会滋润起来，蓬勃地生长。这是性格的原因，还是命？比如水命、火命什么的？水命，当然就利于植物的生长；火命，就不行。我是火命，这样的想法，常常让我苦恼。

小时候，有一阵子，我在我们家的大院子里植树造林，挖了成排的树坑，深深的、大大的树坑，栽上一棵棵的树苗，果树的树苗，足足地浇上水，然后就开始期待果实累累的景象。结果呢，小树一棵棵地死去，不但没有看到一枚果实，甚至没有看到几片绿叶、一朵鲜花。那时我就开始怀疑自己这方面的能力。

家里的花木终于被我扔净了，阳台和各个屋子一下子就变得特别的空旷，我的心里也一下子空旷了。我下决心再也不在家里植树造林了，再也不养一盆花草了。这时，上小学四年级的儿子，捧回了一盆花，老师告诉他，花叫韭菜兰。

我儿子是个听话的孩子，从小学一年级开始，就每天得到老师奖励的小红花。到了四年级，就不给小红花了，老师可能觉得小红花作为奖品太轻了，改成书本、玩具等实物了，花草就是其中之一。有一天，他抱回一盆文竹。又一天，他抱回了这盆韭菜兰。文竹不好伺候，养了一段，干枯了，就被我扔掉了。这盆韭菜兰倒是好养活，想起来浇点儿水就行。几天不浇水，它就蔫头耷脑的，一浇水，很快就打起了精神。

儿子上小学四年级，是在2002年。这年7月，他期末考试成绩不错，老师就奖励了他这盆韭菜兰。韭菜兰的叶子有点儿像韭菜，又有点儿像吊兰。之前，我还真没听说过这么一种花。从2002年7月到2013年8月，一共是十一年零一个月。这期间，这盆韭菜兰一共开了六次花。每次开花，都让人感到意外，感到惊喜。

第一次开花，是在2002年的7月。儿子把这盆花抱回家，花盆很小，花也不起眼儿，谁也没把它当回事儿，就放在了阳台上。那时我植树造林的梦想刚刚破灭，对花草彻底失去了兴趣。让我没想到的是，这盆不起眼儿的韭菜兰，放在阳台上没几天，就滋出两个花苞。长长的花茎，顶着两朵紫红的花苞，就像两个身材苗条的女孩儿，每人戴了一顶小红帽儿。我们一家三口都很兴奋，谁也没想到它会开花，而且刚被抱回家，就滋出了两个花苞。

很快，花苞绽开，变成了美丽的花朵。每朵有六个花瓣儿，粉红色，有七根儿花蕊，正中是一根白色的，更粗壮一些，其他六根儿是淡淡的粉色，早晨开始绽放，到了下午就完全盛开了。第二天就开始有些枯萎，第三天就开始凋谢了。花期虽然很短，但是它带给我们的惊喜却是很大的，而且持续了很长时间。

我想，这盆花是因为到了一个新环境、新家庭，遇见了新主人，一高兴，就灿烂地绽放了。它是有灵性的，在以后的十一年里，我对这一点更是深有感触。

第二年的夏天，我们以为它还会开花，它却没有。第三年的夏天，我们的期待又一次落空。第四年就到了2005年。这年7月，我们搬了新家。这盆花和我们一起来到更加宽敞的新家。很快，入住新家不到一周的时间，这盆韭菜兰竟然第二次开花了。又是两朵，袅袅婷婷地，大大方方地，欢欢喜喜地，绽放了。我想，它肯定是以这种最热烈的方式，来庆祝我们的乔迁之喜的。

第一次到第二次，两次开花之间，相距整整三年。第二次到第三次，却用了五年时间。这时已经到了2010年的7月。儿子刚刚参加完高考，这盆韭菜兰就又开花了。这次是三朵。儿子的高考成绩还没出来，它却提前报喜来了。果然儿子正常发挥，意料之中地被第一志愿录取。儿子报考的是北京第二外国语学院，他的总分数超过录取分数线不少，可他的英语却只有九十分。这所大学除了总分的录取分数线，英语分数也有一条录取分数线，就是九十分。他刚好就在线上。

因为惊险，所以更让人喜出望外。不声不响的韭菜兰，开花就是在发言，一朵花就是一句话。这次它多说了一句话，是不是就是为了这份惊险而额外赠送的呢？

第四次开花，是在两年后的2012年的7月。之前的2011年，我遇到了一件麻烦事儿，直到一年后的2012年7月，才算彻底解决。我丢掉了芝麻，保住了西瓜。我觉得我是一个幸运的人，也是一个很有福气的人。阳台上的韭菜兰这时又开花了，好嘛，陆续地开了五朵。它要表达的是什么呢？安慰吗？鼓励吗？祝贺吗？我想这些意思都在五个盛开的花朵里了。

第五次开花，是在2013年的7月。上年开了，这年又开，这在以前是没有过的。这次又是三朵。这半年里，我发表了几篇作品，在一次征文里获得了一等奖，平静的生活里不时会有个小惊喜。我想，没有什么比家人的身体健康、生活平静更好的日子了。

三朵花谢了以后，我以为这年，甚至以后的一到两年，或者两到三年，它都不会开花了。没想到的是，一周过后，它又陆续滋出了六个花苞。这应该是第六次开花了，而且距前一次，只有一周的时间。家里有什么喜事，或者有什么喜事即将到来，让这盆有灵性的韭菜兰如此的激动，竟要开花九朵？九朵花，就是九句吉祥话、九句祝福。这次，它为什么会如此地想说话，而且说了这么多？

有趣的是这六朵里，第一个滋出的花苞，花茎最粗，长得也最高，后边滋出的五朵都比它矮了半头。可是，后边滋出的五朵，很快就开花了，热烈地开，争先恐后地开，盛开过后，就像散会了一样，又纷纷地凋谢了。再看第一个滋出的花苞，就像一个红小豆一样，没有动静。其他五朵在悄悄绽放的时候，它没有动静；它们盛开的时候，它还是没有动静。它为什么不和它们抢着"说话"呢？

我想，是不是它跑得太快了？最先滋出来，长得最高，有点儿遥遥领先的意思，本来是想出风头儿的，结果事与愿违，营养跟不上去。花盆里很少的泥土里蕴藏的有限的养分，都被其他五朵花吸走了，所以它们开花了，而它却孤零零地站在那儿，总也开不了。

我甚至由这朵迟迟不开的花想到了人，想到了生活。跑得最快、长得最高的花，不一定先开。跑得最快、领先最多的人，不一定最先到达终点。我像个冒牌的哲学家，站在阳台上，看着红小豆一样孤零零的一朵花苞，发表着议论。

一天天地过去，其他五朵花全都谢了，渐渐枯萎的花茎也被我用剪刀剪掉了。我想，现在花盆里泥土中所有的营养，都供给这一朵沉睡的花苞，它很快就该开花了吧？可是，一个十天过去了，两个十天过去了，三个十天过去了，这个花苞像是凝固了，石化了，仍然没有绽放的意思。我对它彻底绝望了。我想它再也开不了了，我已经动了用剪刀将它齐根剪掉的想法，剪掉了，省得它再浪费有限的营养，好让绿色的叶子茁壮成长。

我因为乱七八糟的事情，虽然几次动过这样的念头，却一直没有动手。

转眼到了8月23日，这一天是老婆的四十七岁生日。全家人对这个日子都很重视，儿子特意去买了蛋糕，我也把祝福的话，在这一天第一个送给了她。老婆是个知足常乐的女人，每一天她都觉得很幸福，这一天她觉得更幸福。

8月24日，就是老婆生日的第二天，早晨我去阳台，突然发现，那朵沉睡了一个月的花苞绽放了！这太出乎意料了，也太不可思议了。它怎么会在沉睡了一个月，还能绽放呢？它是在等待老婆的生日，等了一个月，表达它美丽的祝福吗？我把这个意思一说，老婆也特别高兴。美丽的女人，因为花的祝福，更加美丽了。她说："这简直就是天方夜谭！"

很快，它便盛开了，美丽而且硕大，像是在大声说道："祝你生日快乐！"

这个美丽的祝福，既是送给妻子生日的，也是送给我们每一个平凡而又美好的日子的。

点点红灯映白雪

常常是在雪夜，见干涸多年的河道里有点点红色的灯笼，伴着鼓声，悠悠地晃着，近了。

最先看到的总是孩子。于是那孩子就极兴奋地满村街里狂奔，同时扯着嗓子大喊："玩意儿来啦！玩高跷的进村啦！"

正在热炕头上坐着嗑瓜子、剥花生、聊家常、讲笑话的人们，赶紧下地，穿鞋，披棉袄，来到学校或场院。那里也早已灯火通明，亮如白昼。新沏的茶水正冒着热气和淡淡的清香，是为玩意儿的人准备的。

这种情景通常出现在每年的农历正月初一到十五的那段日子。

我的老家是一个前不临水后不依山的小村庄，文化生活很贫乏。在黄土地上苦苦劳作了一年的乡亲，都盼着过春节。因为只有到了春节，紧巴巴了一年的村人，才肯极大方地敞开肚皮吃香的，喝辣的。寡淡了四季的肠胃，这几天才变得油汪汪的。打个饱嗝，都有酒香和肉香。更重要的是，在正月人们可以看到各式各样的玩意儿。

文化人管玩意儿叫花会。

我们那地方，玩意儿的种类很多，最主要的是高跷、旱船、秧歌、狮子和龙灯。各有各的玩法儿，各有各的风格、特点、神韵、境界和难以言传的心劲儿。

我们村的高跷是远近闻名的，有自己的章法、自己的绝活儿。

我大爷年轻时是个玩高跷的好手。他最擅长玩的是一种叫"高跃"的丑角。我大爷老了，七十多岁了，拄着拐杖看村里的玩意儿。他的两眼一刻不离场子里的丑角高跃。他很失望。他说那个玩高跃的小伙子玩得傻，不得要领。他说要玩好高跃光会出洋相不行，得有真功夫。

我大爷越看越来气，胡子开始哆嗦。他容不得有人糟蹋"艺术"。他走到打鼓的跟前，说："你先停停。"鼓声突然断了。正在扭动的人们一下子僵住了，问："咋啦？"

我大爷对那个玩高跃的小伙子说："你下来，你看看我是咋玩儿的，好好学着点儿！"那人把拐子卸了，把身上的长袍儿脱下，把带红缨的帽子双手捧着，呈给我大爷。

我大爷扔了手中的拐杖，抖擞精神，就要换衣服绑拐子。他的儿子和闺女不干了，说"爹你都这岁数了还逞啥能"，说"你走路都不利索了还想蹬着那么高的拐子蹦高跷"，说"你这不是疯了"！

我大爷说："你们都给我站远点儿。"谁也拦不住他。他换了衣服，绑了拐子，端正了一下头上的帽子，站起来，试走了两步后，对吹鼓手们喊："起家伙！"

锣鼓唢呐声齐鸣！

我大爷走起来，跳起来，扭动起来了。只见他挤眉弄眼，上蹿下跳，脖子像蛇一样扭动，头顶的那缕红缨宛若一小朵火苗儿忽闪忽闪的。那个神，那个味，那个韵，那个逗乐劲儿，立刻博得了热烈的欢呼和掌声。

年老的又重温了我大爷早先的风采，年少的这次可大开了眼界。

七十多岁的我大爷人老心不老，人老不服老，跳得开心，扭得忘我，兴奋得眉毛胡子都有了灵性，一根根也随着鼓乐声有节奏地上下左右地摇摆起来。

我大爷的木头拐子踩在一个小石头儿上，重心失控，一个倒仰摔倒，再也没有爬起来。儿女们哭着把他抬回家。

我大爷这一跤摔得可不轻，在被窝里躺了好几天。

这天夜里，躺在被窝儿里的我大爷挤眉弄眼地做鬼脸儿，脖子又像蛇似的扭动，肩膀也一耸一耸有节奏地动个不停。我大娘吓坏了，问："哪儿不舒服？是不是痛劲儿又上来啦？"

我大爷一笑，说："你听，外面的鼓声又响啦！"说完，肩膀用力一耸，离开了人世。他的脸上始终荡漾着很知足的笑意。

我们村的大人孩子都会踩高跷。但是小孩子要想加入村里的高跷队是很不容易的。因为我们村的高跷在正月要到附近的几十个村子里去"拜年"，这就需要功夫最好的人参加，怕孩子掺和进去给村里丢人现眼。

我是村里小孩子中第一个被选中，允许加入高跷队的。一是因为我对这项活动非常着迷，跑前跑后地跟着，二是遇到了一次难得的机会。

那次高跷队里一个队员家里出了事，出现了一个空缺儿。领头儿的四下一望，说："三国，你来试试。"我喜出望外，接过拐子和一身黑色长袍，另外还接过了两截木头棒子。

我要玩的角色是打棒儿的，这一角色代表什么，我至今也没有弄清。这个角色是跟在老渔翁（高跷队里打头儿的，好像是姜太公）的后面，左一冲右一撞，像个愣头青。手中的两截儿木头棒子，头上一下，头下一下地敲击，其实很简单，是个最没多少花活的角色。

当时我把这一角色想得非常复杂，生怕玩不好再给撤下来。开始我走得小心谨慎，步子和手中敲击的木头棒子都不能很好地配合鼓点儿。刚走了两圈儿就走出一身的汗，感觉每双眼睛都在望着我。

玩了整整一个晚上，竟把棉衣湿透，渐渐地熟练，散场时，领头儿的说："三国玩得不赖，明天还来吧。"我很高兴，顿时把一晚上的疲劳忘得一干二净。

那时我的学习成绩很糟糕，有好几门功课不及格，寒假时的"家长通知单"上教师给我的评语常常会让母亲怒不可遏，于是天天晚上把我关在家里做功课，不许出去和别的孩子疯玩儿。可这次玩高跷，一玩就是大半夜，母亲不但没有反对，反而很支持。

在半个月的时间里，我天天跟着村高跷队外出到其他村子去玩，一玩一整天，还要再加半夜。每天玩罢归来，我的棉衣都是湿透的，母亲天天夜里给我烘烤。烤干了，第二天再穿上出去玩。我的腿因为绑着木头拐子蹦高跷，都磨肿了，累得骨头都快散架了，有时想偷懒儿不去了。这时，母亲就一边给我揉腿，一边鼓励我坚持。早晨村里召集人的鼓声一响，母亲就催促我快点儿去报到。

那一年我十四岁。

一天，村高跷队领头儿的说："三国，你的进步很快，去玩舞扇儿吧。"

舞扇儿（公子）是高跷里最上等的角色，他的服饰好，一身古代公子的穿戴，大红大绿的花插在帽上，又潇洒又漂亮，风度翩翩，比打棒儿的那个黑不溜秋的愣头青可强多啦。这是人人想玩儿、人人羡慕的角色。我很荣幸。

这个角色玩起来可比打棒儿的难多了，要右手舞动扇子（晚上就举着灯笼），左手抖动大襟长袍，还要做各种高难动作，比如劈叉、翻跟头、拍蝴蝶等脚踏实地的都很困难的动作，踩着一米一以上的拐子就更难了，危险也大。

舞扇儿和包头的（娘子）一对，一个舞动，一个配合，要经常出场表演，其他高跷队员围着圈儿走，起陪衬作用。

我头一个晚上玩舞扇儿，和我配对儿的是我的一个女同学，大我两岁，长得很好。我对舞扇儿的动作很生疏，总是随大溜儿围着圈儿走。我的搭档女同学一个劲儿地小声催促我出场表演，我知道自己不行，怕露怯，不理她。她就在后面捅我的腰，催我。我实在是想出场风度翩翩地舞上几回，赢得掌声，让她也跟着脸上增光，但我不敢。

那天，整个晚上我都在围着圈子走，走得很灰，很狼狈，虽然女同学时不时地要捅一下我的后腰，我仍然没有勇气出场。

夜里我一遍又一遍地在脑子里构思着玩舞扇儿的动作，迷迷糊糊睡着后，仍在出场。

第二天母亲又把我送出家门。我的搭档女同学见了我，鼓励我说："别害怕，你肯定能行！"我暗下决心，今天一定出场。

锣鼓声一响，我就蹿出队列拼命舞起来。舞得踉踉跄跄有两次险些摔倒。一场舞下来，女同学小声地鼓励我："挺好，挺好！"我信心倍增，只要锣鼓一响，就往上冲。女搭档就很高兴，再也不捅我的后腰了。

我出场的次数多起来，舞得渐渐出色，在村高跷队里开始有了稳固的位置和好名声。

第二年我理所当然地被请去了。

我在村里的高跷队成为一个不可缺少的人物，并且开始为村里的高跷队增光添彩，是在玩老座子以后。

有一次，村里的一个玩老座子的人摔伤了，找不到合适的人选。领头儿的就说："三国，你来试试。"于是我脱下风度翩翩的舞扇儿服，穿上了又丑又老的老太太的装扮。

老座子是高跃的搭档，也是丑角。高跃是个老头儿，老座子是老头儿的老伴儿，老太太。

开始我没想到我会玩出名堂。我按旧时代老太太的打扮，右手拿着把大蒲扇，左手握着一根长烟袋，一坐一坐地和高跃逗，慢慢地我入了境。我学着影视剧里老太太的样儿，神神道道的，身子一蹲一蹲地走得很趔趄，嘴一抿一抿的，一脸苦相。我比别人玩得更投入，常常别出心裁，想出很多老太太的花样儿，配合着高跃，和他逗着玩儿，把一对老夫妻那种相亲相爱、诙谐幽默的劲儿给抓住了，于是就很传神。我把这个从未被人重视过的角色推到了引人注目的位置上。我让老座子喧宾夺主了。

那时我们村玩老座子的有两个人，一个是我，另一个是一位中年妇女。我们的风格各异，她胖我瘦，她形似我神似，我们是村里高跷队有史以来玩老座子这一角色的人中，最出色的天才。

原来看玩意儿的观众，总是把掌声献给舞扇儿和高跃，我们两个玩老座子的天才，令人意想不到地把掌声都抢了过来。

记得有一次，我们去一个大村玩高跷，天降瑞雪，是夜里，场院里挤满了人。他们没料到我们村的高跷队里藏着这样两个出色的老座子。他们被征服了。他们喊着："胖老座子玩得好！"然后拼命鼓掌。

于是那个玩老座子的中年妇女，扭得神采飞扬。

接着他们又喊："瘦老座子，玩得好啊！"掌声又起。

于是我扭出来，使尽浑身的解数，把个老太太表演得惟妙惟肖。我调动起每根神经，进入了"忘我、无我"的境界之中。

我们两个人把气氛推向了高潮又高潮。人们迟迟不散，情绪高昂，全忘了天上的小雪已经变成了纷纷扬扬的大雪。

在以后的十几年中，我外出上学、工作、成家，很少回村。村里人们每到正月看高跷时还会念叨我，说："三国那小子也不回来，他玩儿的老座子怕是再也没人能比得过了。"

两个高跷队相遇在一个村子里那可就有好戏看了。非得比出个高低不行。这样的事情我们遇到过多次，但每次我们都能够很轻松地胜出。赢在功夫上。因为我们村玩高跷的历史很悠久，早些年曾进京城给皇帝表演过。这是村人们很荣耀的一件事。人们总是提起，那时胸脯很自然地就挺了起来。

可有一次我们遇到了强劲的对手。首先是他们的阵容庞大。我们的村小，会玩高跷的总共三四十人，经过挑选，最后高跷队里只有不到三十人。而对方的人数却是我们的两倍还多，有七八十人。那要是走起来，舞起来，扭起来，真让人眼花缭乱。其次是他们的功夫也不软，会很多高难动作，并且都是血气方刚的小伙子和如花似玉的大姑娘。我们这边儿的年龄则参差不齐，老者占多数，这在气势上就不行。但我们不服，要和他们比。比功夫，我们的高跷曾受到过皇帝的称赞，还能栽在他们手里！

我们把祖辈留传下来的看家本领都拿了出来。

没想到我们会的他们也会，因为人多，又年轻漂亮，观众像浪头似的涌来涌去几次后，停在他们那里不再动了！

我们村里那个领头儿的从来都是四平八稳地走路，这会儿却像火燎了屁股似的上蹿下跳。他用冒火星儿的声音喊道："找扁担！"

这一嗓子，把围观的人都给弄愣了，好半天没明白是咋回事。领头儿的又喊了一嗓子："给我找根扁担来！"

观众迟疑着以为他要找扁担打人，等他喊了第三声后，才有人跳起来，跑回家抄一根挑水用的扁担出来。

领头儿的把扁担递给两个踩高跷的中年汉子。两个人各扛着扁担的一头，又选中了一个最漂亮的踩高跷的大姑娘，几个人把她举起来站在了扁担上。

拐子高一米一，两个中年汉子每个人都在一米七以上，这样扛在两个汉子肩上的扁担离地就是两米七以上。那个大姑娘站在离地两米七多的扁担上，挥舞着右手的扇子和左手的花手绢儿，动作优美，轻松自如，脸上的笑也是流动着的，宛若下凡的仙女。

扁担下面的舞扇儿们、高跃们、老座子们……和扁担上的仙女逗起来，扭起来，呼应起来。观众们扭回头，眼睛直了，表情僵了，一动也不动了。片刻方醒，却不敢鼓掌，人人手心里都捏着一把汗，生怕咳嗽一声把"仙女"震落在地。

等仙女安全落地，掌声才狂风般地刮起。

观众一个不剩，全涌到了我们这边儿。连那边和我们较劲的高跷队也走过来，连说："服了，服了！这回算是领教了！"

接着，我们又拿出了第二个绝活儿。这个绝活儿叫骑象。五个踩高跷的汉子立成五根柱子，然后上去三个人，把小腿和两只手臂支撑在前后两个人的肩上，弓起身子趴着，再上去两个人，也是这种姿势，再上去一个人，姿势同，再上去一个最漂亮的媳妇，坐在这个弓身趴着的男人的腰上。这样，上下共五层，高度可想而知。

这就叫骑象。这只"大象"开始走动了。从那个村子的西头，一直走到东头，全村人都走出家门，把街道灌得满满的，像一条浑浊的河流。

人们一直把我们送出村口，当我们坐上大马车，准备回家时，他们才想起来鼓掌。

船

山里的孩子，没见过船。

我是从山里来的孩子，身上散发着山草的气息，心中藏着一个船的故事。

我们村很小，只有三个孩子上学。我们的老师是从城里来的，一个很美的姑娘。她讲课的声音悦耳动听，听她讲课，让人入迷。小学校离我们村四里远，可我们从不迟到。

上学的路上，有一条浅浅的小河，大小不一的石头在水中晃动。每天，我们踩着露出水面的石头，很轻松地就过去了。

夏季的夜里，下了一场大雨。第二天早晨，就再也找不到那条小河了。它变成了一条浑浊的大河，挡住了我们上学的路。

三个孩子你看看我，我看看你，全傻了。今天见不到漂亮的老师，听不到她讲课时好听的声音了。我们很着急。

这么想着，老师跑来了。她在向我们招手，我们都跳了起来，大声地叫着，喊着。

她挽起裤腿，走进浑浊的水里。

她把我们一个又一个地背到了河的对岸。我伏在她的背上，她问："怕吗？"我说："不怕。"她脚下没踩稳，打了个趔趄，可她却说："别怕，不会摔倒的。"我用力地点点头。

后来，我们上了中学，离开了小学老师。可我的眼前总是出现她背我们过河的情景。

有一次梦中，也是那条雨后浑浊的河里，我们的老师变成了一条小船，把我们渡过了河。

哦，船。

把每一个平淡的日子都过得津津有味

我的一天基本上是这么过的。

每天早晨，洗漱后，我都要背诵二十分钟的唐诗、宋词或者现代的诗歌。这二十分钟也是我爱人洗漱化妆的时间。这个每天早晨背诵的习惯，我已坚持了十多年，已经能够背诵百多篇诗文。背完诗文，我爱人已洗漱化妆完毕，我们一起出门上班，我先把她顺道送到她工作的医院，然后我来到我工作的报社。

我把每天早晨的背诵，当成五个保健操。一是口腔保健操，二是气息保健操，三是大脑保健操，四是精神保健操，五是身体保健操。说它是口腔保健操，是这样的背诵，可以锻炼我的说话能力、表达能力；说它是气息保健操，是它可以锻炼我的呼吸器官，调整我说话时的呼吸；说它是大脑保健操，是它能够增强我的记忆力，防止过早衰老；说它是精神保健操，是它可以陶冶我的情操，愉悦我的精神，这样，就会少得或者不得各种疾病；说它是身体保健操，是这种背诵还可以锻炼身体，像白居易《长恨歌》《琵琶行》这样的长诗，一口气背诵下来，也是很需要体力的。所以，这样的背诵可以说是"一举五得"。

我常把这样的背诵，和唱歌相比。各大公园里，几乎都有中老年合唱队，几十人、上百人一起引吭高歌，场面壮观。在他们高歌的时候，每个人的脸上，都是一副忘我、陶醉的神情。甚至，有的合唱队里的成员，全是癌症患者。即使不是癌症，也免不了有这样那样的疾病。即使没有疾病，心里也或多或少有些不痛快的事情。在他们纵情高歌的时候，他们把身上的疾病，把心里不痛快的事情，全都忘记了。

几个月、几年坚持下来，很多人的癌症，甚至被医生宣判了死刑的人的癌症不见了。癌细胞，就像秋后的枯叶一样，被快乐的大风给刮跑了。你说神奇不神奇？

背诵诗歌和引吭高歌，道理是一样的，把负面情绪发泄出去，唤起心中美好的情感，这是最好的灵丹妙药。俗话说，病由心生。心情不好，病就来了；心情好了，病就走了。

从家里到我爱人单位的时间是二十五分钟。这二十五分钟，基本上是我给爱人讲故事的时间。我每天的工作，需要看大量的报刊。报刊上有各种各样的故事，好的故事，我记住了，第二天上班的路上，就讲给爱人听。这样，既加强了我的记忆，也增长了爱人的知识。

工作之余，我喜欢看一些小说，长篇、短篇，古典、当代，看过之后，有意思的，我也会在上班的路上，讲给爱人。一部长篇，我有时要看几天甚至十几天，这样，我就要给爱人讲几天甚至十几天，所以上班路上的这段时间，也被我们称作"长书连播"时间。比如，有一段时间，我集中重读了刘震云的几部长篇，《故乡天下黄花》《手机》《我叫刘跃进》《一句顶一万句》《我不是潘金莲》，那么我的"长书连播"的内容，就是刘震云的小说。

这样的讲述和倾听，使我们上班的路变短了，同时又变长了。说它变短了，是因为在讲述和倾听中，时间过得飞快，二十五分钟不知不觉就过去了；说它变长了，是因为在讲述和倾听中，这段平常的上班路，变得内容丰富、回味无穷了。

我所在的报社是上午9点上班，我基本上每天都在七点半之前来到办公室。在进入工作状态之前，我都要读一两篇《古文观止》里的文章。《古文观止》让我爱不释手。我买了两套，一套放在单位的办公桌上，一套放在家中的书柜里。我把这样的阅读比喻成吸氧，因为读了一两篇《古文观止》里的文章，我就像吸了氧气一样，顿觉神清气爽，耳聪目明。

我还把这样的阅读比喻成蓄水。朱熹诗云："问渠那得清如许，为有源头活水来。"我觉得像这样优秀的中国古典文学，就是我们文化人、读书人的源头活水。当我们感觉身体这条河枯竭的时候，读一读这样的文字，就好像把源头的活水引进了我们的身体，滋润我们的精神，滋润我们的心灵。这样，才能让我们身体的河流、精神的河流永远水势充沛，奔流不息。

上午我和其他同事一样，看报，选稿，发稿，编稿。每天中午，我都要到单位的健身房去打乒乓球。一个半小时打下来，每次都是一身大汗。不管是自己还是对方，打到好球，我都要大声叫好。我想，出汗，可以排出身体里的毒素、疾病；叫好，可以排出精神和心理的毒素和疾病。

我愿意每天都以好的精神状态和身体状态，去工作和生活。

下午，我还是和大家一样看报、选稿、三校。每天晚上，我都要陪着爱人在小区里散散步，然后一块儿看电视剧。这些年，我陪着爱人，几乎把各电视台口碑好、收视率好的电视剧都看了，增长了很多见识。同时，在一起观看和讨论中，我们也更加融洽和恩爱。

一部好的电视连续剧，往往要看十几个甚至几十个晚上。这些日子里，我和爱人的日子好像一下就有了寄托。每天晚上一块儿看电视的时间，就成了我们一天的期待，成了我们最幸福的时间。电视剧里的情节，牵着我们的心，也打动我们的心。看到精彩处，我们会转身看一眼对方，会心一笑。有时，我会伸出手，去找她的手，两只手十指相交握在一起。

虽然我们已到中年，但是电视剧里的爱情故事，常常会在刹那间让我们回到青春年代，想起我们恋爱的时光，心里便荡起阵阵暖意。

一部好的电视剧，只有两个人一块儿看，才更有意思。如果我当天晚上有事儿，不能陪着爱人看，她就看别的节目，等着我。如果她不在，我也不会一个人看，我一定要等着她。一件有意思的事情，一个人干和两个人一块儿干，感觉当然大不一样。

我们都是平凡的人，每天过着平淡的生活，如果我们的心里隐藏着绵绵不绝的诗意，那么每一个平淡的日子都会被我们过得津津有味、活色生香。

是什么如此打动我的心

最近，我和爱人正在看电视台重播的一部电视剧《父母爱情》，是郭涛和梅婷主演，刘静编剧，孔笙导演的。我对影视圈儿的人非常陌生，之所以能记住主演、编剧和导演的名字，是因为这部电视剧拍得太好了。

好在哪儿？好在温情。一种温情弥漫在四十四集的剧情之中，弥漫在主人公的一生当中，弥漫在电视剧表现的每一个生活细节之中，弥漫在我和爱人的心里，进而弥漫了我们的周身，让我们看了又看，欲罢不能。

故事讲的是一个叫安杰的资本家的女儿，嫁给了一个叫江德福的军官，养育了五个子女，风风雨雨共度一生的经历。

其实，这部电视剧几年前在首播时，我们就从头至尾完整地看过。首播究竟是在哪一年，电视剧里都讲了什么，我们当时观看的时候曾有过怎样的感受，一点儿也记不住了。这个世界每天发生那么多事情，我们周围每天发生那么多事情，信息那么多，能让我们记住的，又有几条呢？今天记住了，明天还记得住吗？很多我们提醒自己一定要记住的东西，都很快被忘得一干二净了。一部几年前播放的电视剧，谁又能记得住呢？

这次，也是无意中，我们夫妻又重看了这部电视剧。好像第一次遇到一样，我们又被牢牢地抓住了。更让我没有想到的是，我还两次落泪。我以为我的心早就变成了石头。一个五十二岁的老男人，经历了那么多的风雨和坎坷，一颗心慢慢地，变成了一块硬邦邦的石头，很难被触动，这应该是我的现状。是什么如此打动我的心，让我两次泪流满面？

第一次，是因为江德福的妹妹江德华。因为江德福和安杰有了小孩儿，江德华便从农村过来帮忙。这样，江德华就认识了和江德福一块儿在军校进修的老丁，还和同样是来自农村的老丁的老婆，成了好朋友。后来，江德福被分配到一个小岛上，在守岛的驻军中逐渐晋升为司令。江德华又过来帮着哥嫂带孩子，并一直和他们生活在一起。

老丁先是留校，多年后，被发配到这个小岛的驻军，做了江德福的部下。老丁的老婆因为难产，已经去世。江德华因为同情老丁和没了娘的孩子，就天天过去帮忙，而且对老丁有了感情。老丁呢，因为自己有点儿文化，又因为第一个老婆没文化，就想再找一个有文化的。所以，尽管江德华对他们父子很好，尽管她的哥哥是自己过去的同学、现在的上级，仍然不同意这门亲事。

老丁先是看上了岛上的代课老师，可代课老师家里的成分不好，是个地主。老丁担心影响前途，婚事终于没有成功。接着老丁又看上了岛上医院的一个大夫，眼看就要结婚了，老丁发现女大夫隐瞒了自己曾经有过的婚史，为此还和女大夫发生了肢体冲突，婚事又泡汤了。

一心想嫁给老丁的江德华，就这样一次又一次看着老丁相亲，一次又一次被老丁拒绝，情感上遭受一次又一次打击。终于，老丁想找个有文化的老婆的梦想破灭了，他开始注意到了江德华的好，并当着她的面儿，答应和她结婚。江德华终于梦想成真，她从老丁家出来，向哥嫂家走，一边走一边哭着笑，一边走一边笑着哭，从她脸上的表情，联想到她为了等这一天吃了多少苦，受了多少委屈。

看到这里，我突然就泪流满面了。

第二次，是因为江德福和他的假儿子江昌义。江德福在和安杰结婚之前，在老家农村曾有过一段短暂的婚姻，还没来得及办婚礼，没有在一块儿过日子，就离了。关于这段婚姻，江德福一直讳莫如深，不愿细说。这段婚姻已经成了安杰的一个话把儿，经常拿出来，敲打丈夫。后来，两个人都过了大半辈子，五个儿女都陆续长大成人，突然有一天，家里来了一个大小伙子，进来就给江德福跪下了，而且流着泪喊了一声："爹！"

这件事，对江家来说，好似晴天霹雳。安杰当然不能接受，一气之下，跑回青岛的娘家，不回来了。直到这个从天而降的儿子江昌义，被江德福安排当了兵，离开了这个家，安杰才回来。

这个江昌义是江德福和第一个媳妇的儿子吗？当然不是，因为他和第一个媳妇根本没有同过房。可他为什么不和安杰解释，反而默认了呢？这里面有着难以启齿的隐情。

江德福兄弟三个，他是老三，他二哥是个哑巴，婚后二嫂和别人跑了。江德福在农村娶了媳妇，因为还没办婚礼所以没有同房。他一直在外当兵，家里的哑巴二哥就和弟妹有了不伦之情。江德福回家探亲，因为提前一天到家，正好撞上了，所以立刻就离了婚。江德福的二哥觉得没脸再在村里待下去，就去了唐山挖煤，结果死在了一次事故中。可他却给江德福第一个媳妇留下一个儿子，这便是自天而降的江昌义。

江昌义知道自己的身世，他就是想赌一把，成了，就从此逃离农村这个苦海；不行，再回去当农民，什么也损失不了。江德福一眼就看穿了他的把戏，可他没有说破，认下了，成全了他，为的是死去的二哥，为的是江家的脸面。

当江德华了解到事情的真相后，又生气又心疼：气的是家里出了这样的丑事，心疼的是哥哥江德福受到的误解和委屈。他问哥哥，为什么不把真相告诉嫂子，她知道了真相，也就不会发那么大的火，也就不会跑到娘家去了。江德福说："这件事要是让你嫂子知道了，更成了她的话把儿，她不把咱江家人看扁了！"

江德华还是不小心在老丁面前说漏了嘴，老丁除了感到惊讶外，更多的是对江德福的理解和钦佩，他说："你哥忍辱负重这么多年，还真是一条汉子！"

看到这里，我又一次落泪。这次是被江德福的忍辱负重感动，一个男人，需要隐忍的东西太多了。

我爱人的泪点比我低很多，很多情景都让她热泪盈眶。后边有一集，江德福和安杰都已经进入老年，安杰有一天突然就病倒并昏迷不醒。江德福一直陪在病床边，等着安杰苏醒。几天过去，胡子长了，孩子劝他去刮刮胡子，他不去。孩子劝他回家洗洗澡，换换衣服，他不去，他说："我得等着你妈醒来，我不能没有你妈。"

看到这里，我转身去看爱人，发现她已经被泪水打湿了脸。

后来呢，后来安杰当然醒了过来，她醒来的时候，丈夫就在她的身边。

当初，江德福为了和资本家的女儿安杰结婚，险些丢掉军籍，回家务农，后来也是因为婚姻，两次影响他的升迁。但是他无怨无悔，感觉非常幸福，非常满足。

每天，打开电视，可选择的电视频道有上百个，正在播放的电视剧也是不计其数，可是能让人看下去的却少之又少。让你看不下去的理由很多，归根结底一句话：胡编乱造，剧中的人物不说人话，不干人事儿。看这样的电视剧，能把人活活气死，你怀疑编剧、导演、演员集体都被驴踢了脑袋，集体思维混乱了。要不，怎么会花那么多的钱，整出那么莫名其妙的东西。

看好的影视剧，让人幸福，看劣质的影视剧，让人痛苦。不幸的是，大量垃圾影视剧充斥荧屏，我们的幸福也就显得弥足珍贵。

常常是，一年下来，也很难遇到一两部让人喜欢的影视剧。遇到一部像《父母爱情》这样故事编得好、导演导得好、演员演得好的电视剧，这样一部还能让人再看一遍，再看的时候仍能被剧情牢牢抓住，还能被一些情节逗得哈哈大笑，还能被一些情节感动，还能被泪水打湿脸庞，实在难得。

第二辑

儿女情长

笔记刘船

刘船是我的儿子，七岁。这天我们两个人去离家很近的万芳亭公园。公园里有一个不大的跑马场，我骑了一匹大马，他骑了一匹小马，跑了一圈。问他还想不想多跑几圈，他摇头说不了。在公园里转了转，出来。见公园的门口有卖玩具和饮料的摊点，刘船看中了一支枪，想让我买，价钱是十六块。

我说家里那么多枪，不买。他说他想要，我说想要的东西多了，不行。他问我："你说钱是干什么用的？"我说，是用来满足人的愿望的。他说："我现在的愿望就是要一支枪，你为什么不给我买？"他这样的问话让我惊讶，我笑了，说这个愿望不能满足。他又问我："你有十六块钱吗？"我说有。他说："有，那你为什么不给我买？"我说："有钱但是不能乱花，我还要给你攒着，供你上中学，供你上大学，给你娶媳妇。"他说："我娶媳妇还早呢。"我说："那也得先攒着呀，你是准备将来要媳妇呢还是现在要枪？"他说要枪。我说那也不行。

我们两个就这样你一句我一句地回了家。路上，在一个商店里的两元钱柜台上，我给他买了一副军旗、一副跳棋和一盒彩笔。刘船很高兴，把买枪的事儿忘了。回家，他就对刚给他买的这三样东西爱不释手。我知道他将在很多天里，对它们兴趣盎然。

晚上，躺在床上的刘船问在地上忙活的我："爸爸，你为什么和妈妈结婚呢？"

我说："为了生你。"

他说："不对吧？"

我问："你说为什么？"

他说："你和我妈长大了，你们一个人的时候都很孤独，你们就结婚了。结了婚，你们就不孤独了。对不？"

我说："对。你怎么知道的？"

他说："我看电视上的人就是这么说的。"

刘船正读一年级，懂的还真不少。

第二天，带他去北京图书大厦。回家的路上，刘船又说起昨天那支十六块钱的枪来，非让我去买。我说："我昨天刚给你买了军棋、跳棋和彩笔，一下子给你买了三种玩具你还不知足，我看你是有点不要脸了，你是要脸呢还是要枪？"刘船说，当然是要脸了。我说："那好，你就别再跟我提枪了。"他说："脸和枪，我都要。"我说要枪就是不要脸，要脸就不能要枪。他问为什么，我说不为什么。

我们俩又这么你一句我一句地回了家。

这天中午有泰森复出后的第一场拳击赛，刘船在屋里看了半天电视。外面的阳光很好，气温也不低，我让他到室外玩会儿。他要骑他的小自行车，我说你一个人出去，我不让你骑车，只有我跟着的时候才让你骑。他问为什么，我说我不放心。他说："为什么我妈在家就让我一个人出去骑车，你就不让？"我说她放心我却不放心。他说："我妈让我一个人出去骑车我也没出事儿呀！"我说那也不行。他问："那我玩什么？"我说想玩什么玩什么。他说："我没的可玩儿。"我说没的可玩儿就出去疯跑去。

说着说着，我们两个人就说火了。他歪着脖子质问我："你咋这么浑蛋呢？"我被他逗笑了，我说："你赶紧离我远点儿，我不想打你，你别逼着我打你。"

他一看我笑，更来劲了。我说："你别看我笑就来劲，回头我真打你就晚了。"他不听，反而坐在我的旁边，一句一句地骂我。我一边看电视里的拳击，一边听着他的骂，我说："你最好是快点儿出去，离我远点儿，你要是实在想挨打就在这儿和我叫板。"他看我脸上带着笑，更来劲了，大声问道："怎么着你个孙子！"

我想我该揍他了，我跳下床，把他拉过来摁在床沿上，照着他的屁股狠狠地打了两巴掌。他吓坏了，使劲拽着裤子，捂着屁股。打完，我放开他，大声喊道滚出去。他跑到客厅，我又对着在客厅抹眼泪的他喊道快滚。他一边抹眼泪，一边说等会儿，他是怕外面的人看见他的眼泪。过了一会儿，他灰溜溜地出去了。我很惦记他，从楼上的窗户看见他在下面的草坪里低头在找什么，一个人玩得很投入。

电视里的拳击赛，泰森又暴露出了流氓的本性，第一个回合结束的锣声响了两次，他还夹着来自南非的对手的胳膊不放，很多工作人员赶来费了好大的劲儿才把他们拉开。第五个回合，泰森终于一记右手直拳，将对手打翻，结束了比赛。比赛结束，我拉开窗户，叫正在外面玩的刘船。他抬头看看我，不理我。我又叫他，他才慢腾腾地往回走，刚走没几步，又停下，低着头不看我。我又叫他，快点，他这才回来。在他走到门口之前，我已经开了房门等着他了。他见我笑着，忍住笑说："我懒得理你。"我问："为什么懒得理我呀？"他说："我看你皮紧。"我问他："我为什么皮紧？"他说："少废话。"我们又和好了。

连着两天，我一下班回家，刘船就藏在衣柜里让我找不着。我是真找不着，不是和他逗着玩。当他自己从衣柜里出来后，我告诉他以后不要再藏衣柜里了，那里缺氧，危险。我告诉他报纸上的一条新闻，两个孩子藏在柜子里，他们的妈妈怎么也找不着他们，等找到的时候，他们已经窒息而死。

吃罢晚饭，老婆和刘船玩象棋，我刷碗。他们两个都不怎么会，常常为一步棋争执起来，让我做裁判。我就放下手里正洗的碗，湿着手去裁判。刘船要是吃了他妈的棋子，就得意忘形；他妈要是吃了他的棋子，就哭闹，一副小无赖的嘴脸。我就告诉他什么叫胜不骄败不馁，让他记住。他收敛了一会儿，很快那副小无赖的嘴脸又暴露出来。毕竟还是个孩子。他和我下棋时，他的这副嘴脸让我想揍他，警告无效我挥手给他一巴掌。一巴掌把我们两个人下棋的兴致全都打没了。

有两天凌晨4点多，刘船就醒了，从客厅他的小床上下来，到卧室看看几点了。一次他说他刚做了一个梦，梦见爸爸在杀人，可怕了！我说："胡说！爸爸这么好的人怎么会杀人呢？"就搂着他再睡。他在我怀里重又进入梦乡，我却再也睡不着了。

为了给刘船交3月、4月两个月的饭费，下午三点半就去接他。进了校门，见各个教室外面都有很多学生在玩儿，我在这些孩子里没有见到刘船的影子。后来我看见一（4）班教室窗外的地上，一个男孩子骑在另一个孩子的身上，我想身下的那个可别是刘船吧，往近一走，发现果然就是刘船。我就特别生气。这时又一个男孩子也扑在了骑在刘船身上的那个孩子的身上。我走到近前，先在上面的那个孩子的屁股上踢了一脚，他赶紧起来，站在一边去揉屁股了。接着我又在另一个孩子屁股上踢了一脚，他也赶紧起来，解释说，刚才刘船把我压在了身下，现在我又把他压在了身下。刘船见了我，赶紧起来，跑进教室收拾书包，然后出来，跟我去食堂交饭费。

我问刘船刚才是怎么回事儿，他说："我们闹着玩儿呢。"他在极力为自己的同学开脱。我也没有责怪他。回来的路上，刘船说："我们同学玩儿，你去踢人家的屁股，算什么本事！"我一时哑口无言。刘船从小就特别老实，跟别的孩子玩，总是受气的角色，我就特别生气。我总是教育他要勇敢，可一点儿用都没有。我就怕他上学受同学的欺负。今天正好让我赶上了，我就做了出格的举动。我也是为了给他的同学点颜色看，叫他们知道，以后不敢欺负刘船。没想到刘船根本不领情，还批评我"算什么本事"。他说得对，我就一声没吭。

下班后去接刘船，先让他在操场上跑了两圈，然后我蹲在操场上，他站在我的背后，在我的头上寻找白发，找到了，就拔下来。我喜欢他的一双小手在我的头上找白发的感觉。他一共找到六根，全拔掉了。因为蹲的时间过长，站起后，再走路，感觉两条腿不是自己的了。酸，疼，沉。血液不通造成的。我想起了早年在农村薅草的感觉。骑上自行车好长时间，两条腿才变成自己的。晚上又让刘船给我掏耳朵。我也特别喜欢他给我掏耳朵的感觉，不但让我感到舒服，而且让我感到放心。刘船也爱干拔头发和掏耳朵这样的事情。晚上临睡前，他又从我的头上拔下两根白发。

　　这天晚上，我觉得头疼，身上的骨头也有点疼。我就小题大做地吓唬刘船，我说："刘船，爸爸身上哪儿都疼，可能是要死了。"

　　当时家里就我们两个人。他的妈妈在医院上夜班。我和刘船已经躺在了床上。刘船说："你骗人，你死不了。"

　　我继续吓唬他，我说："待会儿等你睡醒一觉，如果发现爸爸已经死了，你就给你妈打个电话。告诉你妈说我爸爸死了，让她找一辆车把我拉到火葬场烧掉。然后把我的骨灰撒在大海里。"

　　刘船开始有点紧张地问我："为什么要撒在大海里呢？"

　　我说："邓小平死后，骨灰就撒在了大海里，刘少奇的骨灰也撒在了大海里，所以爸爸的骨灰也要撒在大海里。你还记得你妈妈单位的电话吗？"

　　刘船说："记得。"接着就把他妈妈单位的电话号码背了一遍。

　　我说："对。待会儿爸爸死了，你就给你妈妈打这个电话。总机要是不给你转，你就告诉她，我爸爸死了，我要找我妈。"

　　刘船这时可有点害怕了，说："我现在就给我妈打电话。"说完，从床上爬起来，走到电话机旁，说："我可真打了啊。"他也开始吓唬我了。

　　我说："先别打，等我死了你再打。"

　　刘船没打，又爬到床上，躺下，说："你根本死不了，你别吓唬我了。"

　　我说："我特别难受，不想活了。活得没意思。"

刘船翻身趴到我的身上，说："活着多好。活着有滋味，能笑，净是高兴的事儿。要是死了，你就什么也不知道了，连我妈做的好吃的也吃不到了，也不能和我开玩笑了。"

我说："可我平时老打你呀，打你的屁股，还骂你。你不是总说不要爸爸了，讨厌爸爸吗？"

刘船说："你打我是教育我，你骂我是我没出息，都是为我好。我要爸爸。你别吓唬我了。"刘船趴在我的身上，两条小胳膊紧紧地搂着我的脖子。

我想我的玩笑应该到此结束了，就说："爸爸和你开玩笑呢。爸爸才不死呢。爸爸舍不得你呀。明天早晨爸爸还要送你上学去呢。还要挣钱供你以后上大学呢，供你上最好的大学，北大、清华，还有哈佛。等你结婚有了孩子，爸爸还要帮你们哄小孩呢。"

刘船说："不用你，让我妈哄。"

我说："行。"

这么说着，刘船又回到了自己的枕头上。

接着我又对他说："你的五叔就是爸爸看大的。小时候爸爸总是带着你五叔玩，哄他。爸爸总是像刚才吓唬你似的吓唬他。我们走到一口水井旁边，我对你五叔说，三哥要跳到井里去了，跳进去就会淹死。以后你就没有三哥了。你的五叔就哭着喊，我不让你跳，我不让你死，我要三哥。"

刘船听到这里，咯咯地笑了。很快，他就进入了梦乡。

有一天，我对刘船说："你老惹爸爸生气，爸爸真是不想要你了，干脆把你送人算了。"

刘船说："送给谁？"

我说："送给外面的随便谁。反正我是不想给你当爸爸了，也不想要你这个儿子了。养你这个儿子真是没有一点儿用。你说，爸爸养你有什么用？"

刘船说："当然有用了。等我长大了，要是当上了总理，你和我妈妈就跟着我荣华富贵了。"

他才一年级，就知道"荣华富贵"这个词儿，说出这样的话，一下就把我逗笑了。刘船见我笑了，就转身玩自己的去了。

刘船放暑假了，还是没地方送他，我就把自己每年的两个礼拜工龄假歇了，正好看他。我的假歇完了，刘船还有二十天才能开学，就把他送到一个同事的家里，同事家里也有一个上一年级的儿子，他们两个正好一块儿玩儿。

中午老婆打来电话，说刘船脑袋磕破了，被同事的爱人送到医院的急诊室，已经包扎好了，正在她那里玩儿呢。我一听，急坏了，急忙问磕了哪儿，她说是后脑勺，磕了两个小眼儿，流了很多血。我问他的后脑勺磕到哪儿了，她说她也没弄清。她说刘船现在没事儿了，正在她那儿写字呢。我的心这才落进肚里。我就有些生气，生刘船的气，这孩子没有准儿，只要有人和他玩，就疯了，把握不住自己了，头就晕了，就该出事儿了。没有一点儿定力，特别像我。我就这个德行。过了一会儿，我去医院接他，把他接回家，路上，请他吃了一顿麦当劳。我怕他磕傻了，问他二加二得几，他说四；又问他姓什么，他说刘；又问他，你爸爸姓什么，他说废话，也姓刘。我知道他脑子没事儿。

刘船坐在我的自行车的横梁上，告诉了我事情的经过。他领着同事的儿子和同事的爱人，去电影院看电影《宝莲灯》。快到电影院的时候，刘船跑着，鼻子撞在一个广告牌的横梁上，然后又后仰摔倒，把后脑勺磕出了两个小眼儿。同事的爱人赶紧打了一辆出租车把他送到医院急诊室，在那里刘船又让大夫给他妈妈打电话。我问刘船疼不，他说不疼，问他哭没有，他说没哭。实际上在给他打破伤风的针时他叫唤的声音很大，他妈说。

把刘船带回家，让他睡了一觉。下午刘船总是把头往我的身上靠，要不就坐在我的怀里。平时我就是想抱他他都不让，他是受了惊吓。

开学第一天，刘船就从学校里领回一个"好学生"奖章和一个"好学生"证书。放假前，他还领回过一个"好学生"奖章。刘船告诉我，他们老师说了，小学六年要是能得到六个奖章，就可以随便上北京的重点中学。他说，可以上北大、清华，还有哈佛。我说，好，努力吧。说这话的时候，我心里很是自豪。

我的胃突然难受了起来，昨天晚上刚吃了饭，胃就开始不舒服，直到抠嗓子眼儿吐出一些刚刚吃进去的饭菜，才算好受些。今天中午也是刚吃了饭，就又难受起来，躺在床上不敢动，生怕一动就吐出来。晚上还是，刚刚吃完，胃就难受起来，直到吐出一些饭菜，才好受些。老婆说要是再不好，就去照个CT，看看是不是脑子里出了什么毛病。

早晨送刘船上学，路上刘船对我说："待会儿你别忘了找我妈看看。"我愣了，问："找你妈看什么？"他说："去照个CT，看看你脑袋里是不是长瘤了，要是长了，就做掉，做掉了，你就不吐了，就好了。"我说："哎。"刘船这么点儿的人，什么心都操，小子。

上午带刘船去学校上数学班。刘船不想去，说是听不懂，老师也不叫他回答问题。我就给他做工作，我说："妈妈为什么非要给你报个数学班呢？就因为你数学有时转不过弯儿来。你在一个小的地方卡住了。等你醒悟过来，班上哪个学生都没你学得快，学得好。你是个聪明的孩子，你要是听不懂，别的学生就更听不懂了。上次你没听懂，这次你想一想，肯定能听懂。老师不叫你回答问题怕什么呀？咱们去上数学班又不是为了出风头，咱们是学知识去了。你说对吗？"刘船说："我去。"就笑着去了。

刘船虽然很乖很懂事，可还是经常惹我生气，让我烦，心想要是把他送出去几天，送到哪个亲戚家几天，我肯定会觉得特别清静。寒假把他送到二哥家几天，他刚一走，我就觉得平时显得不大的家特别空旷，特别安静，空旷得让我的心没着没落的，安静得受不了。我就对老婆说："儿子不在跟前，我什么都干不到心上。"老婆说："你这人就是贱骨头。"我笑笑，说："我的魂儿已经被他带走了。"

儿子与幼儿园

我的儿子刘船，生于1991年12月10日，属羊。

在他的年龄满五岁之前，已经换了五个幼儿园，这在和他同龄的孩子中，应该是比较稀罕的。另外，五岁之前，他仍然保留着尿床的毛病，这也是比较稀罕的。为了防止他频频将被褥尿湿，每天夜里我都要爬起几次，端着梦中的他，打发他把尿撒在盆里。

在他刚满两岁的时候，看他的保姆有了自己的孙子，做奶奶了，我们只好把孩子接回家，想再找一个保姆，找来找去，也没能找到合适的。无奈，只好送幼儿园了。

那时，我们居住的县城里有好多幼儿园，有家庭办的，有各单位办的，有妇联办的，还有教育局办的，其中数教育局和妇联办的最好。但是，两家最好的幼儿园也最正规，年龄不满三岁半的，根本不予考虑。只好把选择的范围限定在单位和家庭办的幼儿园上。

家庭幼儿园，都是一些没有文化的老太太或农村的中年妇女办的，没几件像样的玩具，孩子放在这种地方，不但学不着什么东西，而且还会经常遭到呵斥和谩骂，淘气的孩子在她们的眼中，有时竟猪狗不如。这种幼儿园，在参观了几家之后，被我坚决地放弃了。

只能在各单位办的幼儿园中选择了。老婆工作在县医院，那里就有一个幼儿园，对内也对外。老婆想，把孩子放在自己单位的幼儿园里，遇着加班或者开会，孩子早送晚接也都好说。我也同意。于是，老婆单位的幼儿园成为我们的首选。

择日，我们一家三口来到医院的幼儿园，看看环境，认识老师，咨询一下入园的手续。幼儿园是两间阴暗潮湿的平房，其中一间的地上，有一个水坑，不知是下雨存的，还是小孩撒尿积的，在酷热的天气里，散发着浓郁的怪味。两个阿姨不仅相貌丑陋，而且表情凶悍，甭说是我的两岁的儿子，就是我，和她们待久了，晚上都得做噩梦。

这家幼儿园差点儿让我流出了眼泪。

还没等我发表意见，老婆已做出了决定。她说："我们医院的幼儿园太可怕了，咱们还是去别的幼儿园看看吧。"我说："咱们可不能把儿子往火坑里推。"老婆说，对。

我们就又找。找了几家，经过对比，我们选中了粮食局办的幼儿园。这个幼儿园看着还像回事儿，一座两层小楼，还算宽敞干净的庭院，玩具也不少，几个阿姨也面善一些，有文化一些，让人放心一些。我和园长互相介绍了各自的情况，并且敲定了入园的时间。

在入园前的几天里，每到傍晚，我便带刘船去这家幼儿园的院子里玩耍，为的是让他熟悉一下这里的环境。刘船玩得很高兴，忘乎所以。

入园的日子到了，那天早晨我和老婆早早起来，把该带的东西都准备好，将儿子打扮得干净漂亮，出发。路上刘船问："爸爸咱们去哪儿玩？"我说，好地方。我们来到幼儿园，园长低声对我说："把孩子放下你们悄悄地走，别让他看见。"我和老婆遵嘱，趁刘船不注意，做贼样地溜走了。老婆上班走了，我躲在幼儿园的门口，想听听儿子的反应。只片刻，就听到刘船像被火燎了屁股似的哭闹起来，声嘶力竭地叫着爸爸和妈妈。

儿子的哭声凄厉而绝望。我很心疼，险些失去自制，冲进去将他搭救出虎口。一整天里，我都六神无主，无心事事，烦躁不安。我的耳边总能隐隐约约听到刘船的哭声。中午刚过，我便迫不及待地去了幼儿园，见了园长，问她刘船的表现，她说："你儿子从早晨一直哭到现在，叫爸爸叫妈妈叫爷爷叫奶奶，后来就一句，找爸爸找爸爸找爸爸找爸爸，嗓子都哭哑了，还叫找爸爸，看来你儿子和你是真有感情，不过也真够凿的。"我问她，是不是哪个孩子刚上幼儿园时都得哭。她说是，哪个孩子都得哭几天。

我从一楼到二楼，还没等我在一群孩子中找到他，他已经扑进我的怀中，用沙哑的声音叫着爸爸，接着说："走，爸爸咱们走，回家。"边说边抑制不住地抽噎。他的小脸蛋上淌满了泪水，可能一整天都没有干过。他的两只小胳膊紧紧搂着我的脖子，生怕我再次将他丢下。

当天夜里，儿子几次从梦中哭醒，即使是在熟睡中仍会不时地发出抽噎之声，那样子实在让人觉得可怜。

第二天早晨，我和老婆再次送他去幼儿园，他哭着对我说：爸爸我不去幼儿园，不去幼儿园。我只能铁着心，对他的哀求充耳不闻，坚持送他到幼儿园。除此之外，我们没有办法。当我把他放到阿姨的手中，他的两只小手死死地攥着我的衣襟，哭得仿佛生离死别，我一咬牙，坚决地转身离开。儿子的哭声让我的胸口一阵阵发烫。

那时我工作在京城，每个礼拜只能回家一次，休一天，再走。这次为孩子上幼儿园，我已经多休了两天。我不能再休了，既然哪个孩子上幼儿园都得哭几天，就让他也哭几天吧。我坐上了长途汽车，去京城上班。晚上我从办公室给家里打电话，询问儿子在幼儿园的表现，老婆的回答简洁明了，只一个字：哭。我又让刘船接电话，他只说了一句话："我不上幼儿园。"就再不理我了。接下来的几天里，他拒绝接我的电话，不论我在电话的这端怎么叫他，他都不理我。这让我非常伤心。上幼儿园以前，他特别喜欢接我的电话，并且能结结巴巴地和我聊上很长时间。那时我们父子把电话聊天当作一种乐趣。他不接我的电话，当作对我的报复，他达到了目的，他让我非常伤心，这个小浑蛋。

我的儿子刘船断断续续在这家幼儿园待了七天。在这七天里，他所做的唯一的事情就是哭泣和不停地叫着"找我爸爸""找我爸爸"。其中一天，他把屎拉在了裤子里。也许是故意的，也许是他不敢对老师说，反正是他把屎拉在了裤子里，这很反常，因为他早就知道该把屎拉在哪里。阿姨把他的拉了屎的裤子扔到门外，对我说："你儿子拉的屎臭极了，你自己拿回去洗吧。"

刘船在幼儿园的七天里，把嗓子哭肿了，肿得很厉害，身上和脸上哭出了很多小红点。看样子他准备就这么哭下去，一息尚存，痛哭不止。我又心疼又害怕又着急，赶紧送他去医院，打针吃药，折腾了好几天。这几天我没送他去幼儿园，我也没去上班。虽然带着病痛，但他和我玩得很高兴。我也很高兴，那几天我骑车带他在县城内四处乱转，图书馆、影剧院、火车站、公园、百货大楼、师范学校、文化馆、体育场、工会……想去哪儿去哪儿，自由自在，优哉游哉。火消了，气顺了，刘船的精神状态渐渐恢复正常。

在那几天里，每次我带他有意无意地经过粮食局办的幼儿园的小楼时，他都会显得非常紧张。若是步行，他就扭头朝相反的方向跑，小胳膊小腿拼命运动着，生怕我将他捉到幼儿园里去。若是他正在我的自行车的小座儿上，他就会催我快走，快走。

我下决心不再把儿子往这个幼儿园送了，既然他那么害怕它，既然它只能给他带来痛苦而不能给他带来快乐，那还上它何用？我想到了辞职。

当时我的工作环境让我感到无聊，上班就成了一种负担。不论是我周围的人，还是我正在干的工作，都让我难以忍受。我抱着刘船去办退园手续，走到离幼儿园的门口还有五十多米的时候，他说什么也不再往前走了。我说："咱们不上幼儿园，咱们去拿东西，拿你的小被子小褥子。"刘船说："爸爸去拿，我等着。"我说："行，你好好在这里等着别乱跑。"他说："我不乱跑。"我进去办了退园手续，出来时园长送我到门口，刘船一见园长，以为是来抓他入园的，转身，捯动小胳膊小腿拼命向远处跑去。我怕他被车撞着，顾不上和园长说再见，就去追他。

我追上他时，见他的眼泪已流了一脸，他说："爸爸，我不去幼儿园。"我说："对，不去幼儿园，咱们回家。"

我不想上班，刘船不想上幼儿园，我们父子正好同病相怜，索性我辞职在家哄他，各得其所，一举两得。可我毕竟已经不是孩子，讨厌上班仍然得硬着头皮上班，否则我靠什么生活呢？

和老婆商量来商量去，觉得还是应该再给他找个保姆。若想找个好保姆，很难。尤其是现在，大家的生活水平都在提高，没有人愿意给别人哄孩子。哄小孩是一件很烦人的事，有时连孩子的父母都烦，更甭说和他非亲非故的外人了。在县城周围的农村找了好几家，都让人不放心；让人放心的，又不愿意哄小孩，所以找了几天，仍然不能落实。

我又请假在家看了他几天，老婆怕我把工作弄没了，就很着急。一天她下班回来，面带喜色地告诉我，说她有一个亲戚在县妇联办的那个幼儿园里做阿姨，可以找找她，把咱们的儿子提前送进去。这是一个机会。

我说，就怕刘船还是哭闹。老婆这次心也硬了，说，哭就哭闹就闹，谁家的孩子都哭都闹，总不能一辈子跟着爹娘，总不能一辈子不去幼儿园吧！我想既然老婆决心这么大，那就再送送试试，对孩子太溺爱了反而不好。老婆去找她的亲戚，亲戚说："行，来吧，我会特别关照的。"老婆一听自然高兴，就把儿子入园的日子给定下了。就这么，刘船开始上第二个幼儿园了。

这个幼儿园比第一个幼儿园更像幼儿园，玩具多，孩子多，老师看着也更有素质一些。儿子也哭也闹，过一段时间就稍好了点。

刘船在这个幼儿园断断续续上了一年，开始也生了一段病，病好后，又被他妈强行送到了幼儿园。很长时间过去，他才不再火燎了屁股似的哭闹。只要我在家，儿子就非要和我在家玩。我怕他越玩越不愿意去幼儿园，有时就硬送，到了幼儿园门口，刘船说什么也不下自行车，哭着央告："爸爸爸爸，我不去幼儿园，我听话，我不惹你生气，我要跟你玩。"我的心一下子就软得不行，掉转车头，对儿子说："爸爸不送你去幼儿园，爸爸跟你玩。"刘船一听，破涕为笑了。

周末在家疯玩了两天后，再送他去幼儿园就很费劲，总要闹两天。一次老婆在家休了几天假，让刘船跟她玩了几天，再送就死活也不进去了，老婆只好像老鹰抓小鸡似的揪着他往里拽，这小子一看对抗下去不行，就玩了一个小计谋，说妈妈让我擦擦眼泪自己进去，老婆上了当，松开了手，他挣脱束缚后，撒腿向马路对面跑去，结果被一辆自行车把眼皮剐了一条口子。

刘船不想上幼儿园但又知道必须得去，他拗不过父母，所以就很痛苦，也很上火，舌头上和嘴唇上生出大片大片的溃疡，疼得直叫。也是在这个幼儿园，一天下午我去接他，见他的眉心处磕出一个青紫的大包，触目惊心。还没等我问是怎么回事，老师赶紧对我说，这是刘船自己跑着摔了一跤，眉心正好磕在小板凳的椅背儿上。

接着老师用讲故事的生动语气对我说："他当时哭得那个瘆哟！"老师的语气和表情让我非常不快。还有一次，我去接刘船，见他的脑门上赫然多出四个牙印，每个牙印都带着血丝，惊得我差点叫出来。老师又是一脸生动的表情，说这是被另一个孩子给咬的。我险些气炸了肺，忍了又忍才没有发作。我气的不是那个咬人的孩子，而是他们的老师。这儿的老师也太不负责任了。

到三岁半的时候，刘船终于可以上我们县城里面最好的幼儿园了，就是县教育局办的幼儿园。这个幼儿园的条件最好，教学也最正规，教师大多毕业于幼儿师范学校，看上去也让人放心些。果然，刘船在这个幼儿园里的表现让我很意外，每次接他回家，他都会很高兴地向他妈妈讲述他们班上的一些事情，或者背诵他刚刚学会的歌谣。周末的傍晚，当我从京城的单位回到家中，他拉着我的手，非要让我去他们幼儿园里看看，进而要求我去看看他们的教室。这叫我深感欣慰，总算是了了我的一块心病。偶尔，他还会在早晨上幼儿园时掉几滴眼泪，不想去，但是没有大闹过。一到幼儿园的门口，他会主动要求停下来，让他的妈妈帮他把眼泪擦干，他不愿老师和小朋友看见他脸上的泪痕。

不论你什么时候问他是上幼儿园好还是在家玩好，他都会毫不犹豫地回答：在家玩。你问他为什么，他会答：因为幼儿园不好。刘船在这个幼儿园上了三个月，学了很多东西。在他四岁的时候，他的妈妈调进了京城，他也只好跟着妈妈来找爸爸了。又该换幼儿园了。

我们报社的幼儿园实际上是个托儿所，有四个老师两个做饭的，有六个孩子。工作人员和孩子的人数是一比一。六个孩子的年龄参差不齐，从不满一周岁的到五周岁的都有。在我把刘船送到这个幼儿园之前，就预感到他在这里将一无所获。果然不出所料，刘船在这里上了半年，不但没有学到任何有益的知识，反而把原来在幼儿园学到并养成的好习惯全弄丢了。

报社的幼儿园是家属楼里一套三居室的住房，在一层。第一天送刘船去，他不知这是什么地方，挺高兴，东张西望的，就在他如坠五里雾中的时候，我和老婆悄悄地溜了出去。那天早晨，幼儿园的园长在那套三居室的地面上，洒了很多医院的病房里常常会闻到的来苏水，刘船误把这里当成看病的地方了。当他发现我和老婆已经开溜之后号啕大哭，喊道："我不打针！我不打针！"一个小时以后才算彻底安静。

这家幼儿园老师和孩子各六人，本来一个负责任的老师就可以做好的事情，让六个人去做，不用说，肯定做不好。刘船在原来的幼儿园和在家里养成的睡午觉的习惯，在这里被破坏了。中午两个值班的老师，把六个孩子往屋子里一关，洗澡或者逛商场去了，孩子们没了老师，那还不闹成一锅粥。有时老师没去逛商场也没去洗澡，在别的屋子里织毛衣或者嗑瓜子聊天呢，听到孩子们闹翻了天，开开屋门，探进一颗愤怒的脑袋，大喝一声，然后再退出脑袋慢慢关上屋门，孩子们被吓得鸦雀无声了，但仍没有一个愿意睡觉的。刘船这时候就开始撕被子，将线一根根地揪断，然后掏里面的棉花。这样，几个中午下来，刘船的被子就变成了两张皮。有一天，老师提着变成了两张皮的被子对我说："你看看你看看，刘船干的好事。"

有好几次，我想找他们的园长说说，建议他们的老师中午和孩子们睡在一起，那样孩子们就不敢胡闹了，就该安安静静老老实实地睡觉了。话到嘴边，又几次打消了这个念头。总担心会因此得罪那里的老师，她们不但不听反而报复孩子。因为孩子的年龄大小不一，老师没法教他们学知识，就整天整天地看电视，半年下来，刘船对电视里的节目内容非常熟悉，尤其是广告和几个固定栏目里面的主持人，更是了如指掌。

好在半年以后刘船便又转到老婆所在医院的幼儿园，这已经是他上过的第五个幼儿园了。这次入园时刘船已经四岁半了。按照刘船的年龄，他应该上中班，可是中班的人员已满，他只好提前一年去上了大班。

这个幼儿园只两个月便教会刘船很多东西，唱歌、画画、做操、背课文、手工等。他回家便向我们表演一番，我就很高兴。但他一如既往地不愿上幼儿园，每天早晨都要闹一闹或者哭一哭。为了逃避上幼儿园，他会编造一些离奇古怪的谎话，比如"老师不让我拉屎""小朋友净打我""老师爱咬人""幼儿园天天给小朋友打针"等等，令人哭笑不得。

刘船正在一天天地长大，上完幼儿园还有小学，小学完了有中学，中学完了有大学，上完了学还要上班，就这么一路上下去直到退休。你别无选择，你一定得给我顶住。

因为有了你

刘船是我的儿子。说说他。

我在成为父亲之前对孩子没有多少好感，刚结婚的时候我曾对老婆说："咱们这辈子甭要孩子了。"老婆不解地问："为什么？"我说："我不喜欢孩子，一见孩子就烦；养个孩子，一辈子甭想再过太平日子了，你得为他提心吊胆，担惊受怕，操心受累，没完没了；再说，中国的人口太多了，多得都成灾了，咱们不要孩子，也是为这个社会做了一点贡献，何乐而不为呢？"

老婆想了想，说："我要是不生个孩子那我嫁给你干吗呀？"老婆的话吓了我一跳，我说："难道你嫁给我就是为了生个孩子？"她说："对，我就是为了给你生个孩子，给我自己生个孩子，给咱们两个人生个孩子。我喜欢孩子，我不管中国人多不多，反正我得生一个孩子。"

老婆想要个孩子的决心非常大，我拗不过她，只好也只能妥协。如果你还爱她，不准备和她离婚，她想生个孩子她就能把这个愿望变成现实。虽然我打心眼儿里不想做父亲，可我们的儿子还是在我们婚后一年就降生了，没有办法。不管你喜欢不喜欢，乐意不乐意，你都又多出了一重身份，那就是父亲。因为你有一个儿子了嘛。

等我真的做了父亲以后，我的感觉是，做个父亲也不赖。岂止是不赖，你的感觉会变得越来越好，因为你后悔已经来不及了，想打退堂鼓已经不可能了。你只能全身心地投入进去，把这个父亲当好。在我成为父亲之前，对孩子烦得不行；在我成为父亲之后，对孩子又爱得不行。我不能准确地说出为什么。你要是想知道为什么，你最好是赶紧找个媳妇，让她给你生个儿子或者闺女。

在我的儿子降生之前，在老婆怀孕期间，我总是处在怀疑、恐惧和忧虑之中。我总怀疑在导致老婆怀孕的那次我喝了酒，而且还没少喝。如果我真的喝了酒，那我的儿子或者闺女就有可能是个傻瓜或者残疾。这个社会，连正常人活得都难，要是一个傻瓜或者残疾，那可怎么生活？于是我就开始想象一个家庭如果有一个傻瓜或者残疾的艰难的生活情景，越想越害怕。如果能够早一点知道那孩子就是傻瓜，就应该在他出生之前结束他的生命，免得他来到人世间受苦受难。

我把这种担心、推理和想象一次又一次地对老婆说了。老婆是一个从不胡思乱想神经比较正常的女人。她说："别害怕，咱们的孩子肯定不会是傻瓜更不会是残疾。"我说我担心让你怀孕那次我喝了酒。她说："你放心，你没喝酒，我怎么会在你喝了酒的时候怀孕呢，我怎么会拿这种事情当儿戏呢？！别自己吓唬自己了，你就等着给一个健康聪明的孩子当父亲吧，有你美的！"

老婆那么镇定、从容、乐观，一副成竹在胸的样子，结束了我的胡思乱想。老婆在怀孕期间反应非常大，有一段时间她每天都要无数次呕吐。她的脸色总是青的，那是吃什么吐什么折腾的。

在她怀孕的后期，她仍然每天骑自行车上下班。一次是在早晨上班的路上，一个把车骑得飞快的中学生，挂倒了老婆的自行车，怀着九个月身孕的她摔在了地上，摔得不轻，擦破了膝盖。另一次是中午，一个成年人在拐弯的时候把她撞倒在马路的当中。这次比上一次摔得更重，也更危险，因为这次离预产期更近。

出了这两档子事情以后，我和老婆都开始感到害怕，所以在临近预产期的那几天，我不再让老婆自己骑车上下班，而是由我骑车接送她。尽管老婆在怀孕期间受了很多苦，遇到几次危险，但她从来没有为自己的选择后悔过，而是早早地便沉浸在了即将做母亲的喜悦当中。

其实，从老婆一怀孕，我就慢慢地开始喜欢上了孩子，并且不断地设想我的即将出生的孩子的模样。有一天我骑车路过一座大桥，见大桥上有一个四岁左右的小男孩，长得白白净净，又聪明又秀气，我的心里轰隆一声，我觉得我看见的是我未来的儿子。我身上顷刻间便充满了柔情。世界在我的眼里一下子就美得不行，令人感动得不行。活着是一件很幸福的事情，做一个孩子的父亲更是一件幸福的事情。后来，当我的儿子安全地降临人间并且慢慢地长到四岁的时候，他和我那天在那座大桥上看见的男孩一样健康、白净、聪明，英气逼人。

我一直觉得自己是个可有可无的人。这个世界上，有我不多，没我也不少。我的存在和消失不会给任何人带来什么或者带走什么。后来，当我有了儿子，我觉得这个世界才有了一个真正需要我的人，离不开我的人，没有我不行的人。我好像从我的儿子的身上找到了活着的理由和意义。

我的儿子长到五岁的时候，已经多少懂得点人事儿了，我总是逗他。我说："刘船，如果妈妈和爸爸离婚，再给你找一个爸爸，找一个有钱的爸爸，能给你买汽车的爸爸，买宽敞的楼房的爸爸，买好多玩具的爸爸，你愿意吗？"他说："不愿意。我就让你给我当爸爸。"我说："爸爸没钱呀。"他说："我不要钱。"我说："爸爸不能给你买汽车呀。"他说："我不要汽车。"我说："爸爸不能给你买房子呀。"他说："我不要房子。"我问："那你要什么呢？"他说："我就要爸爸。"

虽然我知道，他这样说话只是因为他还小，他长大了肯定就不会这么说了，但我仍然高兴得不得了。有一个人把我看得比什么都重要，你说我能不高兴嘛！

刘船刚上幼儿园的时候，才两岁，哭，闹，幼儿园在他的心目中就是刀山火海。他在幼儿园里一整天地哭喊"找我爸爸""找我爸爸"……直到把嗓子喊哑。每次我送他去幼儿园，他的两只小手都要紧紧地拽着我的衣服，声嘶力竭地叫着"爸爸"，一副生离死别的样子。这种情景让我心酸得不行。

一个人如此地需要我，我感到又痛苦又幸福，险些辞职。我当时想，刘船既然那么不愿意上幼儿园，又找不到合适的保姆，我干脆把工作辞掉回家哄孩子算了。我的那个每月几百块钱的工作和我的儿子比起来实在是微不足道。我的工作可没有我的儿子这么需要我，离不开我。

我和刘船都有一个爱好，就是逛公园。星期天或者是节假日，去哪儿呢？再也没有比公园更好的地方了。在他四岁之前，他和他的妈妈还在京郊延庆，每个周末我从京城赶回家，都要带着他到县城里的两个公园去玩，玩起来就没完没了。我们在草地上打滚儿，捉迷藏，逮蚂蚱或者是蜻蜓、蝴蝶、蚂蚁，或者看鱼塘边那些钓鱼的人。

刘船那时对钓鱼非常有瘾，他能蹲在一个钓鱼者的旁边看上很长时间。看了几次，他就想自己动手了。他让我给他从树上折下一根细长的柳条，他会举着那个柳条，把它的一头伸到水里，安静地颇有耐心地等上很长时间，等着鱼儿咬住他的柳条。鱼儿当然不会去咬他的柳条，但刘船并不失望，觉得举着柳条蹲在水边这种形式乐趣无穷。

在他四岁的时候，他和妈妈来到京城和我团聚。从此我和刘船利用周末几乎转遍了京城所有知名的公园。公园里游人如织，有几次刘船在前面跑着跑着就把一个从后面看很像我的人当成我，跟着那人走很长一段路。当他发现自己跟错了人，顿时就惊慌失措了，开始四处张望，眼里闪动着泪光。这时我就会突然出现在他的面前，让他喜出望外。

有时为了逗他，走着走着，趁他不备，我就藏在一棵树后或者是一块石头的后面。等他带着哭腔喊"爸爸"的时候，我再大笑着出来。刘船见了我立刻破涕为笑，并且为刚才的"失态"感到难为情，不好意思。我问他："刚才你找不到爸爸着不着急？"他说："不着急。"我说："我都看见你要哭了，你还说不着急？"他说："我那是逗你玩呢！其实我根本就不会哭。"我说："那好，现在咱们两个人就各走各的，怎么样？"他笑了，说："不。我跟着你。"

刘船断了母乳后，却怎么也不喝牛奶。把奶瓶送到他的嘴边，他一闻就摇头，在他清醒的时候，你是无论如何也不能把牛奶灌进他肚里的。那时他还不满一岁，没有了母乳，牛奶应该说是一个婴儿最好的食品，可他偏偏不喝，你说这有多急人吧。在他吃母乳的时候，他长得又壮又胖；当他断了母乳后，就开始瘦了下来。

为了让刘船喝牛奶，我们只好等他睡着了，把冲好的牛奶，凉到不冷不热，然后把奶嘴儿慢慢地塞进他的嘴里。他在睡梦中噙住了奶嘴儿便大口大口地吮吸起来，咕咚咕咚的声音真是悦耳。有时，刘船在梦中喝着喝着就醒了，睁眼一看，发现自己正在喝牛奶，于是赶紧吐出，再也不喝了。这个小崽子就这么怪。等他慢慢长大以后，他还是坚持不喝牛奶。在五岁的时候，他还经常在早晨对我说："我不想上幼儿园，今天幼儿园早餐喝牛奶。"

有几次，儿子跑出去了，和别的比他大一点儿的孩子玩得不见了踪影。我去找他，在居民小区里转了好几圈儿还是没有找到他。我突然就乱了方寸。我想："儿子要是被人贩子拐走了，卖到千里之外的山村可怎么办？"这么一想，我就开始六神无主，有一种末日来临之感。拐卖妇女和儿童的案件在我们生存的这个社会里时有发生，我们经常可以在电视或者报纸上看到那些失去孩子的父母的痛不欲生的模样。看到这样的情景，我就想，应该把那些人贩子千刀万剐。我的两眼浸满泪水，见到熟人就问看没看见我的儿子。

我想，等我找到了那个不听话的、乱跑的小崽子，我一定要揍他的屁股。我越来越着急，晕头转向。

等我真的找到儿子时，我才发现我的心正在一揪一揪地疼痛。我再也舍不得去打他的屁股，赶紧牵着他的小手回家。我有一种失而复得的感觉。这个被牵着小手的孩子，在我的生命里越发珍贵。

尴尬

老婆在单位工作不顺心，想调出来，换个环境，接收单位已经找好，可原单位的领导迟迟不在她的调动申请上签字。这可把她给急坏了，问我："怎么办？"

看着老婆着急的样子，我说："送礼！"

老婆安静下来望了望我，然后说："好吧，那就试试。"

我和老婆去买礼品。无非是两瓶好酒、两条好烟，外加两盒高级补品。这些东西对于老婆单位的领导，无疑是轻如鸿毛，可是对于我们，实在是重如泰山，因为这一下子就扔掉了我一个月的工资。

接下来的事情便是提着礼品，在某个礼拜天去敲老婆单位领导的家门了。

我和老婆提着礼品准备出门，三岁半的儿子突然从玩具上抬起头问道："爸爸，你们要去哪儿？"

这一问，倒让我们意识到了儿子的存在。礼拜天，幼儿园也休息，儿子正好在家。

老婆对儿子说："爸爸妈妈出去办点事儿，一会儿就回来，你一个人在家玩儿，行吗？"

儿子大声答道："不行！我跟你们一块儿去。"

把儿子一个人留在家中也确实让人不放心，他要是玩火怎么办？他要是从三层楼上掉下去怎么办？他要是被人贩子拐走可怎么办？

我看看儿子又望望老婆，说："那就带上他吧。"儿子很高兴，扔下玩具，扑到我的身上，说："爸爸抱。"

就这么，我抱着儿子，老婆提着礼品，向领导的家走去。

路上，满面春风的儿子问我："爸爸，咱们干什么去？"

我说："送礼。"

"送礼是干什么？"儿子问。

"送礼就是把你妈手里提着的这些东西，送给一个当官儿的。"我说。

"送给当官儿的干吗？"儿子问。

"求他办事。"我说。

"噢，明白了。"儿子说，脸上是一本正经的表情。不知他是真明白了，还是装明白。

接着，儿子又问："爸爸，你是当官儿的吗？"

我说："爸爸不是。如果是，就不用给别人送礼了。你长大当个大官儿，让爸爸也沾点儿光好不好？"

儿子气壮山河地答道："好！"

终于来到了老婆单位领导的家门。开门进去，领导在家，聊聊家常，诉诉苦，把来意说明，就该告辞了。

在我们说话的时候，我们的儿子已大模大样地把领导家的各个房间走了一个遍，他还把一泡热尿撒在了一个花盆里。等我们发现，他的尿已撒净。

这让我们感到十分尴尬，赶忙赔礼道歉。

告辞的时候，我们故意不提礼品的事，领导也装作视而不见。如果不是儿子，这次送礼的过程到此结束，应该说还是很顺利的。

在我们就要出门的时候，儿子喊道："爸爸，咱们的东西忘在这儿了！"边说，边跑到我们带去的礼品前，抓住，想提起来，提不动，就往外拉。

这时，我们和领导都感到非常尴尬。

我过去，想让儿子放手，我说："放下放下，这不是咱们的东西。"

儿子说："这就是咱们的东西！"

我有点儿生气，喝道："松手，否则我揍你！"

儿子被吓得松开了手，接着受了委屈似的哭起来，边哭边喊："就是咱们家的，就是咱们家的！"

我抱起儿子，对领导说："留步，留步。"然后和老婆仓皇地逃了出来。儿子的哭声嘹亮地响了一路。

后来呢？后来老婆顺利调进了新的工作单位。

考试

我在二十五岁那年，突然感到自己已经过够了光棍汉的日子，应该找个女人结婚了。光棍儿的生活就像没放盐的菜，吃坏了我的胃口。

我的一个朋友看出了我惶惶然如丧家之犬的样子，就说："该帮你找个媳妇了。"朋友说话算话，很快就帮我介绍了一个不错的女人，这个女人后来成了我的老婆。我们的恋爱快得像希特勒发动的一场闪电战，很快就进入了实质。婚后的生活证明，我当时的选择是正确的。

一天，她对我说，她的母亲要看看我。虽然我们已经搞得如火如荼，私订了终身，可双方的家长对我们的情况基本上还一无所知。她的母亲要见见我，这个要求再正常不过了。我说："行，什么时候都行。"

第二天上午，她给我打电话，让我中午去她家吃饭。我很高兴，老早就去了。到了她家，没见到我想象中的酒菜。我未来的岳母对我说："你先去地里帮你大爷一把，回来饭就好了。"未来的老婆领着我去了她家的地里。

她的家虽然在县城，却属于农村，家里有几亩菜地。我兴致勃勃地随她来到菜地，早早地就挽起了袖子。我未来的岳父正在地里，我问他我能帮着干点什么，他就将一根扁担和两只硕大的荆筐递给我，并指着地里的几个老大的粪堆对我说，去把地里的粪匀开，匀成一个一个的小堆儿，过两天种菜好用。我说，好。

未来的岳父在两只荆筐里把粪装得满满的，我蹲下，挑起就走。正是春天，新翻过的田地里的泥土非常暄，粪是猪圈里沤了半年的土粪，我感到肩膀那里死沉死沉的。我虽然从小在农村长大，吃过很多苦，受过很多累，身上有把子力气，可是像匀粪这样的重体力活儿以前还真是没有干过。

我挑着满满两筐土粪，走在暄暄的泥土里，一步一个深陷的脚窝儿，两只荆筐吊在扁担的两头摇摇晃晃，很难保持平衡，我想我当时狼狈的样子肯定就像现在城里街头扭大秧歌的老太太。我有很长时间没干农活儿了，我的肩膀很快就受不了了。可我不愿在她父亲面前丢人现眼，我咬牙挺着，还没挑几趟，就开始上气不接下气了，脑袋也渐渐地大了起来，两个肩膀像被牙齿咬着而且不断地用力，疼痛难忍。

未来的岳父把粪装得很满，拍得很实。我挑着两筐粪深一脚浅一脚，高一脚低一脚，长一脚短一脚，软一脚硬一脚，进一脚退一脚地走着。没有多长时间，我体内的力气就被全部用完了。烈日当空，我干了一块地的不到五分之一，心想就是把我累死在地里，也干不完这块地的一半。我悄悄地对那个就要成为我老婆的女人说："你要是还想让我活着走出这块地，就让你爹收了吧。"她不知是开始心疼我了，还是怕我给她丢人现眼，夺过她爹手中的铁锨，很坚决地说："不干了，回家吃饭。"

空手往她家走时，我有一种被从奴隶主手中解放了的感觉。回到家，她母亲已经把饭做好，小米粥和葱花烙饼。粥熬得很好，饼也烙得不错，可我因为累得过了度，食欲全消，只吃了很少一点便放下了筷子。

后来我老婆告诉我，她的父亲和母亲对我的评价很低，说我干活没力气，匀粪时被扁担压得东摇西晃的像个尿包，还说我吃饭也不行，饭量小得不如一只猫。她母亲最后总结道："吃也不行，干也不行，这样的男人你跟他甭想过上好日子，干脆吹了吧。"她父亲一言不发，那意思也是吹。多亏我老婆头脑清醒，说："我找的又不是农民，怎么能用干活和吃饭衡量他的优劣呢？真是荒唐。"

她的父母叫我去地里匀粪、吃烙饼，实际上是对我的一次考试。虽然我在老两口儿的心目中是个不及格的男人，但他们的闺女铁了心要跟我，他们也没有办法，最后只得默认了我们的关系。现在想想，我的老婆实在是来之不易啊！

细节中的母爱

　　1957年，十九岁的母亲嫁给了二十六岁的父亲。母亲从娘家黄柏寺，嫁到了婆家苏庄。黄柏寺和苏庄，相距七里。

　　父亲是个乡村教师，一生在京郊延庆县内多个乡村教书育人。母亲嫁给父亲后，只在婆家生活了很短的时间，便跟着父亲在外奔波了。那时父亲在一个叫永宁的镇上教书，母亲便在镇上一个制作各种帽子的厂里做了女工。干了一年多，到了1959年5月，因为第一个儿子的出生，她辞去了这份工作。这份工作，是她一生中最难忘的记忆，什么时候想起来，脸上都是幸福的神情。

　　1961年8月，她的第二个儿子降生。

　　1965年2月，她有了第三个儿子。

　　1967年6月，老四落草。

　　1971年6月，老五坠地。

　　其实，在老大之前，母亲还怀过一个孩子，没保住，流了。在老五之后，她又怀了一个孩子，响应了计划生育，做掉了。她像当时所有的农村妇女一样，生育机器似的，生了一个又一个，然后拉扯他们，在贫困的生活中艰难跋涉，培养他们长大成人。

　　母亲特别能干，除了下地干活儿，她还每年养一头猪，从小猪崽养成大肥猪，卖掉，贴补家用。因为精心，母亲养的猪总是比别人家的长得快，长得大。那时没有成分可疑的猪饲料，猪吃的都是家里的生活泔水，佐以棒子面和米糠。母亲喂猪，总是等着它把泔水吃完才离开，要是猪吃得不香，母亲就会一点儿一点儿地在泔水上撒米糠和棒子面，还会"嘞嘞嘞"地叫着，像是哄着自己的孩子。

　　即使是下雨天，她也要戴着草帽，等猪把泔水吃完。有时细雨把她的身子打湿了，她都不知道。母亲在细雨里，在猪圈旁，在喂猪的石槽前，等着猪把泔水吃完的情景，成了我后来最难忘的记忆。

她还养了十几只鸡。鸡也是从小鸡崽养起，鸡崽是看不出公母的，有的人挑了十几只，养大了，发现公的多，母的少。都想养母鸡，为了下蛋，卖了鸡蛋贴补生活。公鸡多母鸡少，就很沮丧，很生气，也很无奈。母亲养的鸡，总是会下蛋的母鸡多，不下蛋的公鸡少，村里人就很羡慕，说："看看人家，生孩子，生出的都是能干活儿的男孩儿，养鸡，都是会下蛋的母鸡。"都觉得母亲手气好，都愿意让母亲帮着挑鸡崽。

关于母亲，让我印象最深的有两样东西：一个是她满手掌的口子，一个是我们衣服上的补丁。

先说她手掌上的口子，我们管这样的口子叫裂子，就是裂开的口子。这是成年干粗活儿，洗衣、做饭、喂猪、喂鸡，一双手冷水里出来，热水里进去，冬天里很容易就有了冻伤。冻伤好了犯，犯了好，天长日久，两只手掌里就裂开了一条又一条长短不一、深浅不一的口子。从每道口子里，都能看到新鲜的血肉。

母亲的一双手就像两块军用地图，沟沟坎坎，纵横交错，可以驻军和用兵。

再说我们衣服上的补丁。我们兄弟五个，每个人身上的衣服，都是补丁摞着补丁。补丁大小不一，颜色相近。补丁的针脚特别细致，特别均匀，这是母亲每天晚上在昏黄的灯光下，一针一线缝补出来的。我们身上摞满补丁的衣服，更像一张世界地图，可以在上面看到高山和大川、陆地和海洋，层层叠叠，全是母亲的爱。

母亲乐于助人在村里是出了名的。村里有一个老光棍，叫袁金星，和他的母亲一起生活。一次他母亲生病，他没钱买药，在村里借了几家都没有借到，有的家可能是真没钱，有的家可能是怕他借了钱还不了。他站在大街上无助地想，想了一会儿，就来到我家，找到了我的母亲。母亲非常痛快地把钱借给了他。后来他家买粮又没钱了，又来找我母亲借钱，母亲又非常痛快地借给了他。当然，后来他也很守信用地把钱都还上了。

袁金星常说："只有陈雪琴，敢把钱借给我。"陈雪琴就是我的母亲，他对我母亲非常尊敬。

不仅是袁金星，村里好多人在走投无路的时候，都向我母亲求助过。母亲每次都会力所能及地帮助他们。

我们家也很穷，日子也很艰难，但我父亲毕竟是个乡村教师，每月都有固定的收入，比起别的人家，还是要强一些。再加上母亲持家有方，养猪、喂鸡，日子总还说得过去，我们兄弟不至于挨饿，也没有受冻。

母亲还经常把家里人穿剩下的衣服和鞋子，洗净、补好，送给那些没有衣服和鞋子穿的人。

母亲的厉害也是出了名的。我记得那时村里有一个小流氓，叫"带六子"。京剧《智取威虎山》里有一句台词："三爷有令带溜子！"很多人都会这句台词，而且经常模仿戏里的小喽啰这么喊叫。不知怎么，就把这个小流氓叫成了"带六子"。"带六子"肯定是从"带溜子"这儿来的。

"带六子"经常欺负我。他年龄不小了，成年了，个子却不高。他总是在村里偷鸡摸狗，家家都防着他。他总是欺负那些比他个子更小，年龄也小很多的孩子。他经常把我堵在街上，搜我的口袋儿，假如我口袋儿里正好有几分或者几毛零钱，就会被他抢去。他还逼着我回家给他拿吃的。我不答应他，他就威胁我。

我在大街上一见到他，就转身往家里跑。他就像狗撵兔子似的追我。一次，他把我堵在了一个墙角，还从腰里抽出一把刀子，命令我把口袋儿里的东西都掏出来。我弟弟在他追我的时候，就跑回了家，叫来了我的母亲。我母亲给了"带六子"两个清脆的耳光，他的嘴都被打出了血。他一开口说话，牙都红了，手里的刀子也掉在了地上。

母亲打完他，指着他的鼻子说："你，要是再敢动我儿子一根汗毛，我就拧下你的脑袋！""带六子"说："村里只有您，可以这么打我。我保证，再也不欺负您的儿子了。"以后，他每次在街上遇到我的母亲，老远就哈着腰打招呼，那样子就像一条夹紧了尾巴的狗。

我们兄弟五个，都是凭着努力学习，一个接一个地，从农村考了出来。靠自己的能力，谋得一份工作，在各自的岗位上，干出了不俗的成绩，并且全都过上了幸福的生活。母亲的五个儿子，个个有出息，这让村里人羡慕不已，他们都说我的母亲教子有方，还说这是因为我们家的祖上积了德。

想起母亲，就会想起很多难忘的情景、温暖的细节。母亲的爱，就像潮水一样，再次把我淹没。

父亲的自行车

　　我经常想起父亲的那辆自行车。一想起它，很多往事便涌上心头。过去的事情很多都是酸楚的、无奈的，但是经过岁月的打磨，全都变成了美好的回忆。

　　父亲是个教师，一生中曾在多个乡村小学"授业、解惑"，乐此不疲，兢兢业业。他一辈子获得的各种奖状真是数也数不完。父亲很在意自己的身份，觉得他从事的是一份"天底下最神圣的职业"。

　　父亲非常敬业，即使是在邻村的小学，哪怕离家只有三里路，他也是每天晚上住在学校。那时每周是六个工作日，他就星期六傍晚回家，星期日下午返校，只在家里过一个晚上。我们兄弟小时候一直和父亲不亲，就是因为总是见不到他，感觉有点儿生疏。虽然生疏，但每次父亲回家，我的心里仍然会有抑制不住的激动。

　　父亲每次回家，在进院门的时候，自行车都会"哗啦哗啦"地响，真是未见其人先闻其声。我们家院门的门槛有点儿高，父亲的自行车又太破，所以在他推车进来的时候，响动就很大。我的激动不是因为即将见到父亲，而是他自行车的"哗啦哗啦"的响声带给我的。我又可以骑着他的那辆破旧的自行车在村街上四处乱窜了。

　　父亲的那辆自行车不仅老旧，而且特别。老旧是因为这辆车具体产于哪年，连父亲也说不清楚，这是他用一个月的工资，从一个同事手里买来的，同事也是从别人手里买的。这辆车没有挡泥板，遇到下雨天，骑着它，会甩你一身的泥水，前轱辘甩你一前胸，后轱辘甩你一后背，也没有链套，这样链条上的油泥就会蹭到骑车人的裤腿儿上。

　　特别之处是这辆车看上去没有车闸。没有闸，怎么让它停下来呢？总不能往墙上撞，往沟里翻吧，那人怎么受得了！这辆车是倒轮闸。普通自行车的脚蹬子，既可以往前蹬，也可以往后倒，父亲的这辆车只能往前蹬不能往后倒，往后一倒，相当于捏闸或者是踩刹车，车猛地就停了下来。

这辆车虽然很旧了，却是进口原装，正经的德国造，大名鼎鼎的钻石牌。

一次，我把这辆车从家里推出来在街上骑，一个和我大哥年龄相当的半大小子要骑我的车。我很大方地把车给了他，同时告诉他，这辆车有个毛病，你往前蹬几下得往后倒一下。他信以为真，骑上后，往前蹬了几下，果然就往后倒了一下。车突然刹住了，他没有一点儿准备，一下就被扔了出去。这辆车的车座子还是坏的，在他摔下来的时候剐破了他的大腿。他一看流了血，吓坏了，赶紧跑回家。万幸的是，只划破了一条不太大的口子，没有伤到要害。

那次以后，我们家的这辆车名声更大了，对它感兴趣的人更多了，都想骑骑，却没人再上我的当了。

车子虽然破旧，却被我父亲视为宝贝，因为这是他出行的工具，而且是唯一的工具。没有它，他每个星期回家就要步行，他去学区开会就要步行，他去县城开会或者采办年货，就得步行。让一个受人尊敬的人民教师去步行，风尘仆仆，父亲是不干的。

因为我不懂得爱惜，骑上车就像脱缰的野马，摔倒是常有的事儿。我因为年龄小，抗摔打，那辆车却没有我结实，不是这儿被摔坏就是那儿出了毛病。再加上我很大方，谁想骑都让他们骑。因为不是自己的，他们就不懂得爱惜。所以，每次我把车推出家门时，它还好好的，推进家门时就多了一些或大或小的毛病。父亲心疼得不行，也气得不行，伸出手来要揍我，可一想起自己"为人师表"的身份，手又不情愿地收回，却恨得咬牙切齿。这样，父亲就把他的自行车看得很紧，不让我或者我的兄弟们碰它。

在我的印象里，一到星期天，父亲总是在家里补车胎。夏天，在院子里补；冬天，就在屋子里补。父亲把自行车放倒，把补车胎的工具摆了一地。父亲补车胎像他上课一样认真，可他补车胎的手艺却和上课的水平相差十万八千里。一个窟窿，父亲能补一个上午，两个窟窿他可以补上足足一天。等他把车胎补好，重新装上，打足气，坐下抽了一支烟，一副功成名就的样子。一支烟抽完，父亲去验收自己的劳动成果，发现车胎又瘪了。父亲苦笑着，重新把车放倒，补胎的工具重又摆了一地。

父亲每次补车胎，都会把全家动员起来做他的帮手，搞得声势和动静都非常大，搞得半个村子都知道他又在家里补车胎了。

我考上县里的师范学校是在上个世纪的80年代初期，那时父亲已经买了一辆新的"永久"，把那辆"德国钻石"送给了我。我骑着它，出入美丽的校园。我记得我的这辆车，是全校最破的一辆。可我并没有觉得丢人。真正让我觉得自卑的是，当时我喜欢上了一个女同学，她有亲戚在我们村，周末她要去看亲戚，我说带她一块儿走。她看看我，又看看我的已经成为校园一景的自行车，犹豫了片刻。她可能是怕伤了我的自尊，于是牺牲了自己的自尊，答应了我。

我很高兴，骑着这辆"哗啦哗啦"响个不停的车子，带着她，走了十里土路，回到我老家的村庄。一路上，我和女同学有说有笑，感觉有说不出的激动，但是胯下的自行车却又让我有说不出的尴尬和自卑。这个女同学后来没有嫁给我，嫁给了别人。她和那辆自行车一块儿成了我遥远的记忆。

工作以后，我换了新的自行车，后来也记不清又换过几辆，直到有了自己的轿车。父亲送给我的那辆老旧的自行车，是怎么被处理掉的，我真的是想不起来了；它现在在哪里，我就更不知道了。但我时常想起它，想起很多过去的事情。

我的老师

  小时候，在文学上给予我启蒙和影响的，有三个人。一个是我的父亲，一个是我的母亲，一个是我的大爷。

  先说我的大爷。这个大爷是我父亲的叔伯兄弟，他的经历有些传奇。在他十六岁风华正茂的时候，村里来了一股子土匪。土匪来绑票本来要绑的是村里的一个大户，因为对地形不熟悉，转向了，结果闯进了旁边我大爷家，把我大爷给绑了。我大爷的父母在筹集赎金的过程中，遇到波折，晚了几天，结果我大爷一直被捆住的手脚，慢慢坏死，最后干脆就掉了下来。从此，我大爷就没了手脚。

  没了手脚，人就显得很怪诞。除了怪诞，也给他的生活带来很大不便。等他父母都不在了，他就被村里"五保"了。我大爷读过小学，读过中学，如果不是遇到土匪绑票，说不定还会上大学。那个年代，要是上了大学，前程就不可限量了。没了手脚，前程也就断送了。但是，我大爷仍然是村里的大文化人，他读了很多古书，一肚子故事。村里人都爱到他家听他讲古书，讲着讲着，有时他还会唱起来。

  那个时候，每次去这个大爷家听他讲故事，成了我最着迷的事情。他讲武松，讲关公，讲瓦岗寨，讲单雄信，讲秦琼和罗成。他的故事，极大地激发了我的想象力，这为我以后写小说写散文打下了坚实的基础。我曾经两次写到这个大爷，一次是一篇很长的散文，叫《没手没脚的我大爷》；一次是一篇小说，叫作《绑票·相好的》。两篇作品都发表在了有影响力的报刊上。

  再说我的母亲。我的母亲文化不高，小学只读过三年。但她爱学习，平时爱读《毛泽东选集》，有不认识的字就问我父亲。我父亲是个小学教师，教我的母亲是他乐意做的事情。后来，我们上学了，母亲有了生字，就不再请教父亲，而是虚心向我们学习。我们也乐意教她。这样，慢慢地，母亲能把几本《毛泽东选集》都读下来了。后来母亲又喜欢上一套书，就是《邓小平文选》。

学习毛主席和邓小平的文章，母亲有自己的心得。她说："世界上的道理有两种，一种是大道理，一种是小道理。毛主席和邓小平的文章，讲的就是大道理。大道理管小道理。一个人光懂小道理不行，还要懂大道理。只懂小道理，不懂大道理，小道理弄得再明白，也是个糊涂蛋。既要懂小道理，更要懂大道理，这样的人才能有大出息，成就大事业。"

母亲的认识，我想，肯定比很多大学里的教授、专家，都有水平。她的这种辩证的思维，直接影响到了我以后的写作。还有，母亲平时说话很形象，很生动，比如一次她说到她最小的儿子——我的五弟。她说："把你培养出去，上学上学上学，直到毕业有了工作，你知道我费了多大的劲？"五弟好奇地看着母亲，母亲接着说："就像把院子里的碌碡，推到了后边海陀山的山顶上。你说得费多大的劲吧？"

母亲这个精彩的比喻，曾让我很多次一想起来，就拍案叫绝。

再说我的父亲。我的父亲是个乡村小学教师，在村里应该说是最有文化的人。我父亲也擅长讲故事。他比我那个没手没脚的大爷讲得还要好，他因为当教师，有常年在课堂上的训练，使他的故事讲得特别有条理，有层次，特别能够营造紧张的气氛，特别生动，特别形象，特别抓人。

我记得小时候，父亲在外教书，每周回家一次。那时周末只休一天，周六晚上回来，周一早晨就又走了。即使他后来教书的村子，离家只有短短的五里，他也是每周回家一次，把心思和精力都用在了工作上。父亲的敬业，换来的是家里贴满墙壁的各种奖状。父亲每周回家一次，我们看到他，觉得很新鲜，总觉得和他有点儿距离，不那么亲近。父亲为了拉近和我们的距离，晚上睡觉前，就给我们讲故事。

父亲给我们讲过俞伯牙和钟子期的故事，讲过管仲和鲍叔牙的故事，讲过孙膑和庞涓的故事，讲过晏婴的故事，讲过商鞅变法的故事，讲过荆轲刺秦王的故事……父亲讲着，我们听着，慢慢地，我们和父亲的距离拉近了，感情上也亲近了。父亲的故事让我着迷，父亲这个每周只回家一次的人，也让我着迷。

学校放暑假的时候，也正是农忙的时候，父亲带着我们兄弟去生产队劳动，为的是多给家里挣一些工分。工分多了，秋后就能多分些粮食，或者少交一些粮钱。父亲虽然是个书生，是村里的知识分子，文化人，但是父亲干农活儿照样不落在别人后边。不论是割麦子，还是砍玉米，父亲总是干在前面。我们在父亲的带领下，也是一个个奋勇当先。

村里人就给父亲和他的儿子们竖大拇指，夸我们个个都是好样的，干活儿不偷懒儿。

劳动的间歇，父亲就给大家讲故事，讲鲁智深倒拔垂杨柳，讲林冲雪夜上梁山，讲宋江三打祝家庄，讲诸葛亮七擒孟获……大家听得全都忘记了疲劳，再去地里干活儿，身上突然就有了鲁智深倒拔垂杨柳的力气，剩下的活儿很快就干完了。下了班，收了工，还有好多人追着父亲，围着父亲，想听他继续讲故事。父亲笑着说："我的故事只在劳动的间歇给大家讲，为的是给大家鼓劲儿。想听，明天再讲。"

村里，不论是队长还是社员，不管是男的还是女的，老的还是少的，都爱听父亲讲故事，干活儿都爱跟着父亲一起干。队长美了，记工分的时候，每天给父亲记一天半的工分。

父亲的那些故事，就像一粒一粒种子，埋进了我的心里，后来就长成了一部一部的文学作品，发表在全国各地的报刊上，影响更多的读者。

那一年我到外面走了走

那一年我二十一岁，正是精力旺盛热情泛滥的年纪。当时我在一个大山脚下的乡村小学教书，整天和一群土头土脸又调皮捣蛋的孩子打交道。那一年，因为失恋，我的感情接连遭受两次打击，对这些乡村孩子，对教书，突然失去了兴趣。我把学生们"放了羊"，一个人到山上去坐着，一坐半天，长久地出神。

我突然觉得，人与人之间，那种叫"爱"的情感，是非常单薄、虚假、似有又无的东西。活着，成了最没意思的事情。

那年暑假，我简单地准备了一下，想到外面走走，散散心。不这样，我会憋出更大的病来，也许会采取某种方式和这个世界挥手告别。

去哪儿？不知道，走到哪儿算哪儿吧。坐汽车再坐火车，车停在哪儿，哪儿就是一站。我走了整整一个假期。

家中，父母已经做好准备，迎接他们的儿子回来过暑假了。左等不见人回来，右等没有儿子的影儿。他们的儿子，我，那时正在火车上望着窗外的茫茫大漠出神。

开始几天，他们以为我在学校给学生补课，可十天过去，他们的儿子还未回来，就开始不放心。父亲说去学校看看，就骑车三十里到那个乡村小学找我。没找到，他便打听，有人告诉他我一放假就收拾东西走了，不知道去哪儿了。父亲的心悬起来，他回家把这一情况告诉母亲，母亲的心也悬起来。

第二天，年迈的父亲出征了。把一个县内他能找到的我的同学的家都找到了，没有打听到我的下落。父亲在毒日头下骑着车，一个村子一个村子地找。遇到我的同学就问，眼圈儿红着，声音哑着。风尘仆仆的父亲，一连找了十多天，嘴唇上起满水泡，后来嗓子也哑了。

要知道我的同学几乎遍布全县的各个乡镇，那时电话还没普及，父亲

093

凭着一辆破旧的自行车和一副年迈的身躯，硬是一家一家地询问遍了。

都不知道我的下落。父亲就天天往我教书的那个小学校跑，看我是否已回来。一去三十里，一回三十里。

一日大雨，把途中的父亲淋成了落汤鸡。他想找个避雨的地方，没有。父亲就想索性快骑早点到家，可车带偏偏这时"放炮"了。又累又急的父亲只好冒雨推车赶路。到家时，连上炕的力气都没有了。

那些天里，我的母亲常做噩梦，梦见我走进黑店，被人杀害，把我的肉做馅儿包了包子。我坐在一个一个小包子里喊着我的母亲。醒来，母亲就把父亲推醒，让他快去救我……

当我正在心灰意冷，离家出走之时，我的家人却为我的"失踪"焦灼不安。我真没想到我在他们的心目中会那么重要。这件事已过去整整七年。七年里，我一直为自己那次不负责任的行为而感到深深的内疚。同时，我又感到万分幸福，因为这个世界上还有人是真正爱我的。这种真挚的爱，从此成为我战胜任何困难、勇敢活下去的勇气和力量。

父亲得不到我的任何消息，母亲夜夜梦见我遭遇不幸，夜夜哭泣。本来不迷信的父母也不由得迷信起来。他们请来一个算命的先生，先生是个瞎子，用手掐着，掐着，说："你们的儿子现在东北方向四十里左右，快去找吧。"

父亲闻言大喜，骑车直奔东北方向四十里赶去。赶到那里，父亲一下子傻了。那里是个大水库，碧绿的水面在微风中轻轻抖动。父亲围着水库转了一圈儿，又转了一圈儿，他试图找到我留在岸边的踪迹，但他什么也没找到。

我父亲一屁股坐在地上。过了很长时间，他才吃力地站起来，再往回骑车时就摇摇晃晃得像喝醉了酒。

四十天后，暑假即将结束的时候，我回来了。我心中郁结的不快和痛苦都抛给了外面的世界。

走进家门，母亲见了我，像不认识了似的愣了片刻，接着便跌跌撞撞地扑了过来。

父亲操一根棍子在手，喝一声："杂种！看我不打断你的腿！"一脸黑气地冲过来。

父亲手中挥舞的棍子，悬在我的头上，没有打下来，片刻，那只胳膊一点一点地软了下来。猛地，他把我的头搂进他的怀里，一边哀哀地哭，一边说："儿子，你可回来啦！"

这时我才发现母亲的脸上布满皱纹，憔悴不堪。父亲简直老了二十岁，让我不敢认了。

第三辑

青涩年代

皮球为什么会跳得那么高

一天中午，双虎、金塔、鸡屎和我，四个人在教室里玩儿，金塔突然说，咱们把鸡屎绑在凳子上吧。我和双虎说，好。鸡屎无所谓的样子，说，绑就绑吧。因为鸡屎没有反抗，我们三个人很容易地就把他绑在了凳子上。用的是双虎的鞋带儿。那时我们坐的，是可以并排坐两个人的长凳子，木头的，四条腿。我们把凳子立起来，让鸡屎背靠凳子，把他的双手反捆在凳子的另一边。

被绑在了长凳上的鸡屎装得像一个英雄似的，歪着脑袋，大义凛然的样子。金塔弯下身子，猛地把鸡屎的短裤扒了下来。那时我们的短裤没有裤带，用的是松紧带儿，我们经常从后边猛地把别人的短裤扒下来，让他的屁股和小鸡鸡暴露在光天化日之下，暴露在女生的眼皮子底下。女生吓得"嗷"地叫起来，男生高兴得"嗷"地叫起来，效果特别好。

金塔扒了鸡屎的短裤，这一招儿鸡屎没有料到。虽然当时教室里没有女生，鸡屎还是"嗷"地叫了起来。刚才鸡屎还装得像个英雄似的，短裤突然被人扒了下来，褪到了膝盖，小鸡鸡暴露了出来，他那种大义凛然的气概一下子就不见了。他的双手在凳子后面绑着，他没有办法把短裤提起来，他一边"嗷嗷"地叫唤，一边晃动着身子，他的小鸡鸡就在裆间左右地摆动。我们三个人蹲在地上，一边看着他的小鸡鸡，一边哈哈大笑。

我们的笑声惊动了老师。老师正在吃午饭，还没吃完，手里拿着筷子，嘴里嚼着东西，就过来了。她把头伸进教室，一眼就看见了鸡屎的欢蹦乱跳的小鸡鸡。鸡屎像被施了定身法，一动不动了。我们三个人也止住笑声一动不动了。老师恶狠狠地剜了我们几个一眼，转身出去了。

我们赶紧给鸡屎松绑。鸡屎提起短裤，照着双虎的屁股就踢了一脚。双虎早有防备，一跳就躲开了。鸡屎又踢金塔，金塔跑得更远了。鸡屎没有踢我，因为绑他和给他扒短裤都不是我干的。我们四个下午等着老师找我们，骂我们一顿，或者罚我们站着。可是老师没有找我们，她像是把中午这件事儿忘了一样，再没提起。

学校有大小三个皮球，一个足球，两个篮球。一天，我问鸡屎："你说皮球为什么会跳得那么高？"鸡屎说："因为里面有气儿，因为皮球有弹性。"我问："皮球里面装的是什么气儿？"他说："空气呀。"我说："就是咱们呼吸的空气吗？"他说："对呀。"我说："咱们肚子里装的也是空气，为什么咱们人就不能像皮球跳得那么高呢？"他说："废话，咱们人肚子里除了空气还有屎，皮球的肚子里只有空气没有屎，所以皮球就比人跳得高。"我说："人就是把肚子里的屎全都拉出去了，怎么也没有皮球跳得高呢？"

鸡屎被我的问题难住了，抓抓耳朵，又抓抓脖子，回答不上来了。

我说，皮球的肚子里除了空气，肯定还有别的东西。鸡屎问："什么东西？"我说："不知道，肯定是能让它跳得比人高的东西呗。"鸡屎愣愣地望着我，说："会是什么呢？"我说："肯定不是屎。"鸡屎又说："会是什么呢？"我说："咱们把皮球剥开，不就知道了嘛。"鸡屎说："啊？！把皮球剥开？怎么剥？"我说："很简单，用刀子，铅笔刀就行，切开一个皮球，看看就知道了。里面肯定有一个特别好玩、特别值钱的东西。"鸡屎说："要是没有呢？"我说："肯定有。要是什么也没有，皮球肯定不会跳得那么高。"

我和鸡屎商量好，每人从学校偷走一个皮球。我偷一个大的，篮球；他呢，偷一个小的，足球。皮球都放在老师的办公室里。这天中午，我和鸡屎趁老师不在，每人偷出一个皮球，迅速地把它们扔进学校墙外的玉米地里。然后我们两个人钻进玉米地，找到那两个皮球，在玉米地里向北，一路狂奔。我们觉得离学校已经很远了，停下来，躺在一棵树下。

我们每人怀里抱着一个皮球，大口大口地喘气。

我问鸡屎："带刀子了吗？"他说："带了，你呢？"我说："我也带了。"他问："这里安全吗？"我说："安全，不过没有那边的坑里安全。"

离我们不远有一个大土坑，我们又跑下了土坑，钻进了坑下的一个洞里。这回彻底安全了。我问："谁先剥？"鸡屎说："你吧。"我说："行。"我就用小刀，把我怀里的那个篮球，打开了。因为是削铅笔的小刀，还因为皮球的皮子很硬，我费了很大的劲儿，才把这个篮球剥开。里面什么也没有。这让我和鸡屎大失所望。

"东西呢？"我问。鸡屎说："什么东西？"我说："让它跳得那么高的东西。"鸡屎说："我说了嘛，里面是空气你偏不信，这回信了吧？"我说："你没见有什么东西从里面飞走吗？"他说："没见。"我问："你没见什么东西掉到地上，钻进地里去吗？"他说："没见。"我说："你刚才肯定眨巴眼睛了。肯定有什么东西飞到天上去了，或者钻进地里去了，你没看见。"鸡屎说："我没眨眼，我什么也没看见。"我说："你眨眼了，我都看见你眨眼了。"鸡屎问："我眨眼了吗？"我说："眨了。"他问："你见了吗？"我说："见了。就是在你眨巴眼睛的时候，那个东西跑掉了。"鸡屎又愣愣地看着我。

我怕鸡屎回去告诉老师，说我剥了一个篮球，就对鸡屎说："该你了，你把你的那个足球打开吧。"他说："还打呀？"我说："对，当然得打了，要不咱们偷它干什么。"他说："要是里面还是什么都没有呢？"我说："肯定有，你打吧。我不眨巴眼睛。我把眼睛睁得大大的，看着，它要是往天上飞，我就一把抓住。它要是往地下钻，我也一把把它抓住。"鸡屎说："那你可别像我刚才似的眨巴眼睛。"我说："不会，你的眼睛小，所以你爱眨巴眼睛，我的眼睛大，我就从来都不眨巴眼睛。"

鸡屎就把他怀里的那个足球也切开了。当然是什么也没有。我们两个人失望透了。我们就把这两个都被切开的皮球埋了起来。我知道他不会告诉老师，我也不会告诉老师。还真让鸡屎说对了，皮球的肚子里除了空气什么都没有。

我短暂的舞台生涯

六一到来之前，公社教委让各中小学排练节目。不知为何，老师认定我的身上有表演才能，就把我挑出来了。我们村里的小学准备了两个节目：一个是表演唱，四个人的集体节目；另一个节目给了我一个人，快板书。我被选上，既高兴又不安。高兴的是，那么多人偏偏选中了我。不安的是，我装模作样地去排练，会不会遭到金塔、双虎、鸡屎的耻笑。

还好，虽然我每天下午和晚上都被老师留下排练，有时还把脸蛋搽红，把眉毛描黑，他们并没耻笑我。我的父母和兄弟也很鼓励我。我就理直气壮地参加了。

我说的那段快板内容很长，是一本什么杂志上登的，说的是一根扁担的故事，这根扁担爷爷挑过它，给地主扛长活；爸爸挑过它，跟着红军过草地；轮到我，我也要挑着它，接革命的班。小扁担两头弯，三尺三，传家宝什么的。特别特别长。那时我的记性好，又特别上心，所以很快就全背下来了。背得非常流利。可我不会打快板，我才上二年级，我的手很小，快板拿都拿不住，更甭说把它舞动起来了。

村里有个上中学的男生，会打快板，老师就请他专门负责给我打。就像给歌手伴奏一样。他叫李如全，和我二哥同岁，正在上初中。这样，有趣的场面就出现了，我站在前面说，说那根三尺三的扁担，李如全站在我的后面给我伴奏。我的个子很小，他的个子高过我一头还多，显得很高大。他打快板，我说词儿，配合得很默契。在公社演出的时候，很多观众为我们的节目热烈鼓掌。

来看我们演出的不仅有老师和学生，还有当地的一些老头儿老太太。他们在家待着没事儿，就来看节目了。轮到我登台，我心情非常紧张，不知怎么上去的，看到下面黑压压的人头，脑子里一片空白，我张开嘴就说那根三尺三的扁担，根本不管后面的李如全是不是准备好了。一口气就把那根扁担说完了。说完我就下去了。台下的掌声"哗"地就响起来了。

我把自己的节目表演完，就跑到台下看别人的去了。就有老太太问我："孩子，几岁了？"我说："六岁。"过一会儿又有一个妇女问我，几岁了？我说，七岁。这个问，那个问，我一会儿六岁一会儿七岁地答着。我也闹不清我的准确年龄到底是六岁还是七岁。回家我就问我娘，我到底是六岁还是七岁？我娘说，你虚岁七岁，实岁六岁。我娘说的实岁，就是周岁。

那些老太太和中年妇女就夸我："你看看人家这孩子，小嘴儿'吧啦吧啦'的，那么长的段子都背下来了，多聪明。"听她们夸我，我心里特别舒服。

结果，我们村里小学的两个节目有一个被选拔到了县里。这就是我的快板书。过了几天，我和李如全又在老师的带领下去了县里。演出是在晚上，在县里的礼堂。舞台上挂着大幕，挺像那么回事儿。下面更是黑压压的一片。我的心情还是特别紧张，还是不知怎么就上去了，上去也不管李如全，张嘴就说，一口气说完，转身下台。我连给观众鞠躬都忘了，好像是李如全在后面替我鞠的。县里发给我一个面包、一瓶汽水，我没舍得吃，也没舍得喝，都拿回家了。

听说县里又有几个节目被选拔到了市里。这次没我。

第二年六一前夕，公社教委又要求下面的学校准备节目。学校又让我说快板，这次说的好像是农村的庄稼。我只记住了这么几句，打竹板点对点，说的是，放马屯的高粱秆儿。放马屯的高粱秆儿怎么了，我现在是一点儿也想不起来了。这次学校的老师没请李如全给我伴奏，我无伴奏清唱，这次在中心校的预演就被刷下来了，连公社都没去成。可见李如全和我是珠联璧合，缺一不可。

没有了快板伴奏，还叫什么快板书？我一个人说得再好，也不会被选上。学校的老师那次为什么不找李如全继续给我伴奏，是老师不找他还是他有什么事儿耽误了？记不清了。

四年级的时候，学校又排练节目。这次不让我说快板了。学校重点抓一个表演唱。女生四个，男生一个。内容好像是几个姐姐教育那个弟弟。弟弟犯了一个错误，几个姐姐轮流教育他。老师开始没有考虑我。他选了一个比我长得漂亮的男生。可惜那个男生没有表演才能，不配合，排练的时候就跑。老师和同学怎么找也找不到，后来就下决心换人，就又想到了我，因为我毕竟有过舞台经验。

　　我当时的心情比较复杂。我一方面有点不满，心想，你们开始的时候没想到我，现在没人了才想到我，这是对我的不重视；另一方面，我也一直盼着这个角色能落到我的头上，我毕竟是个老演员了嘛，还登过县里的舞台，这在整个公社都是不多的。正在我失落的时候，这次的演出又想到我了，我自然非常高兴。那时不满和高兴交替出现在我的心里，我在排练时的表现就很不正常。再加上这次的角色，一个小弟弟，好几个女同学都成了我的"姐姐"，还批评教育我，引得双虎、金塔、鸡屎他们开始嘲笑我了。

　　这次排练我既想参加又不想参加，处在一种矛盾之中。我就开始学前面那个男同学，逃跑。刚开始排练我还在，过了一会儿，我就跑了。藏在一棵树上，藏在一堵墙后，让她们找，她们一边叫着我的名字一边找，等她们找得差不多了，我再弄出点动静，让她们发现我。她们发现了我，就会猛扑上来，生怕我跑了，生拉活拽地把我拽到排练现场，交给老师。

　　老师因为还要用我，所以不敢过于严厉地批评我。那段时间我也得寸进尺，动不动就跑了，老师专门派人看着我。我就是被抓回来，排练时也不严肃，不认真，终于把老师惹烦了，彻底换掉了我。

　　没我什么事儿了，我顿感一身轻松，再也不用东躲西藏了，再也不用给那几个丫头片子当什么小弟弟了，再也不会遭到双虎、金塔、鸡屎之流的嘲笑了。可我为什么还会那么失落呢？我的短暂的舞台生涯，在我小学四年级的时候，就这样彻底地结束了。

老师的水桶

我的老师都不待见我，因为我除了学习差，上课还爱捣蛋。老师越不喜欢我，我就越和她对着干。我越是和她对着干，她越不喜欢我。有点恶性循环了。

我的小学老师差不多全是女性。在我上四年级的时候，我的三个老师全都姓李，我们管她们叫大李、二李和三李。大李教我的时间最长，几乎贯穿了我整个小学阶段。二李的两只眼睛很大，就像牛的眼睛，但是无神，眼珠子在眼眶里晃里晃荡的，我总是担心她一瞪眼，眼珠子会"吧唧"掉到地上。二李不仅眼睛大，鼻子也大，嘴唇也大，肤色发黑，显得有点儿蠢。二李教我的时间不长，我印象里她讲课的声音也很大，但是很难听。

三李叫李如美，就是曾经给我打快板伴奏的李如全的姐姐。李如美一家是从北京下放到我们村的。他们家兄弟三个，一个姐姐，还有一个妈，没有爸爸。李如美做过我们半年的代课教师。一次她给我们上课，进来后发现忘了带粉笔。她又出去取粉笔，她刚一出去，我就跑到前面把教室的门关上了。教室的门有毛病，关上了就打不开。李如美再想进来的时候就怎么也进不来了。她站在外面推，推不开，就用脚踢，把门踢得咔咔响，就是踢不开。她气坏了。

等她终于进来的时候，一节课的时间已经过去了多半。她一进来就气急败坏了，调查是谁刚才在她刚一出去就把门给关上的。很快我就被查了出来，她把我轰出了教室。

轮到我和王小闹给老师抬水了。那时老师办公室的用水，都是学生轮流给她们抬。我们两人一根杠子，一只水桶，去了井房，那里有一个自来水龙头。全村人吃水都到这里来挑，或者抬。那天下午，来抬水的就我和王小闹。我们接了满满一桶水。王小闹说："我想撒尿。"我说："我也想撒尿。"

这时一个念头跑到了我的脑子里，我说："咱们把尿撒在水桶里吧，让老师尝尝咱们尿的味道。"王小闹愣愣地看着我，我问："你不敢？"他说："当然敢，你敢我就敢。"我说："好，那就尿。"他问："谁先尿？"我说："一块儿吧。"我们俩都把小鸡鸡掏出来，对准了水桶。

　　我很快就尿完了。一滴也没浪费，全都尿进了水桶里。可王小闹半天也没尿出一滴。他说："我不行，我尿不出来。我没尿。"我说："有我的一泡就行了，你尿不出来就尿不出来吧。赶紧走，一会儿让人看见。"我们两个人就抬着这桶水回了学校。把这桶水放在了老师的办公室。

　　很快，我的心里就开始不安。我担心王小闹出卖我。因为他没尿出来，所以他很有可能去老师那儿把我卖了。要是他当时也尿了出来，我就什么都不怕了。有了这份担心，再看王小闹，怎么看怎么觉得他像个叛徒。

　　我担心他已经告密了。我把王小闹叫到一边，问他："你不会告密吧？"他说："不会。我哪儿是那种人呢！"可我还是对他不放心。他为什么尿不出来？是真尿不出来还是装的？他要想尿就一定能尿得出来。他不往出尿，就说明他做好了告密的准备。他今天不告密，明天也许就告密了。他和我好的时候不告密，哪天我们两个人有了矛盾他还是会去告密的。我等于把一个把柄放在了他的手里，他随时可以去告密，可我却束手无策。

　　想到这里，我对王小闹说："咱们还得去给老师再抬一桶水。"王小闹问："为什么？"我说："刚才那桶有咱们俩人的尿。"王小闹说："老师又不知道。"我说："她一喝就喝出来了。"王小闹说："她喝不出来。"我说："她将来要是知道了，非把咱俩开除不可。"王小闹说："没我的事儿，我没尿出来。"我说："这件事儿你参与了，你跑不掉的。"王小闹说："老师问起来怎么说？"我说："就说掉进一只苍蝇，把它泼在院子里。"王小闹同意了，我们俩把那桶被撒了尿的水泼在了院子里，又给老师抬了一桶。

我是如何表达爱意的

新来了一个代课的女教师，姓范，叫范西施，是村里插队的知青，长得特别漂亮。我一下子就爱上了她。她在台上讲课，我就在下面想，长大后我一定要娶她做老婆。娶不上她，也要娶一个和她一样漂亮的女人做老婆。

我从来没有见过像她这么漂亮的女人。我见过的女人全是当地的。当地的女人长得再漂亮，也没有北京来的知青漂亮。没有人家的皮肤白，没有人家说话的声音好听，也没有人家的身材好。当然知青里也有歪瓜裂枣儿，但大多数都比当地的女人长得好看。

李如美虽然也是北京下放来的，说话也很好听，长得也不难看，可是和范西施一比，就差得很远。那时我才上四年级，还是一个脖子都洗不净的孩豆子，可我却深深地、深深地爱上了这个代课教师。我望着她细嫩的脖子、光滑的脑门儿、红润的嘴唇、迷人的眼睛，出神发呆。

她在台上用纯正的北京话在给我们讲课，我在下面想入非非。我想，要是能摸摸她的手就好了，要是能亲亲她的脸就好了，要是能让她给我做媳妇就好了……这时范西施走到了我的面前，敲着我的桌子，说道："你把刚才我讲的内容重复一遍。"我像从梦中惊醒，问道："你刚才讲了什么？"班上的同学"轰"一声，全都笑了。

从那天开始她便记住了我，并开始讨厌我。可我不在乎，我一如既往地爱她，并且想入非非。我不知该用什么方法表达我的爱意，我就开始给她捣乱。

上课铃响了，我们跑进教室。我在她进来之前，把教室墙角的笤帚放在了门头上，并轻掩房门。然后全班同学和我一样，都目不转睛地瞪着教室的房门，等着范老师把房门推开。很快一脸笑意的范老师就走来了，推开了教室的房门，门头上的那把笤帚掉下来，砸在了她的头上。虽然不疼，但是吓了她一跳。北京的知青都是很娇气的，头上突然掉下来一个笤帚，吓得她"嗷"地叫了一声。她脸都白了，险些蹲在了地上。班上的男生"哗"地大笑起来，女生也笑出了声。

惊魂甫定的范西施开始追查是谁把笤帚放到门上去的。她大声问道："谁?！是谁干的?！"没有人回答。她就叫起一个女生，问她："你说，是谁干的?"那个女生声音很小地说："我没看见。"范西施说："你又不是瞎子你会看不见?你要是不说，就到外面站着去。"那个女生不说也不到外面站着去。范西施用手一指房门，喝道："出去！"那个女生就乖乖地出去了。接着她又问一个男生，这个男生很快也到外面站着去了。一会儿的工夫，班里的大半都出去了，我也出去了。

我刚一出去，里面的人就把我出卖了。我正在外面站着，就见漂亮的范老师，我梦中的媳妇，气势汹汹地从教室里冲出来，扑向我。我知道我被叛徒出卖了，在她的两手抓到我之前，我转身撒丫子就跑了。她虽然个子很高，腿也很长，可她没我跑得快，她没有追上我。

我一边跑一边回头看她，她追了几步就停下来了，用手指着我说："你等着，看我怎么收拾你。"这一天后面的时间，我再也没敢在学校露面。

第二天，我大模大样又坐在了我的座位上。范老师一见到我，什么也不说，就扑向我，我站起来就跑到了教室的后面。她追到后面，我又从后面跑到了前面。她从中间的座位空当处艰难地穿过来，我已经灵巧地跑到了另一边。她又追到另一边，我已经跑到前面去了。她追到前面，我又到了后面。她不追我了，站在前面说："你出去！"我说："我不出去。"她说："你不出去，我就不上课。"我说："你爱上不上，反正我就是不出去。"她在前面，我在后面，我们两个就这么僵持着。

一堂课就要过去了。她说："这次我就饶了你，回到你的座位上去吧。下次不许再捣乱了，听见了吗?"我声音洪亮地答道："听见了！"我坐了回去。她这才无可奈何地说道："上课！"班长喊道："起立！"我们全体起立。她喊："坐下！"我们坐下。她打开课本，说道："今天我们继续讲……"这时，下课的铃声已经响了。

过了几天，在上她的课之前，我又把一盒粉笔放在了教室的门头上。她推门的时候，那盒粉笔"吧嗒"掉在了她的面前，又把她吓了一跳。这次她没有展开调查，而是红着一张漂亮的脸蛋，直接就扑向了我。我一下跳到了课桌上，又跳到了窗户上，翻窗逃了出去。她知道跑不过我，就没有追我。以后再来上课，她总是警觉地先看看教室的门头，先用脚试探着把门踢开，没有什么异常，才敢进来。

我知道她恨透了我，恨不得把我撕成碎片，扔进垃圾桶里。可她不知道我多么爱她，我恨不得也把她撕成碎片，吃进肚子里。

她试图和我和好，带着我和一个女生，我们三个人一起去村外的柳树上撸柳树叶。柳树叶可以当菜吃。把它们洗净，用开水烫一下，然后放在凉水里，再捞出来，攥净水分，放上作料凉拌，她说她特别爱吃。那天我们撸了好多树叶，还用柳条编了帽子戴在头上。那天她对我们俩说："以后，不论什么时候，不论我们将来走到哪儿，都要经常想想今天下午，想想我们三个人一起撸树叶时的情景，好吗？"我答应了，我也做到了经常想起那天的情景，不知她是不是还记得。

下课了，她在给一个笨学生补课。她低着头讲着，细嫩漂亮的脖子露在外面，我真想用手去摸摸她的脖子，可是我知道，她肯定不让，说不定还会抽我一个嘴巴。我从作业本上撕下一张干净的纸，把口水吐在了纸上，然后把这张纸斜着立在了她的衣领上。于是，我的口水，清亮的口水迅速地流进了她的脖子里。她正在低头给一个笨蛋讲着，脖子上突然一凉，用手一摸，摸到了我的口水，还有那张纸也被她摸到了。我站在一边看着，笑着。她把纸往地上一扔，说道："又是你！"然后扑上来抓我。我早有准备，掉头就跑。这次她一心想抓住我，咬住我不放。我知道这次被她抓住肯定没有好果子吃，于是跑得飞快，她追了我很长一段，终因体力不支，放弃了。

她两手撑在膝上，一边大口大口地喘息，一边指着我的背影威胁道："小兔崽子，你等着！"

接下来的两天里我们俩又开始了猫捉老鼠的游戏。不论是在教室里还是在教室外面，她都想把我捉到，因为我早有防备，不论在哪儿她都捉不到我。她动员几个学生帮她一块儿捉，那几个学生刚要动手我就火了。我说："你们敢！"他们犯不着为了讨好老师得罪我，就没有下手，在一旁袖手旁观。他们看着她想捉却捉不到我，都觉得特别好玩儿。她可能意识到了再这么追来追去的，有损她做教师的形象，于是又和我和好了，说："我不追你了，只要你保证以后再不捣乱了，这次我就再饶了你。"我大声答道："我保证以后再也不捣乱了！"

可是没过几天，我又忍不住表达我的爱意了。那时候很多孩子都在玩链子枪，就是用自行车的链条做的手枪，链条前面有个车辐条帽儿。一根火柴从帽儿那里穿过去，把火柴头儿留在里面，还有皮筋和撞针。撞针撞在火柴头儿上，"啪"的一声就响了，把火柴棍儿打出去。我做了几个，都没成功，都不响。王小闹有一把，很好，响声大，火柴棍儿打得也远。

一次也是课下，范老师又给另一个笨蛋补课。她的又细又长又白净的手指，在给那个笨蛋比画着，让人心动。王小闹正在用他的枪上下左右地瞄准一只飞来飞去的苍蝇，我想借他的枪用用，他不给，我就两只手攥着他的一只手，和他一块儿瞄准。那只苍蝇飞着飞着飞到了范老师的手背上。那是多么好看的手背啊。苍蝇飞了。我突然把枪口从苍蝇身上转移到了范西施的手背上，王小闹吓坏了，想缩回他的手，这时我扣动了扳机。

枪声响过后，一根火柴棍儿立在了她的手背上。因为枪的力量小，所以火柴棍儿并没有太深地打进她的手背，也没有流血，只是打出一个颜色很深的红点。她被吓坏了，我和王小闹也都被吓坏了。王小闹赶紧喊道："不是我！"看着那根立在手背上的火柴棍儿，范西施"嗷"的一声就哭了。她的哭声把我吓傻了，她抓我时我的反应慢了半拍，我被她抓到了。她哭着用手打我，用脚踢我，像是要把她心中所有的仇恨一块儿发泄出来。我想从她的手掌里逃出去，逃了几次都被她死死地抓住了。

她打了我几下，然后就带着哭腔儿喊道："走，找你的家长去，问问他们是怎么教育你的！"边说边抓住我往我们家拽我，我开始害怕了。我就反抗，不跟着她走。她毕竟比我的力气大，拽着我走了很长一段距离。因为我拼命反抗，我的力气也很快就用光了。我在反抗的时候把她的手抓破了，这次是真的见了血。她一见自己流血了，身上陡然增添了力量，又开始拽我。我又被她拽着走了一段距离。我怕她真的把我拽回了家，我就开始咬她的胳膊。我的牙齿刚一挨到她的胳膊，还没尝到什么味儿，她就松手了。她一松手，我就又跑掉了。

我跑了，她站在那里想了想，用手背擦了一下脸上的泪水，就一个人走向了我的家。好多学生跟着她，给她指路。她很快就找到了我们家。我的母亲正好在家。她就把我的恶劣行为告诉了我的母亲。我的母亲就像安慰一个孩子似的说，行，别哭了，等他回来我一定好好收拾他，让他给你赔礼道歉。范老师告完状，从我们家出来，脸上的泪水还没有干。

傍晚我忐忑不安地回了家，母亲并没有像对范老师说的那样收拾我，相反倒是对她的表现嗤之以鼻，说，连个孩子都管不住，哭成那样，还老师呢！

吃完饭，母亲让我去给范老师认个错儿。一想起她哭成了那样，我的心中也非常不安。我觉得我这次是真的伤害了她，这和我的初衷背道而驰。晚上我自投罗网，心想她怎么惩罚我我都会心甘情愿地接受。我敲开了她宿舍的房门，她正在吃饭，脸上是一副余怒未消的样子。当时李如全正好也在她的宿舍，正和她聊天。我进去了，站在门边。我说："范老师我错了。我以后再也不捣乱了，再也不惹你生气了。"

她看了我一眼，继续吃饭，一边吃饭一边和李如全聊他们熟悉的北京。我一边看着她吃饭，一边听他们嘴里的北京。她吃的是带鱼，是别人刚从北京给她带来的。我那时还不知道什么是带鱼。我看着她吃，当她把带鱼吃得就剩鱼刺的时候，我惊讶极了。带鱼的鱼刺就像一把小梳子。她给了李如全一块带鱼，很快李如全也把带鱼吃得只剩下了鱼刺。我觉得是那么不可思议。她一边吃着，一边对李如全说："我妈知道我在这里吃不着带鱼，这次是专门做了让同学给我带来的。"李如全也说："我也是好长时间没有吃到带鱼了。"

我从来也没有吃过带鱼。我是在那天才听说过"带鱼"这个词儿的。她吃得很香，没有给我尝尝的意思。就连李如全，她也是只给了一块。她问李如全："好吃吗？"李如全赶紧说："好吃，好吃。"一块儿又一块儿带鱼，被她变成了一个又一个小梳子。过了一会儿，李如全走了。在她出去洗碗的时候，我迅速在她吐出的鱼刺中挑了一个完整的鱼刺，装进了口袋儿里。

从外面洗碗回来，她批评教育了我一顿，就把我放走了。她没有给我们代课多长时间，就和别的知青一起返城了。以后我就再也没有见过她。当然，后来我娶的媳妇也不是她。不知道她后来成了谁的媳妇，那个有福的男人让我嫉妒。

我从她的宿舍出来后，就从口袋儿里掏出了那个像小梳子一样的鱼刺，放在鼻子下面闻一闻，是一种陌生的腥味，我就把它扔了。多少年后，好几次我在吃带鱼的时候，都会想起她。我想，她永远也不会知道，在她插队的那个村庄，在她代课的那所小学，那个拼命给她捣乱、惹她生气的孩子，是因为爱她。

一个人被孤立起来是个什么滋味

我被孤立了。

为首的是金塔，他把男生团结在自己的周围，把我孤立在外面了。他为什么要孤立我呢？也许是为了一句话，为了一件特别小的小事儿，或者干脆就是一个小小的误会。记不清了。反正不是什么大不了的事情。要是一件像样的事情，我肯定会记住的。

孤立谁，就是臭着谁。我被他们臭着了。这是我们经常玩儿的把戏。我们看谁不顺眼了，就把他孤立起来，一块儿臭着他。我曾参与过孤立别人，孤立过鸡屎，孤立过双虎，孤立过刘殿安。现在轮到了我。他们开始孤立我了。被所有人孤立起来是痛苦的，是不好受的。

他们所有人都不和我说话，不和我玩儿。他们故意在我面前大声说话，可我却没一个可以说话的人。我就像一个哑巴，整天保持沉默。我要是一个人自言自语，他们就会哈哈大笑，就会含沙射影说一些骂我的话。他们骂了我，我还不能和他们急，因为他们没有指着鼻子骂我。张三骂李四，可内容和李四没有一点儿关系，李四不但不急，还"嘿嘿"地笑。张三骂的不是李四，分明骂的就是我。张三骂了我，可他是冲着李四的，我就不能和张三急。

张三和李四，是两个上不了台面的角色。在我被孤立之前，两个人见了我，就像两条夹紧了尾巴的狗。现在也敢明目张胆地挑衅我了。我不能收拾他们，我没有道理收拾他们。我要是收拾了他们，金塔一伙就会一拥而上，我就会吃大亏。我只好忍气吞声。

那段日子里，我时时处处都感到危险。为了防止这群狼伤害我，我找了一根木棍。把皮儿去了，涂上颜色。这根木棍长约一米，小臂那么粗。每天上学我都拿着它。我的同桌悄悄问我："你上学拿根棍子干什么？"我说："打狼。"她知道我当时的处境，便不再问了。

一天下午，我正在班上，王小闹像一个小鬼儿似的进来，递给我一张纸条儿，说，他们让我给你这个。王小闹是他们的人，我疑惑地打开纸条儿，上面歪歪扭扭写着几个字："你小心点儿！"王小闹给了我纸条儿没走，我问他："谁给你的？"王小闹说："如成。"如成就是李如成，李如全的弟弟。我当着王小闹的面把纸条儿撕了，我说："你告诉如成，我×××！"

　　王小闹听了，又像个小鬼儿似的，转身跑了。我提着我的那根木棍，从班里出来。我知道那一时刻终于到来了。金塔一伙儿很快就从外面杀进了学校。如成一见我就问："你丫骂谁呢？"李如成一家因为是从北京下放到我们村的，说话和我们村的人不太一样，他骂人都是"你丫你丫"的，很洋气。我们不这么骂。如成比我大三岁，个子也比我高。他冲在最前面，六七个人落在他的后面。

　　我毫不示弱，我说："骂你呢怎么着？"在我手中的棍子举起来之前，他就扑了上来。他想把棍子从我的手中夺过去，我不给他，我们两个便扭打在了一起。我虽然比他小三岁，个子也比他小，可我的力气并不比他小，我也比他灵活。他想把我摔倒，使了几个绊子都没把我摔倒。他摔不倒我，就像个娘们儿似的，用他的指甲抓我的脸。我的脸被他抓出了好几条血道道儿。我趁机从他的怀中挣脱出来，用我的棍子在他的头上打了一下，他伸出胳膊去挡，我又在他的屁股上打了两下。

　　这时，旁边的大人把我们拉开了。在我们交手的时候，我弟弟跑回家叫来我的母亲。我们刚一被拉开，母亲便风风火火地赶到了。母亲一看我脸上被如成的爪子抓破了，指着如成的鼻子破口大骂。如成一边后退，一边哭着说道："你儿子还打我呢！你儿子还打我呢！"他的脑门儿上确实有一个青紫的大包。我知道，他的脑门儿上要是没有这个大包，我的母亲肯定会追加给他两个耳光。

　　我也哭了起来。泪水流过我脸上的伤口，我感到了一阵一阵尖锐的疼痛。还是刚才拉架的大人把我的母亲劝开了，他说："你儿子没吃亏。两个人打了个平手。"我的母亲看看我脸上的伤痕，指着李如成说："他的脸上要是落下了疤，我和你算不完的账！"然后领着我回家。

这次交手以后，孤立我的那伙人，没敢再找我的麻烦。我还是天天带着一根木棍去上学。过了一段时间，如成主动和我说话，我心中的仇恨立刻烟消云散了，我也就和他说话了。接着金塔、双虎等人也和我说话了。我重新回到了组织。

接下来，我们孤立鸡屎。

小泥鳅

　　小泥鳅比我小一岁，比我低两个年级，长得一点儿都不好看，整个一个柴火妞儿。我根本就不喜欢她，可是我们经常在一块儿玩儿。有一天我到她家里去玩儿，还有好几个孩子也在她家玩儿，有男孩儿也有女孩儿。也没什么好玩儿的，打打闹闹，逮逮藏藏地疯了一阵子，渐渐地人就散了。

　　在人快散尽的时候，小泥鳅在我耳边悄声说："你别走，我有话跟你说。"我不知她要跟我说什么，就没有走。他们家就剩下了我们两个人，她家的大人都下地干活儿去了。就剩下我们俩的时候，我说："你有什么话，说吧。"她说："咱们去我们家地窖里玩儿吧。"我不知她家地窖里有什么好玩儿的，犹豫了一下，说："好吧。"

　　她家的地窖在她家房子的一侧，在院子里。她把盖地窖的一块儿木板搬到一边，说："我先下，你跟着。"我说："好。"她就一点一点地下去了。我跟在后面，也一点一点地下去了。里面很黑，刚下去的时候，什么也看不见。慢慢地眼睛适应了，我看见站在我面前的小泥鳅。地窖里有一股潮湿的泥土的气味儿。她说："你再往里走走。"我就又往里走了走。

　　我有点儿紧张，我虽然能看见小泥鳅，可我看不清她的脸。我问："玩儿什么？"她说："你说吧。这里就咱们俩，你说玩儿什么都行。我不会告诉别人的。"我好像知道她想要跟我干什么了，我的心跳更快了。我说："你说吧。"她说："咱们就学大人，玩儿结婚入洞房吧。"我问："怎么玩儿？"她说："咱们先亲嘴儿。来，你亲我的嘴。"我很意外，说："你嘴里一股白薯味儿，我不喜欢白薯味儿，我不亲。"她说："我刚吃过白薯，要不我回去刷刷牙，刷了牙咱们再亲。我还没有刷过牙呢。"说着，她就爬出了地窖。爬出之前，她回头对我说："你等着我。"我说："好。"

　　她出去之后，我有些害怕。我不想和她亲嘴儿，这么想着，我也爬出她家的地窖。我站在她家的院子里，喊道："我走了。"就头也不回地走了。我跑出了小泥鳅的家，快步回到自己的家里。在接下去的几天里，我一直感到心惊肉跳。见了小泥鳅，也不敢正眼看她，更不敢和她说话，赶紧走开。

　　那时我在这件事上想了很多。我担心我和小泥鳅入了洞房，我将来就得娶她做媳妇。可我一点儿都不喜欢她。她不但长得一点儿都不好看，她的脖子也总洗不干净。我可不想娶一个连脖子都洗不干净的女孩儿做媳妇。我怕小泥鳅的父亲拉着她来找我的父母，非让我娶她做媳妇。我想要是那样，我就完了。那些日子，我在家的时候总是向门外张望，生怕小泥鳅被她父亲领着找上门来。

　　几天的时间过去了，小泥鳅和她父亲并没有出现，我的心这才放进了肚里。我的心平静了没有几天，又开始想重温那天的事情了，重温那种心惊肉跳的感觉。见不着小泥鳅的时候，我特别想再和她重续那件事儿，可等我真的见了她，尤其是她那总是洗不净的脖子，我的欲望就一点儿也没有了。我赶紧远远离开她。

　　一天晚上，我们一伙儿孩子在学校附近打闹。等我和小泥鳅跑到一起的时候，我小声而又急切地对她说："小泥鳅，走！"我只说了一个"走"字，小泥鳅就全明白了。她说："哎。"我们俩就离开别的孩子，跑到远处去了。她一边跟着我快步走着，一边问我："去哪儿？"我说："我不知道，你说去哪儿？"她说："我先回家看看，再出来找你。"我说："行。"还没到她家，她说："你等我一会儿，我去解手。"说着，钻进了街边一个茅房。我站在大街上，站在一个阴影里。我怕被人看见。我怕看见我的人问我在这儿等谁呢。我就很着急。小泥鳅撒了一泡尿，很快就提着裤子出来了。我们俩快步向她家走。

　　走到她家的院子外面，她说："你等着，我进去看看就出来。"我说："行，你快点儿。"她说："我很快就出来。"她家的院墙很矮，我站在外面的高处，看见她进了家门。她家亮着灯。她刚一进去，就听见她娘冲她喊："你不在家好好看孩子，鬼到哪儿去了？！"接着我听到了她弟弟的哭声，还有哄孩子的声音。我知道她不会很快出来了，也许今天晚上再也出不来了。我特别想赶紧离开。我又怕她很快出来，出来见不着我。

这时一个路过的大人发现了我，问我："你在这儿等谁呢？"我结结巴巴地说："没事儿。"那个大人说："没事儿还不回家去，这么晚了。"我赶紧说："哎。"那个大人一走，我也赶紧走了。我在村里转了转，快步回到了家中。

躺在炕上，在进入梦乡之前我还在想：小泥鳅后来又出来了吗？她要是出来了，会不会四处找我？她当然找不到我了，因为我已经躺在了家里的炕上。我又想，也许她娘看得紧，她再也没有找到出来的机会。

第二天，我想再见到小泥鳅的时候问问她，昨天晚上她又出来了没有。可当我看见她的时候，一眼就看见了她的没洗净的脖子，我也就立刻失去了问她的兴趣，远远地躲开了她。以后，虽然我和小泥鳅经常见面，但谁也没有再提起过那件事儿。

这件事儿发生在四年级，当时我十岁。有点儿不可思议，是不是？

半块儿白薯干儿

上体育课时，我在跑步的时候无意中看见路边的尘土里有半块儿白薯干儿。我恨不得立刻跑出队伍把那块白薯干儿捡起来，我当然不会那么干。我记住了白薯干儿所在的位置。在整个后半节课，我的心思都在那半块白薯干儿上。白薯干儿就是把白薯蒸熟了，再晒成干儿。现在商场就有卖的，老婆经常买，她和我的儿子都很爱吃。我却从来不吃，我没有一点儿胃口。可在我小的时候，白薯干儿却是我的美味佳肴。

那时候，谁家的房顶上要是晾晒着蒸熟的白薯，在它们变成白薯干儿之前，就会被偷得所剩无几。那是一个饿肚子的年代。白薯也有生着就切开晒干的，也叫白薯干儿，这种干儿再轧成面，然后贴饼子，很好吃，很甜。但是现在要是再让我吃，我就没有一点儿胃口。小时候白薯把我吃伤了。还有街上的烤白薯，老婆和儿子见了香得不得了，总买。我却很少吃。

我三年级上体育课跑步时发现的，那半块儿躺在尘土里的白薯干儿，却让我眼睛发亮，口水直流，肚子也咕咕乱叫。我生怕它在被我发现以后又被别人发现。发现它的这个人，要是脸皮比我更厚，跑出队伍，把它捡起来，吹吹上面的土，给吃掉了，我非急死不行。我知道我们班上的男生脸皮都比我厚，女生也有好几个比我脸皮厚的，那半块儿白薯干儿要是被他们发现，那就完了。

那节体育课是上午最后一节课，下课铃声终于响起来了。男女同学终于"嗷嗷"叫着跑回了家。我故意磨磨蹭蹭地落在后面。我一边往学校外面走，一边用眼睛的余光去扫白薯干儿所在的位置，没有人去捡。也许它已经被别人发现了，这个人也和我一样，不好意思当着别人的面把它捡起来吃掉，他或者她，也在等着别的同学都走光的时候，再去把它捡起来。这么一想，我刚走出学校，就假装系鞋带儿，蹲下，不走了。

没有人注意我，我在他们都走远了以后，赶紧返回来。返回来正好碰上准备做午饭的李老师，她问我："你怎么还不回家？"我说："我的一个扣子在上体育课的时候丢了。"李老师"哦"了一声忙她的去了。我说完我的扣子丢了，才在自己的身上找扣子，这时我发现我身上穿的是背心和短裤，根本没有扣子。可我已经顾不了那么多了。我做出在地上找扣子的样子，一点一点地向那半块儿白薯干儿所在的位置靠近。它在！

我蹲下把它捡起来，迅速攥在了手中。这时李老师隔着办公室的窗户问我："扣子找到了？"吓了我一跳。我赶紧扭头回答："找……找到了。"我攥着那块儿白薯干儿飞快地离开了学校，回家。我看看四下无人，打开手掌，这是半块儿很好的白薯干儿。虽然落满了尘土，可白薯干儿本身没有毛病。我想回家用水把它洗净再吃，可我已经等不到回家了，我的肚子里早就"咕咕"叫开了。我把那块白薯干儿使劲吹了吹，又用背心擦了擦，觉得干净了，就一口气把它吃掉了。

当时我香得差点儿流出泪来。

那半块儿白薯干儿从何而来？是怎么落到那里的呢？直到今天我才开始想这个问题。是别人吃剩下扔掉的？不会。那么好的半块儿白薯干儿，没有人舍得扔掉。那就是从谁的口袋儿里掉下来的？或者是猫从谁家的房顶叼下来的？猫好像是不吃白薯干儿的，所以不会是猫。或者是鸟？能叼动那么大的半块儿白薯干儿的鸟好像不多。管他呢，反正它最后进到了我的肚里，并且让我在以后的日子里经常想起。

后来我又几次在我曾经捡到白薯干儿的地方转悠，假装在找扣子，实际上我是想再捡到一块儿或者半块儿白薯干儿。可那样的好运气没能再次降临到我的头上。

干校的苹果

我们村边有个五七干校，干校在我们村和临近的两个村征了几百亩地，建了一个很大的果园。果园里最多的是苹果树，还有一些桃树、梨树等其他果树，不多。干校的果园都用铁栅栏圈着，一根一根的洋灰杆固定着带刺儿的铁丝网。

干校里有很多人，大部分都懂些果木技术，所以他们的果园长势就特别好。到了秋天，果园里的苹果又大又红，把枝条都压弯了，甚至压断。我们村里也有果树，比干校的就差得太远了。我们这些半大的孩子，只偷干校的苹果，从来不偷村里果园的，因为不值一偷。

到了秋天，我们就该开始偷苹果了。我们村半大的孩子，差不多都偷过干校的苹果。干校占了我们村的那么多的地，干校的苹果长得那么好，干校里的人吃的是馒头，我们吃的是窝头，所以我们偷干校的苹果，就有些理直气壮。

果园里的苹果是有人看守的，看苹果的都是身强力壮的男人，手持一根木棍，腿长，跑得快。

秋天来了，干校的苹果熟了，我们开始偷了。把背心系在裤子里，系得很紧。把铁丝网的空当弄大，大到可以钻过去，或者顺着洋灰杆爬上去，再翻过去，进入秋天的果园。因为怕被看果园的逮着，所以心在剧烈地跳动。每次我们都是几个孩子一块儿行动，人多胆子就大，逃跑时也容易分散看园人的注意。

我、金塔、鸡屎、双虎、白三儿，我们经常在一起行动。如成不行，如成就是能说大话，是个语言的巨人行动的矮子，他的胆子比鸡的屁眼儿还小。我们偷苹果从不叫他。偷出来也很少给他吃。

我那时总是刚进去时特别紧张，跑到一棵树下，两只手飞快地揪着苹果，然后把它们装进我的背心。我的背心很大，前面和后面能装很多苹果。很快我的背心就装满了，前面和后面都鼓了出来，连走路都费劲了。从果园里往外走时，我们就像一群就要临产的孕妇。和孕妇不同的是，孕妇只是前面的肚子鼓起来，而我们是不但前面鼓了起来，连后面也鼓了起来。像是前后都怀了孕。

我们就这样艰难地爬上洋灰杆，再翻过来，回家。如果这时我们发现了情况，发现看园子的像一只豹子似的向我们悄悄地靠近，我们就会把背心猛地往上一拉，让里面的苹果"哗"地散落在地上，这时我们再像兔子似的逃跑。如果不把苹果抖搂出去，我们就跑不动，就会落入那只豹子的口中。

我们总会满载而归。果园太大了，看园子的人太少了，我们的机会太多了。我像个英雄一样满载而归了，我的母亲早已把几口大缸清理了出来，她知道，我会在这个秋天给她把几口大缸装满苹果。这些苹果够我们一家吃到春节。我觉得，我母亲为有我这样一个能干的儿子感到骄傲。我们家兄弟五个，虽然在学习上我最差劲儿，可在偷苹果这件事情上，我是最有出息的。我的比我小两岁的弟弟，虽然回回考试得一百，但他在这件事上却是一个笨蛋。他也想在学习以外露一手，结果他去偷苹果，只一次，就像一个苹果似的被看园子的从树上摘了下来，我母亲拿着一块五毛钱，把他从干校赎了回来。

我的两只手飞快地从树上揪下苹果，塞进我的背心里，直到前胸和后背都装满了，才大摇大摆地往出走。我往出走时，确实是大摇大摆，有点儿趾高气扬、得意忘形。我觉得我往出走的这段时间应该是安全的。这段时间要比我进去然后从树上揪下苹果装进背心的时间短得多，既然刚才是安全的，那么在我从树下走到铁丝网的这段时间肯定也是安全的。我有点儿被胜利冲昏了头脑。别的孩子都已经迅速地逃出了果园，站在铁栅栏外面等我了。我一个人落在了后面，我卖弄似的大摇大摆往出走着，就这样，我被活捉了。

那次活捉我的，据说还不是看园子的，是干校猪场的饲养员。这个饲养员去喂猪，无意中发现了我们。我们当时活动的地方正好挨着干校的猪场。挨着猪场的苹果树长势旺盛，苹果也就又大又好，所以也是我们经常下手的地方。

那个饲养员发现我们的时候，其他几个孩子已经翻过铁丝网，站到了外面，只有我小人得志一般大摇大摆地往外走着。饲养员不喂猪了，弯着腰，像一只豹子似的悄悄靠近我，然后扑了上来。我被逮个正着。他就像老鹰抓小鸡一样抓住了我的衣领，我吓坏了，把背心往出一拉，里面的苹果全都滚落到了地上。他命令我捡起来，然后把我带到了干校，交给了什么人，这个人又把我关在了一间办公室里。

这时我反倒不害怕了。听天由命吧，我想。我很麻木地坐在一只小板凳上，两眼望着天花板出神。过了不知多长时间，母亲领我来了。不知是干校的人通知的我母亲，还是那几个逃脱的同伙告诉的她。这次她花了三块钱，把我领了回去。她一句都没有骂我。她问我："吓着了没有？"我说："没有。"她问："他们打你了吗？"我说："没有。"她说："那就好。"

在我们村，没有一个孩子的父母，会因为这样的事情打骂孩子的。这次被抓，对我的教训是深刻的，以后我再去偷苹果，变得更加机警了，在往出走时，再也不敢大摇大摆得意忘形了。相反，我比谁跑得都快。只有翻过铁丝网，才敢把心落进肚里。看果园的，一般在铁丝网里抓不到我们，也就不再追我们了。也有例外，个别精力特别旺盛的，在我们跑出铁栅栏后，会追出来。铁栅栏外是我们村的成片成片的庄稼地，我们钻进庄稼地就像鱼儿游进了汪洋大海，他再想抓住我们就是做梦了。

从小学到初中，每年的秋天，偷苹果都是我们的保留节目，被我们一次又一次地排练。偶尔，我们也在夜间行动，那种感觉就像深入敌后抓"舌头"，更加紧张。这件事情带给了我那么多的惊险和刺激，使我的童年和少年生活显得丰富多彩。

我是怎么加入红小兵的

因为蹲班，我上了两回五年级。到第二次上五年级的时候，我还没能加入红小兵。连段罗锅和刘拐子两个学习最差的女生都加入了，我仍然被排斥在队伍之外。

班里已经没有几个不是红小兵的了，我可不愿升到中学时，连个红小兵还不是。我就开始想办法，积极争取。

我上课不捣乱了，变得特别注意听讲，即使一句也没有听进去，一句也没听懂，我也努力做出一副认真听讲的样子。只要老师一提问，不管会不会，不管提问的是什么问题，我都立刻把手高高举起。有时老师还没有提问，我的手臂已经高高举起。这么一弄，老师怀疑我不是抢着回答问题，又是故意捣乱，就又把我轰出了教室。

好几次，老师见我的手臂举得那么快，那么高，那么直，就叫我回答，我站起来反问老师："您刚才问的是什么？"班里就爆发出一阵笑声。老师又把我轰出了教室。

有时老师提问的问题我正好听清而且知道答案，这时我的手就会比班里哪个同学举得都高。要是老师还没注意我，我会站起来，举着手跺脚，嘴里喊着："我——我——我！"好不容易遇到这么一次机会，我可不愿它从我身边溜走，我一定要抓住它。老师恶狠狠地剜了我一眼，喝道：坐下！我坐下了，可我的手臂仍在高高举起，并且拼命晃动。那个答案就在我的嘴边，我迫不及待地想把它说出来。老师好像是成心，故意不叫我，她偏偏叫没有举手的赵小狗。赵小狗是班里的第一号草包，我们平时都叫他笨狗。他站起来，抓耳挠腮吭哧了半天，就是回答不上来。

我高兴坏了，喊着："我——我——我！"老师用手一指我，像个地主婆似的威胁道："你要是再敢出声儿，就把你轰出教室。"我立刻闭上了嘴。

老师又点了举手的李小臭。李小臭会，他站起来刚要张嘴回答，我实在是忍不住了，大声地把答案抢在他前面喊了出来。老师不但没有表扬我，反倒用手指着教室的房门，用劈了的声音喝道：出去！我因为终于回答了问题，获得了很少有过的满足，大摇大摆地走出了教室。这次我走出教室的感觉和以前大不一样，以前是因为违反纪律，这次是因为回答了问题，而且回答对了，露了脸。我就像上台领奖一样走上讲台，再走下讲台，走出了教室。

除了上课积极发言，我还积极做好事。学校的电铃时好时坏，好的时候，响得特别清脆，坏的时候响得就像放屁，怪腔怪调的，一点儿都不清脆。电铃在一根木头杆子上，木头杆子立在一间教室的山墙旁。每次电铃响得像放屁的时候，赵小狗就会像猴一样顺着木杆爬上去，蹲在教室的房顶上，把它修好。等赵小狗又像猴似的爬下木杆的时候，电铃响得就又清脆了。

学习上笨得像头猪的赵小狗，因为经常爬到木杆上修电铃，多次受到老师的表扬，很快加入了红小兵。当然赵小狗能加入红小兵，和他妈在村里当村干部也有关系。我记得，赵小狗的妈经常叉着腰，站在大队部的院子里给社员们训话。她训话时的样子，就像我后来在电视上见过的江青。

以前，我根本看不上赵小狗，更看不起他为了加入红小兵爬上爬下地修电铃。我还经常讽刺他，挖苦他。

自从我积极要求加入红小兵以后，我不但不再嘲讽赵小狗，而且还和他抢着修电铃。我想，既然他能靠修电铃加入红小兵，我也就能靠它加入。我从家里找了一把改锥，放在书包里，随时准备着修电铃。只要电铃响得像放屁，我立刻掏出改锥，冲向那根木杆，叼着改锥脱了鞋，光着脚爬上去。我用改锥把电铃拆开，这里捅捅，那里捅捅，电铃一下子就响得清脆了。然后我再下来，跑到办公室告诉老师，电铃修好了。其实我不告诉她，她也能听到。可我怕不告诉她，她不知道电铃是我修的。

从那天开始，我就特别盼着电铃坏，盼着它响得像放屁一样怪腔怪调。这样我就可以爬上木杆，蹲在教室的房顶上修了。这样老师就会看见我在干好事了。我就有可能早日加入红小兵。我的目的是那么明确，我知道我不是在修电铃，而是在一步一步地加入红小兵。

有时电铃放屁了，赵小狗比我先跑到木杆跟前，爬了上去，我会追过去，把他拽下来，推到一边，我再上去。在我往上爬的时候，赵小狗也会把我拉下来。我气坏了，扑上去把他摔倒。赵小狗不但在学习上是个笨蛋，摔跤上也不是我的对手。可这小子却特别顽强，不怕被我摔。我把他摔倒，然后去爬木杆，他会立刻爬起来把我从木杆上拽下来。我被拽下来，就会再把他摔倒。我骑在他的身上，威胁他，不许再拽我，否则下次不客气！可他根本不怕，他就像个癞皮狗，又一次扑上来，把我拽下来。

我拿他一点儿办法都没有。硬的不行，我就来软的。我说："我修电铃是为了加入红小兵，你都已经加入了，你就把这个机会让给我吧。"赵小狗听我这么一说，以后就再也不和我抢着修电铃了。

我修电铃，有时是夏天的中午，火辣辣的太阳烤得我浑身是汗，可我还是蹲在房顶修那个电铃。老师终于被我的行为感动了，在班上表扬了我。

光表扬还不够，我还要继续努力。我又把教室门上的螺丝偷偷地拧了下来，然后当着老师的面再把它拧上。

小学毕业的日子一天天临近了，我入队的事情还没有结果，我就变得特别着急。我想拾金不昧，可在大街上转了好几天也没有捡到一分钱。后来我就想到是不是从家里偷出一毛钱，把它交给老师，告诉她，是在街上捡的。下了几次决心，我都没有做。因为我实在舍不得。最后我从我们家的鸡窝里偷了一个鸡蛋，把它卖了六分钱，我留下一分，把另外五分交给了老师，说是在街上捡的。

五分钱让我在很长一段时间里耿耿于怀。我在想，一个鸡蛋和红小兵到底哪个更重要，我这样做究竟值不值。越想，我越觉得不值。终于有一天，我在老师的办公桌上发现了一支新的塑料杆儿的圆珠笔。当时办公室里没有人，我迅速把这支笔装进了口袋儿，然后影子一样溜了出来。

一个鸡蛋换了一支圆珠笔，我一下子就平衡了。至于红小兵，只有听天由命了。老师后来问了好几个人，也问过我，问我见没见她的一支圆珠笔。我一边摇头一边说，没见。接着我又假惺惺地问她，什么样的圆珠笔？我发现老师在注视我的时候，目光里充满了怀疑。那支圆珠笔我根本没敢用。我想等上中学后再用，我东藏西藏生怕被人发现，最后连我自己也忘了藏它的地方，怎么也找不着了。

小学毕业前夕，我终于加入了红小兵。我是我们班最后一批加入的。最后一批把所有不是红小兵的学生，全都吸收进了红小兵的队伍，除了我，还有三个同学。后来我想，是不是即使我不争取，最后也会加入？要是那样，我所有的付出不是白费了吗？

廿五年前的一次大哭

我是一个不太会哭的孩子。有时候看着别的孩子号啕大哭，哭得不管不顾、轰轰烈烈、惊天动地，我总是羡慕不已。这样的哭法我从来不敢尝试，我没有那样的勇气和魄力。我哭的时候总是放不开，哼哼唧唧，别别扭扭，一点儿都不尽兴，一副小家子气。

那年9月的一天下午，我去野外割猪草，隐隐约约听到村里的大喇叭在播放哀乐。当时野地里就我一个人，我一边割猪草一边胡思乱想。喇叭里为什么要播放哀乐呢？肯定是出大事儿了。我当时想得很多。我虽然不是一个好学生，虽然小学还没毕业，可我总会想一些国家大事。

我知道，国家的事情根本不是像我这种小人物应该去想的，可我管不住自己，没事儿就爱为大人物操心。

那天下午，当我割了满满一筐猪草回家时，家里人告诉我，刚才喇叭里说了，毛主席逝世了。

第二天，老师在讲台上告诉我们，毛主席逝世了。说这话的时候，老师的眼圈红了，班里特别安静，谁也不敢说话。我们都不知道该怎么办，愣愣地看着老师。老师说："下面开始上课，都把语文书翻到第72页。"

过了几天，村里开会，哀悼毛主席。村里的大人都去了，学校里的学生也被老师组织着去了。我们站在一间大屋子里，公社来的人，宣布默哀开始。这时大人里响起了哭声，开始很小，接着很大，是那种号啕大哭。男的女的都有人在哭，声调各异。哭得最响的是个"五保户"。这个"五保户"是我的一个没出五服的大爷，我的这个大爷没手没脚，他的手脚在他年轻的时候，被土匪勒掉了。没了手脚的他迎来了新社会，村里把他"五保"了。

他非常热爱毛主席。每次饭前，他都要跪在主席像前给毛主席唱一首歌，唱的是《东方红》，或者是《大海航行靠舵手》。听他唱这两首歌，我就知道他要吃饭了。他觉得他能被村里"五保"，托的是毛主席的福。所以，在哀悼主席的大会上，他哭得比谁都响亮。

我大爷号啕大哭，声震屋瓦。他的哭声不仅响亮而且悠扬，就像他平时唱歌一样。他确实是在唱，哭着唱，因为他的嘴里有歌词。他的歌词我记不清了，好像是毛主席啊毛主席你是我们心中的红太阳，你走了我们可怎么办呀啊啊啊。因为他哭得太有特色了。很多人都停止了哭泣，专心听着他一个人哭。我们这些学生的注意力也被他的哭声吸引了，甚至忘了来开什么会。他哭着唱着，他的歌词新鲜生动，而且好玩儿。我身边的好几个同学都被他逗笑了，我也笑了。我们甚至笑出了声儿。这时我发现我们老师的眼睛就像刀子一样扎向我们，我赶紧止住笑，把脸上的表情调整到"悲痛"上来。

结束后，我们又被老师领回了学校。我大爷因为哭得太投入，已经瘫在了地上，被几个爷们儿抬了回去。把我们领回了学校，老师因为还有什么事情，就给我们放学了。

第二天一上课，老师就黑着脸把我们臭骂了一顿，还扬言要给我们处分，要把我们定为"小反革命"，甚至要把我们开除。我们都被她的话吓坏了。我们咧开嘴，纷纷哭了起来。有一上来就大哭的，有先小声哭，慢慢过渡到大声哭的。我就属于后一种。我先是哼唧，哼唧了几声，找着了一点感觉，接着抽泣，哭着哭着，那种真的悲痛便被一点儿点儿地勾了起来。我们都是热爱毛主席的，没有他，我们就没有学上，没有饭吃，没有衣服穿，地主就会压迫我们，让我们光着屁股去放羊，让我们晚上和羊睡在一起，让我们吃羊粪。

这么哭着、想着，我终于真的悲痛起来，放声大哭。班里每个同学都放声大哭，声音大得好像要把房顶掀翻。我的哭声淹没在别人的哭声里面。我只能听到我自己的哭声。我肆无忌惮地哭，不管不顾地哭，拼尽全力地哭。哭着哭着，我就感到，这样的痛哭真是一种享受，因为它给我带来了说不出的快感。

当别的同学已经不哭了，我还在哭。我哭啊哭啊，如醉如痴死去活来，已经不知自己是谁、身在何处了。我已经找不着自己了。我先是站着哭，哭着哭着站不住了，歪倒在课桌上。同学喊我，我还在哭，恍惚看见同学的嘴在动不知他在说什么。老师和同学都没想到我会哭成这样，他们都有点儿害怕了。两个大个男生一边一个架着我，把我架出了教室，架到了外面，我还在哭。他们又架着我出了学校，我还在哭。他们把我架到了大街上，我还在哭。我的两条腿已经被我哭软了，整个身子悬在了那两个男生的肩上。他们很快就支撑不住了，冲着后面喊，让老师再派两个人过来，帮帮我们！

　　我也不知哭了多长时间。直到把身体里的最后一点儿力气哭尽，才停了下来。最后，我像一摊烂泥倒在街上的阴凉里。四个男生的八只手掌在我的身上又拍又摸，老师也蹲在我的面前，用她的花手绢冲着我的脸扇风。

　　那次哭过以后，让我在一个星期里，都感到身上软绵绵的，没有力气。老师重点表扬了我。说了很多让我受之有愧的话。其实我哭到后来就什么也不想了，沉浸在痛哭带给我的快感之中。

第四辑

大块文章

微信群里的诗意生活

"呼啦"一下子，微信群就沸腾了

2016年五一，儿子给我买了一个新手机，教会我怎么使用后，又很快建了两个微信群。一个叫"一家三口"，群里只有三个人，我、爱人和儿子。家里有个什么事儿，就在群里说了，和一个人说，另一个人也知道了，省得说两次。还有一个群叫"刘家人"，是我们兄弟五个的大家庭，里面共有十五个人。有我的大哥一家三口，二哥一家四口，我们一家三口，四弟一家三口，五弟一家两口。

其实，二哥家是五口，可他家最小的一员只有三岁，还不会使用手机，所以群里没她。五弟家是三口，最小的一员正在读高中，学习紧，不玩微信，也没有入群。

"刘家人"的微信群刚建起来，就到了5月8日，大哥的五十七岁生日。之前，大哥的生日过得都很平静，几乎没有什么人记得，兄弟里只有我每年都不忘给他发个短信。其他的兄弟，不提醒，能够想起别人生日的，还真不多。大哥也很少能想起别人的生日，就难怪别人想不起他的。兄弟之间，心里都惦记着对方，可这种惦记很笼统，知道对方过得还好，也就放心了，至于谁的生日是哪天，并不太放在心上。

我呢，把家里每个人的生日都记在了一个本子上，怕忘了，每年年初，都在年历上每个人的生日那天做了标记。到了那天，早晨8点之前，就早早地把电话打过去，或者发一条短信。有时，我还会准备一个五百块钱的红包，送给他们。我这样做了，我也希望别人能这样对我。让我失望的是，等到了我生日那天，我常常被有意和无意地遗忘。

提起生日，我就有些不快。在这件事上我挺计较，可搁谁谁不计较呢！这样被遗忘过几次后，等到他们的生日，我的心也凉了。我或者不问候，或者让老婆孩子替我问候一下，这都取决于他们在我生日那天的态度。

大哥生日这天，是个星期日，之前我还想着，到了这天我真给忘了。早晨起来，我就出去，在小区里散步，走走，站站，坐坐，看看，就是将近两个小时。等我回家，老婆说，刚才儿子打来电话，让我告诉你，今天是大大爷的生日，别忘了祝贺一下。我这才"噢"了一声，说真让我给忘了。老婆还说，儿子让你进微信群里看看。

我进群里一看，嘿，这里真是一派喜庆、热闹！家里每一个在群里的人，差不多都表达了自己的生日祝福。有文字，有表情，有语音，大哥忙坏了，正在逐条回复。大哥之前过了五十六个生日，我敢肯定，从来没有这么热闹过，这么被人祝福过。往年只有一个人，或者两个人想起他的生日，给他电话，或者发个短信，祝福一下，更多的时候，大家一忙，谁也想不起来，他的生日就过得很冷清，很平淡。今天就不同了，有了微信群，一个人一祝福，所有的人就都知道了。好的情绪也是传染的，"呼啦"一下子，微信群就沸腾了。

我简单地想了想，发了几句语音，我说："大哥，你好！今天是你的五十七岁生日，祝你生日快乐，身体健康，万事如意！少吃饭，多运动，不酗酒，争取活到九百九！"

我之所以这么说，是有针对性的。大哥平时很少运动，连晚饭后的散步都不能坚持，肚子已经吃得大起来了，身上也添了不少毛病。再有，就是酗酒，平时在家里不喝酒，一到外边，只要酒桌上有拼酒的，他就来劲，非和人家拼个高下，直到烂醉。很不理性，很没出息。为此，他的儿子刘畅，曾经写了几句话，贴在他的床头，我记得其中有一句是"悬崖勒马，回头是岸"。话也许不妥，但可以从中看出儿子焦急的心情。

我说"争取活到九百九"，谁都知道这话有些夸大，祝福的话哪有不夸大的？过去喊皇上还"万岁万岁万万岁"呢，又有谁活过了一百岁，一千岁，更别说万岁万万岁了！到了寿数，一天也不会多，一天也不会少！着急不行，耍赖也不行。扯远了。

　　我的语音里，既有祝福，又有叮嘱，还有希望，我想大哥是明白的。当然，能不能听进去，听进去了会不会照着你希望的去做，那就是另外的事情了。每个人都有自己的性格、觉悟、生活惯性，所以就有了各种各样的人生，别人是很难改变的。道理谁都懂，往往那些道理懂得更多的人，偏偏不按照道理去做，你有什么办法？又扯远了。

微信群里，充满了浓浓的亲情

　　我家阳台上有一盆花，而且只有一盆，很不起眼儿，是一盆韭菜兰。别看不起眼儿，却非常有灵性。它开花没有规律，也许一年开一次，只开两朵三朵，也许一年开两次三次，开七朵八朵，也许三年五年不开花。它开花又非常有规律，家里一有喜事，它肯定开花，比如买了房子，搬了新家，它就开花。比如儿子考上理想的大学，它也开花。比如我的作品获了奖，奖金还不少，它立刻开花。比如老婆工作上有了进步，而且收入成倍地增加，它一连开了好几朵。

　　这年的5月10日以后，沉寂了一年多的韭菜兰又探出两朵花苞，我用手机及时把它的成长和变化拍下来，发到"刘家人"的群里，让家里人都沾沾它的灵气、喜气和仙气。

　　到了5月17日早晨，两朵花终于完全地绽放了。我刚把盛开的花朵拍照，把照片放到群里，就接到老家打来的电话，我的岳父在当日的凌晨刚刚去世。岳父享年九十二岁，怎么说，都应该算是喜丧了。再有，长寿多辱，没有了任何生活质量，活着成了煎熬，离去就是逃离苦海，还有比它更大的喜事吗？

　　两朵韭菜兰的盛开，就是要告诉我的爱人，这是一件值得"鼓盆而歌"的喜事。

　　岳父去世，我只告诉了大哥，没有告诉我们这边其他的家人，让大哥代表这边的家人，去做个告别，让他给爱人那边的大哥五百块钱，表达一下心意。

"刘家人"群里的人，除了大哥，谁都不知道岳父的事儿，他们看到我上传的韭菜兰从含苞待放到完全盛开的照片，纷纷发言，表达赞美、祝福，二哥还发表了热情洋溢的语音。我呢，5月18日，参加完岳父的告别仪式后，返回单位，在地下车库里，在车上，回复了群里家里人的祝福，我发了一段语音，我说："上午一直忙，刚打开微信。听到家人充满深情的话语，看到家人热情洋溢的文字，我感到很温暖，很幸福。两朵不起眼儿的花，开在这个和睦友爱的大家庭，显得格外美丽，而且意义非凡，谢谢你们！"

这一刻，微信群里，充满了浓浓的亲情。

把爱表达出来，让对方感受到温暖

6月8日，是大哥的儿子刘畅二十六岁生日。这天是星期三，我不到7点就到了单位。第一件事，就是给刘畅发一个生日祝福的语音。这几年，我每次过生日，差不多都能收到刘畅的短信或者电话。虽然他的短信或者电话，大多都是下午或者晚上到达，我还是感到挺快乐。比起从来都想不起我生日的人，比起想起来了故意不当回事儿的人，还是好的。

刘畅的生日，应该说点儿什么，我还是挺费了一番心思的。开始我想了几句话，挺励志挺抒情的，说给老婆听，她当场就给否了。理由是太严肃，过生日应该来点儿轻松的，我于是换了几句话，老婆同意，这天早晨，第一个，我把这几句话，通过"刘家人"的微信群，说给了刘畅。

我说："刘畅，你好！今天是你的二十六岁生日，三叔祝你身体健康，万事如意！你呀，出去订个大蛋糕，开一瓶你爸爸的好酒，中午和你爸你妈，一家三口好好庆祝一下。让你妈亲手给你擀一碗面条儿，啼里秃噜一吃，嘿！这生日，过得多带劲呀！好，生日快乐！"

群里的人，大部分都不知道这天是刘畅的生日，有的人也从来没有想起过他的生日。我这么一说，就全都知道了，大家一拥而上，纷纷表达自己的祝福，把刘畅的生日过得热火朝天，热闹非常。我都能想象得到，刘畅手忙脚乱地在手机上打字，感谢完这个，又赶紧感谢那个的情景。我想，这应该是他过得最快乐的生日了。

这时，我突然就想起了我的儿子刘船，要不是他建了这么一个群，刘家人怎么会聚在一起，这么热闹，这么喜庆呢！刘船说他早就想给家里人建这么一个微信群，因为我迟迟不换那部老掉了牙的国产手机，他才没建，他一直在等着我。儿子是个有心人。看我拿着个老古董，被时代远远地抛在后边，他终于不再和我商量，自作主张地给我买了一部新的国产手机。

因为我之前说过，我只用国产手机，国外的品牌，买了我也不用。儿子怕钱白花了，就没敢再自作主张。我只用国产手机，不是因为我更爱国，是因为国产手机便宜。有便宜的，为什么要用贵的呢？这是我的消费观。如果国外的手机比国产的便宜，我肯定要用国外的。

我以为新手机会很复杂，没想到，儿子一教，我很快就学会了，而且兴趣渐浓。很多东西，并不像想的那么难，只要大胆地去学去试，你会惊讶地发现，原来自己并不笨，原来问题很简单。尝试之前，不要过早地被它吓倒。

6月，还有两个家里人过生日，一个是四弟，一个是五弟。6月26日是四弟四十九岁的生日，这天，家里人都在群里向他表达了祝福。我相信，这也是四弟得到家里人祝福最多的一个生日。我是早晨8点出场的，已经是压轴了。我发了一段语音，我是这么说的，我说："利全，今天是你的四十九岁生日，祝你生日快乐，万事如意！四十九岁，距离五十岁只有一岁之遥。五十而知天命。对于一个男人来说，五十岁是最成熟、最理性、最有魅力的年龄。其实，男人也是一枝花，五十岁才刚刚盛开。四十九岁的利全含苞待放，希望你吸收养分、积蓄力量，在五十岁的时候，美丽地绽放！"

四弟很快文字回复："谢谢三哥独树一帜、别开生面的祝福！好一个'含苞待放'，我好像又回到了二十六岁，感觉热血沸腾，身上充满了力量！"

隔了一天，6月28日，是五弟的四十七岁生日，我很早就发了一段语音，我说："小五，今天是你的四十七岁生日，祝你生日快乐！从昨天晚上开始，下了一夜的雨，这是个好兆头，是及时雨，你收获的季节正在到来，张开双臂迎接它吧！我为你高兴，为你祝福！"

五弟也过了一个得到家里人祝福最多的生日。

亲人之间，也需要把心里的爱，表达出来，让对方感受到温暖。亲情也需要呵护，冷漠只能使彼此疏远。

心被感动后，生活会更美好

8月，家里有两个人过生日，一个是二哥，一个是我的老婆。二哥的生日是8月13日，他的五十五岁生日。我本来不想第一个向他表达祝福，可过了7点，微信群里仍然没有动静。这天是星期六，可能大部分人都在睡懒觉。也许根本没有几个人记得今天是他的生日。我想不能再等了，我还是第一个祝福他吧。我发了一段语音："二哥，今天是你的生日，我录了一段语音，传给你，表达我的祝福！这样，有利于我的表达，也便于你收藏。希望我的祝福第一个到达你的身边，带给你一天的好心情！"

我录了这样一段话："二哥，今天是你的五十五岁生日，祝你生日快乐，万事如意！工作之余，走走路，练练书法，做做俯卧撑，背背古诗文，锻炼身体，陶冶情操。能把体育当成德育，是一种觉悟、一种智慧，是大境界，了不起！持之以恒，必有成效！"

二哥曾经写过一篇散文，题为《我把体育当德育》，写的是他锻炼中的一些体会，很独到，所以才引出了我上面的一段话。

我的祝福在群里一发，其他人的祝福就像被点燃了的炮仗，纷纷炸响了。鞭炮响过之后，二哥很激动地出场了，六十秒一段的语音，他一口气说了好几段。过了一会儿，他意犹未尽，又说了好几段。我那天在4S店里保养汽车，在休息室里，我把他的语音听了一遍，一边听，一边乐。他的话挺逗乐儿，再加上他的认真劲儿，就显得更逗乐儿了。他的认真劲儿感动了我。

我从休息室出来，站在车间前面成排的汽车的夹缝里，给二哥回复了一段语音，我说："二哥，你好！你发在群里的语音，我听了，深受感动，深受鼓舞，深受启发！宋代的苏轼，有个弟弟叫苏辙，苏辙在说到他的哥哥苏轼时说'抚我则兄，诲我则师'，抚是抚爱的抚、抚摸的抚，诲是教诲的诲、诲人不倦的诲。我觉得这两句话，用在咱们兄弟间再恰当不过了。谢谢你一直以来，对我和其他兄弟的关心和教诲。我现在正在4S店保养汽车，回去后再慢慢聊。再见！"

这样的生日过得就有意思了，有感情，有文化，有趣味。

8月23日，是老婆的生日。为了让她的生日更喜庆、更热闹，这天早晨，我在"刘家人"的群里，第一个向她表达了生日的祝福。我这一说，大家才知道，纷纷表达祝福。之前，我录了一段话，当大家的祝福表达得差不多了的时候，我把这段话上传到了群里。我说：

老婆，今天是你的生日，祝你生日快乐，万事如意！我总是想，我这辈子，最幸运的事情，就是娶了你！因为娶了你，我才体会到了生活的幸福和婚后生活的美好。平时，总有人问你，为什么总是这么年轻，这么漂亮？我来替你回答，替你回答他们：是因为你纯洁善良，是因为你温和宽厚，是因为你不断地在努力学习，不断地在追求进步，是因为你喜欢做家务而且乐在其中，是因为你对待生活很少抱怨，总是怀着一颗感恩的心。在生活中，在人群中，你从来不掐尖儿，不出风头，可你总是最出众、最出彩儿的那个人。我呢，身上有很多缺点和毛病，你从来没有在人前人后地指责我、贬低我，你总是说，看人看本质，看人看主流，看人看大节，从这些方面看，我是一个很优秀的男人。你还说，没有人比我对爱人更好了，对孩子更好了，对父母更好了，对家庭更负责任了。你对我评价这么高，我知道，不论我怎么努力，也达不到你对我评价的这个高度。谢谢你！如果有来生，你不嫌弃的话，我仍然愿意娶你作为我的妻子！我愿意和你度过今生，再度过下一生！

我的这些话是说给老婆听的，也是说给家里所有人听的。老婆确实是个特别难得的好女人，她身上的优点，值得全家人学习。老婆是个幸福的女人，是一个自己心情舒畅也让别人心情舒畅的女人。为什么幸福，为什么心情舒畅，是因为她有一个健康的身体、健康的心态。

我的这段话一上传，很快就得到了家里人的肯定和称赞。

当时，巴西的里约奥运会刚刚结束，奥运期间，儿子刘船一直住在单位附近的宾馆，报道比赛。很多比赛要在晚上看，还有从现场发回来的稿子要及时处理，他就一直住在宾馆。老婆生日这天，也是他这次报道结束的日子，他早晨从宾馆一到家，就给我打电话，说今天是我妈的生日，咱们怎么过？我说，你妈今天正好休息，你和她商量。后来，刘船又打来电话，问我中午回去不，三个人一块儿吃顿饭，他来安排。我说，好，我下午休息。刘船说，好，我请客，就在小区旁边的大董烤鸭店。这是一家比较高档的饭店，刘船之前就说过几次，要请我们去吃一顿，我一听价钱，就当场拒绝了。今天日子特殊，刘船尤其恳切，我就答应了。

中午，我赶到这家烤鸭店的时候，儿子和老婆已经把菜点好了。我一坐下，刘船就说："爸，你刚才发到群里的那段话，给我妈的那段话，酸，肉麻。我妈听了以后，哽噎了。她到卫生间去擦眼泪了。"我再看老婆，眼睛还有些潮湿。我问："感动了？"她说："感动了。"

生活里，我们的心需要经常被感动一下。心被感动后，生活会更美好。

我们一边吃，一边聊着。聊到了刚刚结束的奥运会，聊到乒乓球，聊到了马龙。这时，旁边的服务员插话，说："昨天晚上马龙就在这里吃的饭，就在隔壁的包间。"我一听，挺高兴，说："好，奥运冠军刚走，我们就来了，我们也沾沾他的喜气儿。"

朗诵诗歌的时候，心都被净化了

我家自从有了这个微信群，除了每个家人的生日过得格外热闹、喜庆，我还创办了一个栏目——《每日一诗》。从5月16日开始，每天早晨，我朗诵一首诗，录下来，上传"刘家人"的群里。第一首，是泰戈尔的《世界上最远的距离》；第二首，是仓央嘉措的《见与不见》；第三首，是叶芝的《当你老了》。

接着，是一个多月的唐诗，第一首当然是张若虚的《春江花月夜》，用闻一多的话说，它是"诗中的诗""巅峰上的巅峰""以孤篇盖全唐"，诗人的话都比较极端，从中也可看出他对这首诗的喜爱。然后是李白、杜甫、白居易、崔颢、王维、孟浩然……

接着，是一个多月的宋词，第一首是柳永的《雨霖铃》，"今宵酒醒何处？杨柳岸，晓风残月"。让人如临其境。然后是苏轼、陆游、辛弃疾、晏殊、贺铸、李清照……

每天早晨朗诵一首诗，就像在"刘家人"微信群里，每天放一个礼花。大哥、二哥、四弟、五弟，都给予了积极的响应。大哥平时在兄弟的聚会上话不多，把说话的机会都留给了几个弟弟。可这次，群里有了我的"每日一诗"，他表现得最积极，听完，就立刻发表评论，而且使用的全是诗的语言。我朗诵李白的诗，他就从另外一首李白的诗里挑出两句，夹在他的评论里。我朗诵王维的诗，他找出两句王维来呼应。看后，让我会心一笑，心有感动。

二哥呢，更喜欢语音点评，他说，不一定每个人都去写诗，都成为诗人，但每个人的心里都应该有一份诗意。有了这份诗意，生活里就多了一份温暖和感动，多了一份亮色和美好。所谓诗意人生，应该是人生的更高境界。

四弟呢，本身就是一个诗人，年轻的时候写了很多让人眼前一亮的诗歌，后来还出版了一本挺厚的诗集。他汽车的后备厢里，常年装着十几本自己的诗集，见人就送，还大笔一挥，签上自己的大名。每逢聚会，四弟也要慷慨激昂地为大家朗诵一首，或者是李白的《将进酒》，或者是自己的一首诗，嗓音洪亮，感情饱满，声震屋瓦。

听了我的朗诵后，四弟也积极发表评论，他的评论也像他的朗诵，慷慨激昂，诗意盎然，大气磅礴。

五弟说，我虽然平时很少发表评论，但"每日一诗"我每天都听，晚上散步的时候还反复听，受益良多。

古诗词毕竟离我们有些遥远，如果不熟悉，听起来就很费劲，甚至连一知半解都做不到。避免大家听得乏味，听得打瞌睡，我就偶尔穿插一首家里人自己的诗。兄弟里，除了四弟是个诗人，还有一个诗人，就是我的二哥。二哥年轻的时候也写诗，而且一直写到现在。诗意的生活让他感觉更充实、更幸福。

我朗诵了二哥的长诗《想念父亲母亲》，在群里引起不小的反响。作者是我们熟悉的，他表达的内容和情感是我们熟悉的，所以倍感亲切。我还朗诵了四弟的两首诗——《异乡人》和《给我父亲》。听了我的朗诵，四弟的激情被点燃了，他也朗诵了两首自己的诗，声音还是那么大，大得像炮仗里的麻雷子，震得人耳朵疼。难为他用了那么大的劲儿。

接着，我又朗诵了将近两个月的现当代诗歌。这次形式独特，朗诵的不是我一个人，而是我和老婆两个人。老婆从年轻的时候，就喜欢听我朗诵诗歌。我们恋爱的时候，每次约会，她都让我给她朗诵，她专注地听着，有时眼睛里还会浮上一层泪水。她说，你朗诵的时候，让人着迷。婚后，她也听我朗诵诗歌，慢慢地，她也跟着朗诵，我会背诵的那些诗歌，她也都能完整地背诵下来。她说，背诵诗歌的时候，心都被净化了。

　　这次，我就和老婆一块儿"出场"了。一首诗，我朗诵一遍，她朗诵一遍，我叫它"二重唱"。一上来，我们先朗诵了四首余光中的诗——《乡愁》《民歌》《乡愁四韵》《当我死时》。然后是艾青、田间、臧克家、北岛、舒婷、梁小斌……

欣赏的每一分钟，都是人生最好的奖赏

　　这种"二重唱"的形式，立刻在"刘家人"的微信群里引起了很大反响，不但好评如潮，而且纷纷效仿。先是四弟和他的闺女刘佳莹，父女合作，朗诵了几首诗。然后是二哥和他的刚上幼儿园的孙女刘锦绣，爷孙俩合作，朗诵了几首儿歌。

　　艾青的《大堰河，我的保姆》是我非常喜欢的一首长诗，我觉得这是现代诗歌中的巅峰之作。我经常朗诵，这次我和老婆又每人朗诵了一遍，上传到群里。这首诗勾起家里人很多关于母亲的回忆。我在朗诵的时候，更多的是想起我的姥姥，也就是我的外婆。我姥姥也曾给人做过保姆，靠这份劳作挣的钱贴补家用。我们兄弟多，日子苦，小时候都爱往姥姥家跑，她非常疼爱我们。姥姥是一双小脚，所谓的"三寸金莲"。那双被扭曲了的小脚，给我留下了深刻的记忆。

　　还有杨然的《父亲，我们送您远行》，也是我非常喜欢的一首长诗，在父亲节那天早晨，我把我和老婆朗诵的这首诗的录音，上传到群里，以此表达我们对自己父亲的怀念。

　　平时，我和大哥很少联系，自从有了这个微信群，自从有了"每日一诗"，我们兄弟好像天天见面一样，一下子拉近了彼此的距离。每天早晨，我们的诗朗诵一上传，大哥总是第一个做出反应，给予评论。我和老婆朗

诵了舒婷的《致橡树》，大哥的留言是："欣赏你们的朗诵，是让阳光驻在心里，不仅有眼前，还有诗和远方！"我们朗诵了舒婷《祖国啊，我亲爱的祖国》，大哥的留言是："欣赏的每一分钟，都是人生最好的奖赏！"我们朗诵了食指的《相信未来》，大哥的留言是："永远不要低估一颗坚持的心！坚持决定习惯，习惯决定性格，性格决定未来！"

我们朗诵了食指的《这是四点零八分的北京》，大哥的留言是："一个真切的承诺，坚持的心从未改变！你们的努力给我们带来的不仅是精神的享受，还有积极向上的动力！"我们朗诵了北岛的《回答》，大哥的留言是："要过日子，也要放飞灵魂，欣赏朗诵与后者有关！"

一次，我因为什么事情耽误了，晚了一个多小时把我们的朗诵上传到群里。当我刚一上传，大哥立刻回复，说："我正纳闷呢，怎么今天晚了？"还有一次，我因为单位体检，上传群里的朗诵晚了两个小时，回到单位，刚要把前一天晚上朗诵好的录音上传，大哥的电话就打来了，他很焦急地问："没什么事儿吧？"我赶紧解释。大哥的关心，让我体会到了一种久违的感动。

二哥的儿媳妇宣以驰，平时和我们见面少，交流更少，听完我们的朗诵后，也经常给我们献花、点赞。

家里人四散各地，很少见面，是微信群，是优美的诗歌，触动我们的心灵，激发了我们沉睡在心底的那份诗意和感动，让我们回忆，让我们向往，让我们感觉彼此近在眼前，好像感受到了彼此的心跳，感受到彼此散发出的浓浓暖意。

我们都是朗读者

好文章就像美味佳肴

我在一家文摘类报社做编辑，每天都要浏览很多报刊，从中选出我需要的稿件，然后把它们分门别类，装进不同的版面，提供给我们的读者。这是我日复一日的工作。这样，每天我都要看到一些让我喜欢，甚至是爱不释手的文章。有的适合编发在我负责的版面，有的不适合。不适合的，也舍不得丢下，怎么办？我把它们收集起来，粘贴在一个一个的硬皮大本子上。几年下来，十几年下来，二十几年下来，这样的本子，也就攒了十几个。放在一起，厚厚的，一大摞。

闲暇的时候，我会从这些本子里挑出一本，翻开，重读那些曾经散落在不同报刊上的文章，乐在其中。这都是我喜欢的一些作家的散文随笔，大手笔的小文章。文章虽小，却有真性情，大智慧。还有一些是不知名的作者的文章，虽然作者不知名，文章却写得好，给我启发，让我长见识。真正的好文章，往往出自那些不知名的作者笔下。因为不知名，他们才会使出看家的本领，拿出真东西，披肝沥胆，掏心掏肺。

读到好文章，就像吃到了美味佳肴。我这人，从来不习惯吃独食，每次吃到可口的饭菜，都会想起我的家人，想起老婆孩子，想起父母，想起兄弟，都希望和他们一起分享。读到好文章，也是这样，我也希望和家人一起分享。

儿子小的时候，我们一家三口，经常一起朗读我们喜欢的文章。长的文章，我们就每人读一部分，短的文章，我们就每人读一篇或者几篇。那情景，就像在一起品味美食。其实，这就是在品味美食，品味的是文化的美食、精神的美食。这时候，我的那些剪贴本就派上了用场。那里面一篇一篇的好文章，就像一道一道的美味，滋养我们的精神，愉悦我们的心情。

儿子给我读文章

后来，儿子上了初中、高中，他有了越来越多的自己喜欢的文章。他们课本上的文章，他们同学的作文，他买的一本又一本全国优秀作文选，凡是他特别喜欢的，他都会兴致很高地读给我，读给他的妈妈。他读得非常投入，有时会一边读，一边给我们解释，或者一边拍案叫绝，一边大笑。

还有一次，我记得很清楚，是北京取消了崇文、宣武两个区，把它们并入了东城和西城两个区。儿子从小就生活在宣武，小学和初中也都是在宣武上的，尤其是他上的初中就叫宣武外国语实验学校，他对宣武区，对"宣武"两个字有着很深的感情。宣武和崇文是相辅相成的，所以他对崇文也有了感情。

现在，突然地，宣武和崇文全都没了，儿子在感情上一时难以接受，于是写了一篇小文，表达了他对这两个词的理解，表达了宣武留给他的美好记忆，表达了他的不舍和疼痛。写好后，他把他的文字读给我听，一边读一边竟泪流满面。

一个半大的小伙子了，从来没见他这样过。小学时，一个人放学挤公交，上车时被人挤倒，两眉间磕出一个大包，他都没有流一滴泪，见了我还嘿嘿地乐。初中了，经常因为踢足球摔倒，身上青一块紫一块的，破皮流血也是家常便饭，他也从来没有流过泪。这次，因为两个地名的消失，竟让他泪流满面，我觉得好笑却没敢笑，更多的还是感动，为他的真情而感动。

后来儿子上大学、参加工作了，在我们身边的时间少了，每次见面，他还是会把在网上看到的，各种他觉得精彩的文章读给我听。网上的文章，不同于报刊上的文章，不同于书本上的文章，好像更活泼一些，更放肆一些，倒也让我长了见识。我坐在沙发上，他坐在我的旁边给我读。我去卫生间，他跟到卫生间，站在旁边给我读；我要方便，让他过一会儿再给我读；他正读到兴头儿上，说没事儿，我不怕，搬了个凳子，坐在卫生间的门口，继续给我读。

有时候，我们吃了午饭，我喝了几杯酒，躺在床上，我说："来，儿子，你坐在爸爸旁边，给我随便读一篇文章，我睡着了，你再走。"儿子说："好吧。"他刚一开始读，我就扯起了呼噜。儿子看我睡着，才停止他的朗读，悄悄走开。

我为母亲朗读

我的母亲，晚年一直卧病在床，我每次去看她，都要带着老婆孩子。每次，我都推着轮椅上的母亲，在楼下的花园散步，有时我会坐在她的旁边，给她读报纸，读杂志，或者读我刚刚发表的文章，还读过一本讲成语故事的书。母亲听得津津有味。她也许听进去了，也许没有听进去，也许听懂了，也许没有听懂，这些都不重要，重要的是我在读，她在听。

这样的一种状态，是她喜欢的，也是我喜欢的，是安静的、祥和的。儿子把我给母亲朗读的情景，用手机录了下来，我珍藏起来，多年以后，当母亲已经不在人世的时候，我再打开这些录像，好像当时的场景就在眼前。

有时，母亲听着听着，就睡着了。睡着了，仍然拉着我的手，让我在她的旁边继续为她朗读。我为母亲朗读的行为，影响了儿子，这也是他乐于为我朗读的原因吧。

你的一言一行，都在潜移默化地影响着自己的儿女。比如，父母健在的时候，一到周末，我便开车带他们去京城的各大公园。从公园出来，已经到了午饭的时间，我就带他们去我知道的京城一些有特色的饭店吃饭。父母一直生活在乡下，京城这些有名的公园，他们基本都没去过；那些有名的饭店，更是没有吃过。我带着他们，每周去一个新的公园，一家新的饭店，他们真是高兴。看到他们高兴，我更是高兴。每次我都带着儿子，

147

儿子就是我的一个小帮手，帮我看路，帮我买票，帮我抬轮椅，帮我推着轮椅上的奶奶，吃饭时抢着给爷爷奶奶夹菜。

等到儿子工作以后，他的爷爷奶奶都已不在人世。每到周末，儿子就约爸爸妈妈逛公园，请我们吃饭。只要是他和同学、同事吃过的有特色的饭店，就一定要带我们去尝尝。他还经常带着我们去看电影，看话剧，看球赛。工作一年以后，他就带着妈妈去了一次香港。他当然是想带着我们两个一起去，我因为工作走不开，就没有去。只要是他觉得有意思、有意义的事情，他都想着爸爸妈妈。我想，这些都是他从小受我们的影响吧。

很多父母都在抱怨儿女自私、任性、懒惰，不懂事、不孝顺、不成文，他们是不是应该检讨一下自己，检讨一下自己平时的言行呢？种瓜得瓜，种豆得豆，我们平时的言行就是种子，埋进子女的心里。埋进什么样的种子，就要结出什么样的果实。不为我们自己，就是为了子女，也要珍惜我们播撒出的每一粒种子。

就像夜空中突然绽放的礼花

我们兄弟五个，是个大家庭。父母在的时候，逢年过节，兄弟们带着各自的老婆孩子，呼啦一下子聚在父母身边，场面就很热闹。那时，在家里吃饭，每次都要两桌。吃饭的时候，不光喝酒聊天，还要朗诵诗歌，大人孩子争着抢着，站起来朗诵，热闹而且喜庆，饭菜吃得就更有了味道。

饭前饭后，我们还要聚在一起，学习讨论。这时，我就把平时积攒的那些好文章，读给大家听。然后各自发表感想。这样的学习是愉快的，也是有意义的。父母不在了，逢年过节，我们就在大哥家聚会，诗歌朗诵坚持下来了，学习讨论也坚持下来了。

最近几年，我们这种家庭学习办得更正式了，变成了家庭讲谈。每次有一人主讲，讲学习，讲工作，讲一年来的进步和教训，然后大家再点评，发表各自的意见和看法。也有批评和自我批评，也有争论，有碰撞，真正做到了红红脸，出出汗。红红脸，但不火冒三丈；出出汗，也不耿耿于怀。这样的学习，让我们这个大家庭更和睦，也更友爱了。

平时，兄弟几个工作生活在不同的地方，只有节假日才能相聚在一起。即使是这样的日子，人也很难到齐。自从手机里有了微信，分散在各处的大家庭里的每一个成员，就像星星团聚在天空一样，终于团聚在了家里人自己的微信群里。

我们家的微信群里共有兄弟五家的十五个成员。自从有了这个微信群，从2016年5月开始，我每天都在群里朗诵一首诗。先是我一个人朗诵，后来，老婆也积极地参与进来，我们两个人，轮流着，每天为大家朗诵一首古今中外的诗歌。

就像平静的夜空突然绽放了一个礼花，平静的微信群一下子就被照亮了。大家纷纷点赞，发表自己的评论。当然，我们的朗诵并不是为了别人的点赞，不是为了听到溢美之词，我们是为了在微信群里，营造一种喜庆的气氛、学习的气氛。

七个月下来，我们一共为大家朗诵了二百余首诗歌。我们这一行为，还带动了家里的其他成员，他们也行动起来，积极地为大家朗诵。当我们把自己熟悉的喜欢的，并适合朗诵的诗歌朗诵完了之后，我们做了一个月的休整。家里的微信群重又变得安静了。

自讨苦吃又乐趣无穷

有一天，老婆对我说，你还得想想，在家里人的微信群做点儿有意义的事情。老婆的话，让我想起了那厚厚的一摞硬皮剪贴本。我说，对，今年是朗诵诗歌，从明年元旦开始，咱们为大家朗读美文，争取每日一文，朗读一百篇。

说这话的时候，已经到了2016年的年末。我说，咱们立刻行动，先每人朗读三五篇，这样就是十来篇。明年元旦，咱们在给全家人祝贺新年的时候，推出第一篇。老婆赞成。我就在剪贴本里挑出几篇，和老婆分工，哪篇她读，哪篇我读。然后各自用自己的手机录下来，存好，而且一篇一篇地编好序号。

一做起来，才知道这不是一件容易的事情。不录音，感觉很放松，也许一遍两遍就能顺利地朗读下来。一录音，人一下子就紧张了起来。人一紧张，嗓子就发干，发紧，要么就总觉得嗓子眼儿里有东西，怎么也咳不净。这样，就严重影响了朗读的效果。费了很大的劲，录完一篇，一听，声音别别扭扭。于是再来。一遍又一遍，直到嗓子像着了火，还是不满意。这才知道，那些靠嘴巴吃饭的人，比如播音员，比如演员，比如歌手，比如教师，比如演讲家，比如官员，其实也不容易，也是需要下很大功夫的呀。

看来，哪碗饭都不好吃；哪件事情做好，都不简单。

我和老婆，分别把自己关在不同的房间，一遍一遍地朗读自己选好的那篇文章，感觉有把握了，再录音。录了一遍又一遍，直到勉强满意了，才存好，走出房间。这时，我们两个人开始听这些录音，感觉都有点儿怪怪的，自己听自己的，更是怪怪的，说不出的别扭，于是大笑。

开始给对方挑毛病。两个人犯了同一个毛病，都是不放松、不自然，太把朗读当回事儿，太像朗诵了，太像播音了，太像话剧了，太抒情，太正经，太端着了。其实，朗读的最高境界，就是清新自然，就是亲切如常，就是平白如话。像平时的说话，又高于平时的说话；像倾心交谈，又高于倾心交谈；像拉家常，又高于拉家常。这么说有点儿玄乎，那就首先做到朗读时，就像平时说话，就像倾心交谈，就像拉家常。

和老婆统一了意见，我们又各自回到自己的房间，再一篇一篇地朗读。慢慢地，还真就找着了感觉。听上去，不那么生硬了，不那么别扭了，不那么端着了，不那么装了。

有时，我们对自己的朗读满意了，听着舒服了，放给对方听时，却被对方听出有一个字的音读得不准，一声读成了二声或者三声。想想，这是个小差错，可以忽略不计，再说，平时我们也是这么读的，已经错了几十年。这么错着，大家才习以为常，如果改成那个对的音，听着反而别扭。可明知道错了，却不改，打自己这儿就过不去，更甭说是读给群里的大家了。

群里不光有大人，还有孩子。孩子们在学校学的都是正确的发音，孩子的眼里可不揉沙子，要是让孩子挑出毛病，咱们这做长辈的，一张老脸可就没地儿搁了！想到这儿，立刻返回自己的房间，关上房门，重新再录一遍。

有时候，一篇反反复复刚录好的文章，有一个字，不是音没读准，就是完全读错了。更没得说了，重新读。这真是一件自讨苦吃的事情，也真是一件乐趣无穷的事情。

小故事里藏着大道理

经过十几天认真的准备，我和老婆终于各自录制好了五篇共十篇文章，在2017年元旦这天准时分享到家里人的微信群里。

我来打头炮，所朗读的文章题为《孔子学琴》。说的是孔子当年向鲁国的乐师学琴，学了一段时间，乐师觉得孔子已经学得很好了，就说："咱们可以学下一个曲子了。"孔子说："我觉得还不行，因为我还没有真正掌握弹奏的技巧呢。"又过了一段时间，乐师说："你已经掌握了技巧，咱们可以学下一首曲子了。"孔子说："我觉得还不行，因为我还没有领悟到这首曲子的意境呢。"又过了一段时间，乐师能够在孔子的琴声里感受到那种时而深沉旷远，时而激越昂扬的意境，就说："你可以学习下一首曲子了。"孔子说："我觉得还不行，因为我还没有在乐曲中感受到作曲者的为人呢。"

再过了一段时间，孔子终于兴奋地对乐师说："我已经感受到作曲者是个什么样的人了。他身材魁梧，皮肤黝黑，目光明亮，他高瞻远瞩，好像要统一四方，除了周文王，谁会有这样的胸襟和气度，谁会作出这样的乐曲呢？"乐师高兴地说："你终于开窍了，这首乐曲就是周文王谱写的《文王操》啊。"

对这样一首曲子，孔子生怕学不会，学不精，下真功夫，下苦功夫，终于体会到了乐曲的奥妙。这也印证了孔子提出的"学而不厌""学如不及，犹恐失之"的思想。

老婆朗读了第二篇文章，题为《演讲稿背了一百遍》。讲的是英国历史上最著名的首相丘吉尔。丘吉尔小时候是个结巴，很难顺利地说出一段完整的话，经常受人嘲笑，可他却在上小学的时候，出乎所有人意料地，在一场全校的演讲比赛中获得了第一名，而且所有评委都给他打了满分。为什么呢？除了演讲稿写得好，还在于丘吉尔像孔子一样，肯下苦功夫，下笨功夫，他说："别人的演讲稿背一遍，我就要背十遍，别人背十遍，我就要背一百遍。我下的功夫是别人的十倍甚至百倍，这是我这样一个说话结巴的人，为什么能够夺得演讲第一名，后来成为著名演说家的原因，也是诀窍。"

从这两篇文章里，就能看出我们所选的，为家里人朗读的文章的一个大概路数。这些文章讲述的大都是一些古今中外名人的小故事，小故事里藏着大道理。这些文章有点儿像心灵鸡汤又不同于心灵鸡汤，比心灵鸡汤更有知识性、趣味性、哲理性。

我们还朗读了一些当代作家的作品，比如贾平凹的两篇文章，一篇题为《我的老师》，讲的是朋友家一个五岁孩子的故事，这个孩子真实、勇敢，不虚伪、不做作，令作者心悦诚服，甘心拜他为师。文章风趣幽默，发人深省。还有一篇题为《辞宴书》，以书信的形式，婉拒朋友的宴请，读来令人啼笑皆非，却又意味深长。

我们还朗读了刘震云的两篇文章，一篇题为《我们幸福着大学的幸福》，作者回忆了他四年大学生活里，有趣的老师和同学，也是妙趣横生。还有一篇题为《一句顶一万句的话有没有》，里面讲了他两个舅舅，一个赶大车，一个做木匠。赶大车的舅舅大车赶得好，这个舅舅告诉他，一个人一生干好一件事，就是一个了不起的人了；做木匠的舅舅木工活儿做得好，这个舅舅告诉他，用别人做三件家具的工夫去做一件家具，你做出的家具就会比别人做得好。两个舅舅都是小人物，话说得也很平常，但平常的话里却有不平常的道理。

我们还朗读了莫言在2012年诺贝尔文学奖颁奖典礼上的演讲词——《讲故事的人》。这篇演讲，我先是一个人朗读了一遍，用时五十多分钟。因为太长，无法将它分享到微信群里。于是，我和老婆分四次，每人两次将它读完。这篇文章，在家人中引起了很大的反响，特别是莫言写他母亲的部分，让兄弟们想起我们自己的母亲，想起母亲拉扯我们走过的艰难岁月。兄弟们纷纷发表感想，从滚烫的言语间，可以感受到每个人对母亲的滚烫的感情。

十一分钟的语音点评

开始，我们每天在群里与家人分享一篇文章。单数，比如序号为一、三、五的，是我朗读的文章；偶数，序号为二、四、六的，是老婆朗读的文章。

每天早晨，我一到单位，大概七点半，就把文章分享到群里。后来，我发现，这样的效果并不好。因为家里人还没有一个退休的，大人们都有自己的工作，孩子们还都在上学。我向群里分享朗读文章的时候，正是大家匆匆忙忙，奔波在上班或者上学的路上的时候。他们没有时间也没有心情听我们的朗读，品味文章的奥妙。就是到了单位或者学校，马上就投入到工作和学习之中，更没有时间和心情听我们的朗读了。所以，每次文章分享后，效果并不好，反响也不热烈。

于是，我改变了分享的时间，把每天分享，改为周六、周日分享。而且把每次分享一篇文章，改为分享两篇文章，一篇我朗读的文章，一篇老

153

婆朗读的文章。改变之后，效果好多了。周末，大家都在休息，有时间也有心情，听我们的朗读。如果觉得好，还可以再听一遍，反复地听。一个人，只有安静下来，才能听出，觉出，一篇文章的好。

上一年，我们朗诵诗歌的时候，反应最积极，点评也最积极的是大哥。几乎每次，他都第一个出来发表评论，每次点评用的也都是诗的语言，很凝练也很精彩。这次的朗读，反应最积极的是二哥。每次二哥都是第一个出来点评的，而且用的还是微信语音。

二哥在机关坐久了，每次点评起来也都是一二三，说上几条或者几点，就像在开会，在谈经验或者体会。应该说，每次二哥的点评，都能做到收放自如，而且有条理，有水平，很到位。比如有一次，我朗读了一篇关于项羽的文章，说项羽有霸气却少智谋，有力气却没心胸，本来到手的天下，又被刘邦夺了去，最后自刎乌江。二哥在点评时谈到了三个关系：名与实、勇与智、本与末。从过去说到现在，从国内说到国外，从文学说到政治，从历史说到人生，一口气说了十一分钟。比我朗读那篇文章所用的时间还要多，这才恋恋不舍地结束。

我认认真真地把这十一分钟的点评听了三遍，感觉收获颇多。我一激动，送给了二哥十一个大拇哥和十一朵玫瑰花。当然，大拇哥和玫瑰花都是微信的表情。这样的互动，既活跃了微信群里的气氛，也增加了我们兄弟之间的感情，更重要的是，提高了我们对事物的认识。

和二哥点评一样积极的人，是四弟。四弟是一个很有热情、很有诗意的人，他每次点评的文字，也充满了感情和诗意。四弟把我们的朗读，上升到家庭文化建设的高度来认识，真是难能可贵。

四弟不仅自己积极点评，还带动他十岁的闺女参与其中。四弟的闺女刘佳莹，学习好，懂礼貌，口齿清晰，嗓音清脆，举止大方。在我们的影响下，四弟和闺女两个人也经常朗诵一首诗，或者朗读一篇文章，给微信群带来一股清新之风，带来新的话题和激动。四弟还经常把他的感受，写成文字，长长的文字，交给刘佳莹，再由她，用她童稚的清爽的声音，朗读出来。

四弟热情洋溢的文字，配上刘佳莹清新自然的声音，听着，犹如一阵清风拂过耳畔，拂过心头。

五弟很少发表评论，但是我们朗读的每一篇文章，他都听得很仔细，很认真，偶尔发表一下感受，倒也不乏真知灼见。

感受文字的温度和光芒

时间到了2017年的7月2日，我们已经朗读了一百篇文章。我在微信群里用语音表达了我的想法，我说，一百篇之后，我们也要休整一段时间。等我们积攒下更多的好文章，再给大家朗读，与大家分享。我希望，这一百篇文章，就像一百扇窗口，能够带给大家一百个美丽的风景。如果我们的行为，能够带动起全家人更多读书的兴趣、朗读的兴趣、学习的兴趣，那么我们的努力就是有价值的，有意义的。

二哥这次发表了长达十分钟的语音点评，他从三个方面对我们朗读的一百篇文章做了点评：一是说古论今，具有知识性；二是说事论理，具有逻辑性；三是以小见大，讲的是方法论。二哥的总结真是高屋建瓴，深入浅出。我查了一下词典，"高屋建瓴"的意思，是在房顶上用瓶子往下倒水。建，在这里是倾倒的意思；瓴，是盛水的瓶子。把一个人说话有水平，形容为在屋顶上用瓶子往下倒水，这个比喻真是绝了。我们汉语的魅力，就在这里。这次，我觉得二哥的点评，就像是在房顶上，用瓶子往下倒水。哗啦哗啦的，居高临下，水花四溅，赏心悦目。

接着，四弟也写出了很长的一段文字，让刘佳莹用语音朗读出来，竟也足足有四分多钟。刘佳莹在这四分钟里，谈收获，谈体会，谈意义，从一个孩子的嘴里，说出的都是大人的话，显得就很风趣，效果也就很独特。我听得笑声不止。真是难为了四弟的良苦用心啊！

我们这次朗读开始的时候，董卿在央视办的《朗读者》还没有开始，所以我们的想法，不是来自董卿和她的节目，没有受到她的启发。当然，董卿肯定也不知道我们家的微信群里，有这么一个有意思的朗读活动，他们节目的想法肯定也不是来自我们，没有受到我们的启发。但是，我们对朗读的热爱是一样的。我也把董卿他们的节目，每期都认真地看了。我的感觉是，他们办得有自己的特色，他们的重点不在被朗读的作品上，而是在朗读者上。他们节目所选中的朗读者，都不是普通的百姓，而是方方面面的杰出人物；或者，虽是百姓，却是百姓里的特殊人物。而我们的朗读，重点是在作品本身。这是我们之间的不同。

　　阅读，是用眼睛亲近书本上的文字，作品里的文字；朗读，不光是用眼睛，更是用嘴巴，是用舌头、牙齿、嗓子，是用气息，是用整个身心，去亲近文字。朗读，让我们和文字贴得更近。贴得更近，才能更真切地感受到来自文字的温度，来自文字的柔和的光芒，绵绵不绝，亘古不变的温度和光芒。

　　让我们都来大声地朗读吧！

无照上路

酒后驾车，逮住了

2008 年的 5 月 28 日。这天晚上，我因为酒后驾车，驾照被警察暂扣，从此开始了历时两个月的提心吊胆的生活。写此文，就是为了纪念这段难忘的日子。

那天晚上，是一个搞房地产的老板请客，喝的是五粮液。如果是一般的酒，我也就不喝了，我知道开车不能饮酒。因为是五粮液，所以就喝了。我喜欢好酒，就像喜欢漂亮女人一样。这是我没出息的地方。以前我也曾多次酒后驾车，都没有被警察逮住，我想这次肯定也不会被逮住。警察那么少，检查的时间和地点那么有限，酒后开车的司机那么多，怎么可能就逮住我了呢？我想，酒后开车被警察逮住的概率，和买奖券中奖差不多；我买过几次奖券，一次都没中过，我酒后开过几次车，也是一次都没被逮住过。

一个房地产老板，为什么会请我喝酒呢？因为我给他写了一篇所谓的报告文学。我写得很用心，那个老板看后很激动，于是就请我喝了五粮液。之前，他已经请我喝了两次五粮液，是在我采访他的时候喝的。第一次喝酒，老板说："你喝吧，回头我找个司机送你回家。"我说："不用，我自己可以回去，我家离吃饭的地方很近，路上不会遇到警察。"老板看我逞能，没有坚持，我喝了几杯酒，果然安全到家。第二次他没再提送我回家的话，我又安全到家。第三次，也就是 5 月 28 日晚上，我喝了几杯，回家的路上就被设卡的警察逮住了。

刚开车的时候，我是滴酒不沾的，别人知道我开车也不会硬劝。其实，你喝不喝酒，喝多喝少，都在自己，别人不会硬灌你的。有的人一辈子滴酒不沾，有的人天天出入酒席却从来没有喝醉过，而有的人一喝就多，一喝就醉，有的人一醉就闹事，这都是每个人的性情决定的，和别人没有多大关系。

我一开始也是一个有定力的人，知道开车不能喝酒于是就不喝酒。有时朋友聚会，身边的朋友来者不拒喝了好多酒，我知道他开车，就问他："不是开车吗，怎么还喝酒？"朋友说："没事儿，我天天这么喝，天天在路上跑，也没有被警察逮住过，没事儿。"我说："就是没有警察，你喝了酒再开车也危险呀。"他说："没事儿，我有分寸。"这样的事情遇见过两次，我便动摇了。

我是一个特别容易学"坏"的人。比如，我刚开车的时候，每次一上车就系上安全带。虽然不舒服，可我知道，这是规定。有一次，我刚系上安全带，一个老司机就说，这里没有警察，不用系那东西。在他的眼里，我一上车就把安全带系上，是幼稚而且可笑的。为了不让他感觉幼稚可笑，我就解开了刚刚系上的安全带。以后开车，只要是想到路上不会遇到警察，我一般是不系安全带的。直到有一次，我因为没系安全带被警察逮住，还差点罚了款，这才吸取了教训，重又捡起丢掉了的良好习惯。那个老司机不教别人好，自己一身毛病，还把毛病传染给别人，太不地道。其实，安全带不是系给警察的，是系给自己的，系给安全的。系安全带和不喝酒，道理是一样的。

看到别人喝酒没事儿，遇到好酒我禁不住诱惑，也开始喝了，知道还要开车就少喝几杯，然后开车回家，路上竟然无事，胆子就这样大了起来。

赶紧找人，踏实了

再说那天的酒和那个房地产的老板。我是怎么认识的这个老板，又是怎么想起来给他写所谓的报告文学的呢？一个地方，要把他们那里的杰出人物集中宣传一下，出一本书，这个老板是其中的一个人物。我的一个朋友参与这本书的策划，于是找到我，非让我帮着写一个人物，就是这个老板。

这样的文字，稿酬不菲，写起来也不费劲，以前我也曾经干过几次。因为没有多少价值，就觉得没意思，后来再有人来找我干这种事情，都被我坚决地拒绝了。这次让我帮忙的朋友有点儿苦口婆心，在我犹豫之间，他那里就给我做主了。就这么，认识了一个房地产老板；就这么，写了一篇所谓的报告文学；就这么，喝了三次五粮液；就这么，酒后开车被警察逮住了；就这么，驾照被暂扣了两个月；就这么，有了这篇《无照上路》的文字。

那天晚上我喝了将近三两，酒后又和老板聊了一会儿稿子，喝了两杯茶，九点半出来，开车回家。快到家的时候，在一个十字路口，被警察截住。几个警察正在查酒驾，看到警察，我掉头已经来不及了，只好硬着头皮往前开，很快到了警察的面前。一个年轻的警察很客气，说："不用下车，把玻璃再往下降降，测一下。"我往下摇了一下玻璃，在他伸到我嘴边的仪器上吹了一下，警察一看，说："把车靠在一边，把驾驶证、行驶证拿来。"

我就把车停靠在一边，熄了火，下来，按他的要求带上了驾驶证和行驶证。

年轻的警察把我的证件交给了一个年龄稍大的警察，估计稍大的这个是个组长。然后，这个年轻的警察回过头来，对我说："现在查酒后多紧啊，你又不是不知道。"说完，又去检查别的车辆。这个稍大的警察看了我的证件，把行驶证交给我，把驾驶证扣下了，同时开了一张罚单。在他开罚单的时候，我问他："我这种情况会怎么处理？"他说："不够拘留，扣六分罚款五百。"他没说还要暂扣驾照两个月，我还以为第二天我去接受处罚，他就会把驾照还给我呢。我小看了这件事情，要是知道他还要暂扣驾照，我会立刻找人，就不会满不在乎地回家躺下就睡了。

第二天，上班以后，我给一个当交警的朋友打电话，说了昨天晚上事情的经过。朋友一听，就说了和昨天晚上那个年轻的警察说的一样的话："现在查酒后多紧啊，你又不是不知道。"朋友是海淀的交警，昨天晚上处罚我的是丰台的交警，不是一个区的。他让我把罚单上交警的名字告诉他，他不认识，他说问问同事有谁认识，然后给他打电话，有结果再告诉我。同时他还说，就怕已经晚了，人家要是一上班就把你的罚单输入电脑，再找就没用了。

过了一会儿，他打来电话，说果然已经把罚单输入电脑，找那个交警也没用了。这时我才知道，除了罚款、扣分，我的驾照还要被暂扣两个月。我问："那现在找谁能把驾照要出来？没有驾照我怎么开车呀。要是两个月不能开车，简直是不可想象的。"朋友说，只有找交警支队的队长了。朋友是个普通交警，又不是一个区的，和人家的队长根本说不上话。他让我再找找别人，同时嘱咐我，以后开车千万别喝酒了。我说，好。

放下电话，我就想起了刚刚采访过的房地产老板。他认识的人肯定多，我开始后悔昨天晚上没有给他打电话。当时我小瞧了这件事，觉得没有必要为了这么一点小事儿麻烦他。过了一夜，事情变得有点儿麻烦，有点儿难办。我立刻给这个老板打电话。老板一听，很痛快地说："没问题，我现在就让司机到你那儿取罚单，找人给你把驾照要回来。"

老板的话，让我心里悬着的一块儿石头落了地。很快老板的司机就来了，我把罚单交给他，嘱咐他驾照一要回来马上给我送来，没有驾照我就不能开车，不能开车，我简直寸步难行。司机答应着回去。下午，老板给我打来电话，说："你要是昨天晚上找我就好了，就什么事儿都好办，现在有点儿麻烦。"他说："我找了一个派出所的副所长，副所长找了那个交通支队的副队长，副队长说如果昨天晚上找他什么事儿都好办，今天找他，就有点儿不好办了。结果是，副队长答应驾照暂扣半个月，让我两个礼拜以后拿着罚单去找他。"

老板虽然没有立刻给我要回驾照，还是尽了力，看来也只好这样了。老板还挺会说，他说："你看你给我办事，让人家扣了驾照，我却没有给你要回来，给你的出行造成了不便，实在是对不起。"我赶紧说："这怎么能怪你呢！是我自己不自律，给你添麻烦了。"放下电话，很快老板的司机又把那张罚单给我送了回来，并告诉了我那个副队长的名字，让我两个星期后去找他。

到了日子，不行了

这是一次教训，是坏事也是好事。坏事是被罚了款，扣了分，暂扣了驾照，经济上受了损失，出行也不方便了。好事是敲响了一次警钟。通过这件事，让我再一次认识到，人对自己的要求什么时候都不能放松，都不能心存侥幸，特别是在法律面前，什么时候都要保持一种"如临深渊，如履薄冰"的审慎状态，要常怀敬畏之心。

在这件事情上，我是不幸的，同时也是幸运的。不幸的是，酒后被警察逮个正着，丢人现眼，担惊受怕。为什么又是幸运的呢？原因有二：一是喝得不太多。要是再多点儿，就不是被罚款和暂扣驾照了，就是拘留了；二是路上没有出现闪失。这种情况下，路上不论出现什么闪失，责任都在我。因为我喝了酒，即使责任不在我，也变成了我的全责。即使我有保险，保险公司也不会管。要是那样，我既要承担法律责任，又要承担经济损失。

半个月很快就到了。处罚单上写着，如果半个月内不到交通支队接受处理，将吊销驾照。第十三天的中午，交通支队一个女同志打来电话，提醒我在十五日内去接受处罚。现在的执法，变得越来越人性化了，让我没有想到。

十四天的时候，我去了那个交通支队，想直接去办公室找那个副队长，却进不去，传达室让我先给这个副队长打电话，他通知放人，传达室才敢放我进去。我没有这个副队长的电话，让传达室给副队长打，他们不打，也不告诉我电话。可能是平时找他们要驾照的人太多，才搞得这么严。和副队长联系不上，我就进不去。我只好给那个房地产的老板打电话，老板不认识这个副队长，他是通过派出所的副所长找到这个副队长的，他就给副所长打电话，打了几次，不通，他就把副所长的手机号码给了我，让我直接和副所长联系。我一打，通了，就把情况说了，让他给副队长打电话，告诉他我就在交通队的传达室，让他下来接我，或者放我进去。副所长就给副队长打电话，过了一会儿副所长给我回了电话，说找到了副队长，副队长还不能让我进去。副队长告诉副所长，这件事没有当初说的那么好办，上面抓得特别紧，前两天他们队长刚挨了上司的骂，队长挨了骂现在脸还黑着，这个时候他可不敢去找队长说这件事情。副所长让我再等等，副队长再给他打电话，他再给我打电话。我只好先回去。

回去以后，一直没有等到副所长的电话。第二天就是罚单开出的第十五天了，这天我要是再不去接受处罚，驾照就被吊销了。驾照要是被吊销，那只有等到两年后才能再去考了。那样的话，麻烦和损失就更大了。当天下班后，我又来到那个交通支队，在大门口，我给那个副所长打了一个电话，问他副队长给他打电话没有，他说还没有。我说："那就算了，别找他了，我接受处罚吧，省得让他为难。不就两个月嘛，已经过去了半个月，剩下的一个半月很快也就过去了。"副所长一听，说："对，接受处罚算了。"

打完电话，我就走进了这个交通支队的办公大厅。当时离下班还有十分钟，受理处罚的是个年龄不大的女孩子。她正准备下班，一看我递上的罚单，显得很不高兴，她想让我明天再来，我坚持今天处理。她噘着嘴，把我的驾照找出来，刚要填表，我又改主意了。

我一看到近在咫尺的我的驾照，虽然它和我分开刚刚十四天，但我就像看到了久别重逢的朋友，一股暖流涌上心头。我一伸手就可以把它拿到，可是我不能伸手。我就想，我要是接受处理，这个驾照就要被暂扣两个月，还有一个半月才能重新回到我的手里。这一个半月说长不长，说短不短。有驾照的时候，每天可以自由地开车上路，一个半月感觉很短；没有了驾照，再开车上路，属于违法上路，那感觉可就是度日如年了，一个半月就显得特别漫长了。要是我再找找人，努努力，兴许明天就把这个驾照要回来了，有了驾照，我就又可以理直气壮地上路了。明天才是接受处罚的最后截止日期，事情往往都是在最后关头发生逆转，所谓峰回路转就是这个意思。

想到这里，我对那个噘着嘴的女孩儿说："我没带身份证，明天再来，你可以准备提前下班了。"女孩子听了很高兴，说："那你就明天再来，没有身份证可不行。"

老板电话，不通了

我从交通支队出来，站在路边就给那个房地产的老板打电话，我想让他继续找找人，不要找什么副所长，最后找到副队长，要找就找正的，比如正所长去找正队长，哪儿都是一把手说了算，副的总要看正的脸色行事，办起事来就显得不痛快。老板的两个手机全都关机，打不通。打了几次，全是关机。老板当然不会为了我这点儿小事儿关机，我对他还是了解的，那是很痛快很仗义的一个人。要是这么小气，他也不会在京城盖起那么多的大楼。老板正在住院，腿上长了两个疙瘩，一直在准备手术，我打电话的时候，他可能正在手术，或者手术刚做完，所以把手机关了。我就想明天再说。

第二天上午，我又给老板打了几次电话，两个手机还是都关机。先是我在心里埋怨老板关机，耽误给我找人要驾照，接着又一想，人家正做手术，或者刚做完，我没有去看望，相反却用这样的事情麻烦人家，让他不能静养。这么一想，感到很惭愧。于是决定不再打，不但不再给他打，任何人都不再麻烦了。自己做的事情自己负责，接受处罚是应该的，毕竟不是什么光彩的事情，也就没必要搞得尽人皆知。我终于下决心去接受了处理。在排队等候处理的时候，我还是不死心，又给老板打了两次电话，还是关机。这次我没再犹豫，接受了处罚：五百块钱，六分，驾照暂扣两个月。

为了这件事情，我两天内去了三次交通队。第二次是骑自行车去的，第一、第三两次都是开车去的。在这半个月内，我基本上是开车上下班，其间还开车回了一趟郊区老家，去给父亲上坟。我知道要是被警察拦下，或者路上发生剐蹭需要警察来处理，警察发现我拿不出驾照，进而发现我的驾照因为酒后驾车被暂扣了，结果只有一个：拘留。要是被拘留，那麻烦可大了。我是一个正派人，一个循规蹈矩的人，突然因为酒后驾车被拘留了，会在同事、熟人、朋友当中造成多大的影响啊。再说，被拘留的滋味肯定不好受，那才真是度日如年呢。

真的开车上了路，因为精神都集中在路上，并不去想这些。可是一下车，尤其是一想到下班要开车回家，或者是明天早晨要开车去上班，心里一下便沉重起来，就像压了一块大石头。心里一紧张，就反映在身体上。我的反应是，左眼的眼皮老跳，不知什么时候就跳了，偶尔跳一下两下没什么，要是老跳，就特别不舒服。除了感觉上的不舒服，就是心理负担的加重，老觉得要出事，老觉得有祸事就要临头，眼皮也就跳得更厉害了。眼皮跳得越厉害，心理负担越重；心理负担越重，眼皮跳得越厉害，成恶性循环了。自从5月28日晚上驾照被扣，一直到7月28日上午把驾照取回来，我的眼皮一直跳了两个月。驾照失而复得，眼皮的跳动仍然没有立刻停止，好像惯性作用又跳了几天，才慢慢停下来。

奥运安保，紧张了

我一直没有把驾照被扣这件事告诉我的老婆，我不愿意它成为一个短儿、一个话把儿，被老婆经常提起。男人有时宁肯不被理解，宁肯咬碎了牙往肚子里咽，也不愿被人经常揭短。一想到要开车，便加重心理负担，我就动员老婆，说咱们上下班改骑车吧。骑车多好啊！一、可以锻炼身体，保持苗条的身材，身材对一个女人来说多重要呀。二、省了油钱。现在汽油多贵，咱们要是骑一个月自行车，会给家里省下多少钱呀。三、为北京的交通畅通做一份贡献。马上就要召开奥运会了，路上这么拥挤，咱们不开车，路上就少了一辆汽车，要是成千上万的人都像咱们一样，路上不就畅通了嘛！四、为北京的环境改善尽绵薄之力。少开一天车，就少排一天的尾气，要是大家都像咱们一样，北京的蓝天也就指日可待了。我还要往下说，被老婆打住了，她说："骑车就说骑车，哪儿那么多废话呀！"

我知道，真正打动老婆的是第一条，后面我再说多少条，对她来说，都是废话了。女人为了保持身材，甭说是把开车改成骑车，就是花多少钱受多少罪都在所不惜。不过老婆补充说，要是天儿太热，或者刮风下雨，咱们可得开车。我说："天儿热或者刮风下雨正是锻炼我们意志品质的时候，更应该骑车了，过去咱们没有汽车还甭上班，甭出门？！"老婆说："家里买了汽车，让它闲着，让我锻炼意志品质，你神经病啊！"我怕老婆反悔，不同意骑车了，赶紧说："听你的，天气不好咱们就开车。"

单位有地下车库，居住的小区也有车位，却是地上的。我就星期一上班的时候，把车开到单位，放在地下车库，星期五下班再开回去。周一的早晨，我早早地就从家里出来，基本上不到7点就到了单位。我知道警察一般7点以后才出现在各个路口。周五下班，我也是赶紧回家，下班的高峰到来之前，我已经到家，免得路上车多出什么闪失。

周末我还要开车，先去接二哥二嫂，然后去四弟家看失去了生活自理能力的母亲。我住城南，二哥住城西，四弟家在城东，这样一趟，就转了大半个北京城。尤其是从二哥家到四弟家，从西三环穿城而过，路上要经过天安门广场走东长安街，再经过东四环，才能到四弟的家，回来基本是原路。我们走的基本是北京最重要的交通主干道，所以警察就特别多。一个无照的司机违法上路，看到警察，那种心情和老鼠见了猫，应该非常接近。老婆是会开车的，也有驾照，因为她平时开得少，技术不是很过关，这样复杂的路况，她就不愿意开，我也不放心，只好由我硬着头皮上了。

我觉得每个周末去看母亲，都是一次冒险。想想就发怵，又不能不去，心情就有些悲壮。

随着8月奥运开幕式的日子越来越近，北京安保的形势立刻紧张了起来。不仅实行了单双号出行的措施，路上的警察也骤然多了起来，有交警、巡警、武警，还有端着冲锋枪的特警。政府要求每个上路的司机都要带上身份证、驾驶证和行驶证，以便随时随地接受检查。听说一辆军车，在警察设卡检查时没有停车，结果警车硬是追上把它拦住，警察端着冲锋枪命令他出示证件。这样的气氛里，一想起我周五下班还要硬着头皮把车开回去，心理压力就更大了。

老婆的车技不是很过关是因为她平时开得少，她平时开得少是因为她对开车兴趣不大。开得少，车技不过关，兴趣就不大；兴趣不大，开得就少，车技就不过关。这是一个怪圈儿。平时出门儿，她乐得坐在副驾驶的座位上，省心还省力；我爱开车，开得多，所以技术相对好一些。偶尔让她开车，我就特别害怕，一惊一乍的，感觉是受罪。她开得不好，我就批评她，我一批评她，她就发脾气，她一发脾气，干脆就不开了。这么一弄，还是我开她坐，我开得让人放心，她坐在那里舒心，于是车里的气氛就很和谐。一来二去，她就更不想开，我就更不敢让她开了。又是一个怪圈儿。

7月中下旬，风声鹤唳，我不能再冒险开车了，可又不能不出门儿，我就鼓励老婆开车。我对老婆说："过些日子，咱们开车出去旅游，走远一点儿，走几天，长时间跑高速，就得咱们俩替换着开。可是你的技术还是有点儿让我不放心，怎么办呢？练！从现在开始，在一段时间内，车我准备不再碰了，完全交给你，我坐在旁边看着，能不说话就不说话，什么情况都是你自己想办法，这样才能逼着你提高。"说着，我把车钥匙交给了她。老婆也没多想，就坐到了驾驶座上。那几天，只要出车，都是老婆开。开着开着就不耐烦了，她就想把车钥匙还给我，我呢，不接，鼓励她继续开。以前我对她开车是批评的多，这次我改变方式，多表扬，少批评。

我工作的单位和老婆的单位离得不太远，上下班还是顺路。那几天，上班要是开车，老婆先开到他们单位，下车，我再接过来，硬着头皮开到我的单位。下班，我提心吊胆先把车开到她的单位，等她下楼，再让她把车开回家。有一天下班后我把车开到他们单位的楼下，见她出来，我刚要给她腾驾驶座的位置，她激动地告诉我她的驾照忘在了家里，让我接着开。我特别生气却不敢发作，只好继续提心吊胆地把车开回家。

一个周末，因为是老婆开车，就没让她去接二哥二嫂。我们走四环，南四环到东四环，距离短路况也好。看完母亲，准备回来的时候，我们两个人发生了冲突。老婆说她心慌，感觉不好，不想开车让我开。我想这怎么行，外面到处是警察，不知在哪儿就会遇到设卡检查的，两个月很快就平安地坚持下来了，这个时候千万不能再冒险了。我让她开，她让我开，僵持住了。平时，当我和老婆的意见冲突的时候，都是我妥协，让着她。在生活里我也不是一个很较真儿的人，总是迁就别人。这次，老婆看我一反常态，态度异常坚决，她让步了，很不情愿地坐到了司机的座位上。一场小小的风波就这样过去了。

取回驾照，解脱了

7月28日上午，我是骑自行车去取的驾照。那时北京已经开始实行单双号了。那天是双号，我的汽车牌照尾数是个单号。即使那天是单号，我也不敢开车去，我可不愿在取驾照的路上被警察逮住，或者和别的车发生剐蹭。拿到驾照的一刻，我知道，正常的生活重又回到我的身边。即使在去取驾照的路上，我都担心会出什么差错，和警察打交道总是让人不放心。

在我无照上路的日子里，总是不由自主地想起那些负案在逃的人，他们走在街上就像我开车行驶在路上，他们看到警察和我看到警察的感受是一样的。千万不要让自己变成那样的人，每日都活在惶恐不安之中。能够无忧无虑地开车行驶在路上，行走在大街上，坦然地面对警察，这样的状态，对一个无照上路的人来说，对一个被通缉的人来说，都是最大的幸福。

7月22日，我在媒体上看到了波黑塞族前领导人卡拉季奇在前一天晚上被捕的消息。卡拉季奇在逃十三年，现年六十三岁，被捕时没有反抗。看到这条新闻，我就在想，在逃亡的十三年里，卡拉季奇的日子肯定不好过，因为他每天都在无照上路。他被捕时的照片上，一脸白色的大胡子。在被通缉的日子里，他一直以一个医务工作者的身份，出入各种医学活动。我不知道他脸上的大胡子是粘上的，还是长成了那个样子，但我知道，不论他的伪装多么巧妙，十三年里，他每一天的日子都是惶恐的。

我的父亲母亲和爱人

我的父亲

我祖父有五个孩子，一个儿子即我的父亲，四个闺女即我的四个姑姑。我的姑姑们在村里人眼里个个如花似玉，当年村支书的弟弟看上我的二姑，找我祖父提亲。祖父看不上男方，说他是不务正业的二流子，没有答应这门亲事。这就得罪了支书一家，很快，他们就颠倒黑白地把父亲家的"成分"，由"中农"变成了"富农"。

"成分"一改，性质就变了，好人变成了坏人，祖父和祖母就成了游街和批斗的对象。1964年4月的一天，祖父因为不愿忍受屈辱，像之前的诗人屈原和后来的作家老舍一样，投水自尽了。

1952年，十九岁的父亲从河北怀来师范毕业，便开始了他为人师表的一生。家里出了这样的事情，年轻有为的父亲在学校的日子，一下子就不好过了。当时，他已经是县城一所中心校的教导主任了，一夜之间就被免了职；组织上本来正在培养他，出了这事儿，也就不敢再培养了。

很快，父亲便被"发配"到学区里一个最穷最小的村子，一人一校了。我还清楚地记得那个村子叫孙庄，不足百户，以孙姓为主。村里的小学年久失修，早已破败不堪了。因为没有老师愿意到这里来教书，村里的学生已经被放羊多时了。学区把父亲发配到这里，根本没想让他在这里有什么作为，只是一种惩罚，甚至是一种保护。因为村里的"造反派"总去学区要人，想把父亲带回去，接替我的祖父，继续批斗。村里人听说父亲被免了中心校的职务，"发配"了，感觉他没有什么前途了，也就不再找他的麻烦了。

谁也没有想到，父亲会在孙庄小学"东山再起"，并且干出了一番对他来说，可谓"轰轰烈烈"的事情。

169

父亲没有被家庭的灾难击倒，没有一蹶不振，更没有仇视社会。他一到了孙庄小学，就像一个战士一样，投入了战斗。他带领家长把校舍粉刷一新，把折胳膊、断腿儿的桌椅修理得结结实实，把失学多时的学生召回教室，他穿着洗得有些发白的中山装，开始给孩子们上课了。

学校只有一个大教室，一、二、三、四、五每个年级都有，共十九个学生，是个复式班。父亲一个人，既是校长又是勤杂，主科、副科一肩挑儿了。村子穷，很多家庭连饭都吃不饱，哪儿还有钱买书本，买文具。父亲就带着孩子们勤工俭学，放学后和节假日，父亲带着他们去筛沙子，在荒地上种蓖麻。他用筛沙子和卖蓖麻的钱，给所有的学生买了书本和文具，后来还给所有的学生买了校服。以前，总有孩子退学，自从父亲来了以后，再也没有一个学生退学，以前退学的，又都纷纷返回了课堂。

父亲还买了一个收音机，每天和学生们一起收听来自北京的声音，了解外面的世界。

父亲在孙庄小学干了十六年，几乎年年被县里和学区评为先进，他带领学生勤工俭学的事迹还上过《北京日报》和《辅导员》《班主任》等杂志。

孙庄小学以前的统考成绩都是全学区倒数第一，父亲去后，很快这里的统考成绩就在学区里名列前茅了。父亲还每天早晨带着学生锻炼，长跑、短跑、跳高、跳远，孩子们舍不得穿着鞋锻炼，就光着脚飞跑。这些光着脚跑步的孩子，终于跑到了学区的运动会上，一个个飞毛腿一样，拿了各个参赛项目的第一名。学区为此还引起了轰动。

后来父亲又被调到了谁也不愿意去的上郝庄小学，这里就像当初的孙庄小学一样破败不堪。他没有一句怨言，重新开始，又是勤工俭学，又是年年的先进，又是名列前茅。

孙庄和上郝庄离我们老家苏庄并不远，都不到十里，父亲完全可以每天回家，但他从来没有，他几十年如一日地住在学校，只有周六的下午回家，过一夜，周日的下午就又返回学校了。他虽然只是一个乡村小学教师，平凡而又普通，但他却有一种崇高的精神，坚韧不拔，埋头苦干，兢兢业业，一丝不苟。

我记得小时候我们家的墙壁上，贴满了父亲各种各样的奖状。父亲年年向组织递交入党申请，可是因为家庭出身的"污点"，他的愿望直到退休也没能实现。但是，父亲身上所表现出的平凡而伟大的精神，他追求上进的锲而不舍的态度，踏踏实实干好本职工作的行动，永远激励着我。

我的母亲

1942年，我的母亲四岁。那年秋天，日本鬼子对京郊延庆县的抗日根据地进行了一次扫荡。母亲的老家叫黄柏寺，是个有二百余户人家的村庄，这里就是著名的抗日根据地之一。

这个村子依山而建，村后就是燕山山脉的一段——海陀山，共产党领导的抗日武装八路军和游击队，就在这一带频繁活动。黄柏寺村也就成了抗日的根据地，八路来了，就住在老乡的家里。村里的家家户户都给八路军缝过军鞋，集过粮食。母亲后来经常回忆当年的情景，她说："八路军一来，就像电影里演的那样，帮着老乡家挑水、打扫院子、收庄稼，晚上给乡亲们唱歌、读书。有时来的人多，到了晚上，屋里的炕上人挨人，躺了满满一排；屋里睡不下，就睡在院子里，睡在柴火堆上，牲口棚里。"

母亲的奶奶，我应该叫太姥姥，是村里的妇女队长，带头儿给八路做军鞋，做衣裳，每次八路来，她都把家里最好的被子给八路盖，把炕上最热的位置留给八路的伤员。太姥姥对八路好，八路也和太姥姥亲。

日伪军为了报复黄柏寺村的村民，曾先后两次对这里进行了扫荡，鬼子一来，村民和八路的伤员就都躲进了村后的山里，鬼子就两次烧光了村里的房子。等鬼子走了，村里人回到化为焦土的村庄，重建家园，继续生活，仍然是八路军的根据地。

1942年的秋天，日伪军第三次对黄柏寺村进行扫荡。站在高处放哨的人，老远就看见了日本鬼子的军车经过时带起的尘土，还有他们的刺刀在阳光下的反光，于是通知全村人迅速转移到村后的大山里。

四岁的母亲趴在她奶奶的背上，挤在向山里转移的人群中。日伪军赶到了村边，在山脚下向正在转移的人群开枪，其中一颗子弹，从日本人的"三八大盖儿"里飞出，击中了母亲的奶奶，我的太姥姥。

太姥姥背着我母亲，往山里跑。鬼子的子弹没有打中我的母亲，却打中了她的奶奶。中弹的太姥姥一点儿也没有意识到已经中弹，背着我的母亲，继续向前飞跑，雨点般的子弹打在她身边的岩石上，一次次溅起砂石和火星，打在她们的脸上、身上。等她跑到了安全的地方，把我的母亲从身上放下时，才发现我母亲已经被鲜血染红，才发现自己已经中弹。

子弹从太姥姥身体的左侧穿进，从右侧射出。穿进时的入口很小，射出时的出口很大，鲜血正在从两个洞口汩汩流出。母亲的奶奶躺在藏身的山洞里，身边的人想了很多办法也不能把血止住，三天后，她离开了人世。

鬼子离开后，村里人把太姥姥的尸体抬回家中。得知太姥姥遇难的消息后，很多曾在她家吃住过的八路军和游击队队员，还有被她精心照顾过的伤病员，都赶来了，站在太姥姥的尸体前发誓：报仇雪恨！血债血还！

都说四岁的母亲命大。在血泊中死里逃生的母亲，于是对她的奶奶，有了一份特殊的感情，性格里也多了一份敢作敢为的侠气。有了这样一段特殊的经历，母亲对日本鬼子就多了一份仇恨，对八路军就多了一份真情。我曾问过母亲，她奶奶叫什么名字，她说她奶奶的娘家姓吕，嫁到他们陈家，叫个陈吕氏。

母亲从小对我们的管教非常严格。父亲一心扑在工作上，平时住在学校，家里的事情基本上什么都不管，生活的重担就落在了母亲一个人肩上。母亲要求我们要做到勤劳和勤奋，干活儿的时候要勤劳，学习的时候要勤奋。

母亲一辈子生养了五个儿子，我们兄弟五个很小就都学会了所有的农活儿。每到节假日，我们就和大人们一块儿下地劳动，挣工分了。每到冬天，我们都要到附近的林场去搂果树叶，然后卖到一家饲料加工厂。早晨上学前，要每人搂回一麻袋。天还没亮，我们就被母亲叫醒，外面很冷，我们想在被窝儿里多睡一会儿。母亲看我们动作迟缓，掀开被子，手中的笤帚疙瘩就落在我们的屁股上了。顿时睡意全消，我们迅速地从热炕上爬了起来。

我们兄弟五个，全是从农村一路考出来的，并且都有了自己稳定的工作和幸福的生活。像我们这样的家庭，在农村是很少见的。兄弟姐妹几个，能有一个或者两个懂得学习并最终出人头地的，就很不错了。我们兄弟格外懂得学习，要求进步，全是母亲教育的结果。

生活艰难，母亲严格要求我们，逼着我们迎难而上。母亲的笤帚疙瘩打在我们的屁股上很疼，但是我们和母亲的感情却很深。母亲爱憎分明，乐于助人。虽然我们家的生活也很困难，但是她还是经常帮助村里更困难的人，送给他们吃的、穿的，甚至借给他们钱。

母亲是我的第一任老师，也是终身的老师。

我的爱人

2003年年初，我们国家开始闹"非典"，形势非常严峻。开始是南方，到了4月，北京也变得异常紧张。

我爱人在京城一家大医院工作，曾经在临床科室，后来调到管理科室。他们医院准备组建北京市第一支抗击"非典"的医疗队，动员医护人员报名。报名者须是临床科室的医护人员，大夫应为中青年的业务骨干，护士为临床的年轻护士。

当时我爱人已经调离临床科室两年多，三十七岁，是一个十二岁儿子的母亲了，不再年轻，所以她没有报名。让我爱人没想到的是，他们科主任，一个爱激动、爱替别人做主的女同志，自己没报名，却自作主张，替我爱人报了名。回到科室，她打着哈哈对我爱人说，抗非医疗队，我给你报名了啊！我爱人以为她是开玩笑，说，我根本不符合报名条件，你替我报了，上边也得把我刷下来。

回家后，我爱人还把这件事儿当成笑话讲给我。我听了，也只是一笑。这位热心的科主任，在我爱人上了前线以后，突然感到非常后悔，她说她担心我爱人感染上"非典"，牺牲在病房，或者落下终身残疾，没法儿向我和我的儿子交代。我和我爱人倒是从来也没有为这件事埋怨过她。

让我们完全没有想到的是，4月19日傍晚，我们刚吃完晚饭，家里的电话就响了，医院打来电话，说接到上边的紧急通知，让他们立即组建第一批医疗队，赶赴指定地点。电话里问，你是不是报了名，你能不能参加？如果没有特殊情况，立刻赶到医院报到！

我爱人没有一点儿心理准备，以为是玩笑，结果却变成了现实。她对着电话说，让我和爱人商量一下。放下电话，她问我怎么办，去不去，当时我们想，如果把实情告诉医院，一个是不在临床科室两年多了，护理那套工作已经生疏了；二是年龄已经三十七岁，是个十二岁儿子的妈妈了，已经不再年轻；最关键的是第三点，她自己根本没有去报名！不去的理由非常充分。

如果不去，当然是安全的。去了，有可能就回不来了。电视里已经报道了多个医护人员感染上"非典"，献出了自己的生命。因为形势严峻，当时在医院工作的人都非常紧张，有的人因为害怕甚至辞去了工作，还有的人报名参加了医疗队，临走时又被家人领了回去。

迎着爱人询问的目光，我小心翼翼地说："我尊重你的选择。我的意见还是去，好比打仗，敌人来了，士兵就要上战场，保家卫国。现在'非典'就是敌人，你们医护人员就是战士，你们要是都不上战场，我们国家还怎么打赢这场战争呢？"

爱人听了我的话，好像一块儿石头终于落了地，她说："我和你想的一样，我这就去收拾东西！"她非常麻利地收拾了一下，就骑着自行车去了医院。我和正在上小学五年级的儿子准备送送她，当我们下了楼，发现她的身影早就消失在小区的大门外了。

我知道即使我当时不那样说，以我爱人的为人，也会毅然奔赴前线的，但是我那样说和不那样说，对她的影响肯定是不一样的。

我爱人和她的同事当天晚上就投入到了紧张的工作之中，病房真的就像战场，开始我爱人说她特别害怕，一工作起来就把害怕给忘了。为了防止传染，他们穿着一层又一层的防护服，戴着特制的帽子，把自己完全与外界隔离，整个装束就像防化部队似的，就像电视里看到的日本的731部队似的。穿着这身装束，别说不停地给病人打针、输液了，就是一动不动地待上两个小时，也会热得受不了，憋得受不了。可他们医护人员，尤其是护士，每次进病房，就是四个小时，不停地工作，走出病房时，汗水已经把几层衣服全都湿透了，两只鞋里的汗水都能倒在地上。

有一个护士，戴着防护镜，输液时怎么也找不到病人的血管，结果把自己的手扎破了。用力过大，扎得很深，流了很多血。怕被感染，赶紧把她撤了下来。这样本来应该是她和我爱人两个人做的工作，就只有我爱人一个人干了。

我爱人虽然几年不在临床了，但她的技术还是那么好。输液从来都是一针成功，更不会把针头扎到自己的手上。我爱人曾在临床十多年，不论在哪个科室，她的技术都是最好的。关键时刻，危险时期，她的好技术终于帮了她的忙。在病房时，她对待患者也是最有耐心，态度最好的，她护理过的病人无数，没有一个人给她提过意见，很多都给她写过表扬信。她不论在哪个科室，都是表扬信收得最多的。

一个病人刚进来的时候因为害怕，情绪很不稳定，对大夫和护士的治疗很不配合，别的护士弄不好，就叫来我爱人。我爱人接手后，在护理过程中，不论他怎么刁难，都能做到心平气和。最后，连这个病人自己都觉得不好意思了，于是积极配合治疗。我爱人说，我并不比别人高明，我只是比别人多了一份耐心。

一个同事，轮到她的班上，突然就发起了高烧，赶紧将她隔离，观察。班上不能就这么少了一个人，人员紧张，谁上？已经工作了四个小时的我爱人，正准备交班，听到这种状况，很平静地说，那就我接着来吧。领导不放心，却又没别的办法，问她："你行吗？"意思是能撑得住吗？我爱人还是平静地说："没问题。"

　　后来我爱人告诉我，四个小时上下来，一个人的体力已经到了极限，就恨不得立刻躺在地上，再接着上四个小时，要不是情况特殊，一口气顶着，真是连想都不敢想。后边的四个小时，我爱人虽然圆满地完成了任务，但是她说，好几次，她都恨不得就地躺下死了算了，因为实在是太累了。

　　我爱人在京城第一批抗非医疗队里紧张忙碌了一个月，出色地完成了她的本职工作。她的一举一动都被患者和同事看在了眼里，党组织决定将她火线发展为中共党员。

7月21日，我经历的北京大到暴雨

据《新京报》2011年7月22日消息，7月21日，北京城遭遇61年里最大暴雨。截至次日凌晨2时，全市平均降水量164毫米。这是北京自1951年有气象观测记录以来观测到的最大值。北京发布史上首个暴雨橙色预警。

城区95处道路因积水断路。房山一河堤决口，超40人被困。机场滞留8万旅客。一派出所所长救人时牺牲。水淹广渠门桥，5辆车被淹，一人被困车中，救出时已生命垂危，后送医院抢救无效身亡。

7月21日，北京下暴雨的时候，我正驾车走在回家路上。

我也和很多人一样，被马路上汪洋一样的积水困住了，前进不得，后退不得，焦急而且狼狈。情急之下，冒险涉水，杀出了一条生路，安全回到家中。

比起那些在路上被困了一夜的人，我是幸运的；比起那些人被困了，车也被水淹了的人，我是幸运的；比起那些车被淹了，人也没有逃出来的人，我更是幸运的。

我这个人吧，虽然大大小小的倒霉事儿经历了不少，但是，总的来说，还算是幸运的。就像在这次大暴雨中的经历一样。总有比我更倒霉的。什么时候都有比我更倒霉的。我不是幸灾乐祸，我做人没那么差劲儿。我衷心地为那些倒霉的人祝福。

可是，一想起那些更倒霉的人，我就觉得上天对我不薄。为了这，我也得好好活着。

据《新京报》7月23日消息，京港澳高速出京方向16公里处多辆车被淹，潜水员参与救援，发现3名遇难者，不排除仍有人员淹没车内。

最大降雨量为房山区河北镇，达541毫米。房山区共转移受灾群众21690人。

房山青龙湖镇常乐寺村，一年轻的母亲和她8个月大的女儿被水冲走失踪。

7月21日，是个星期六。这些年里，如果没有特殊的事情，每个星期六，我们一家和二哥一家，都要去四弟家去看母亲。我们一家三口，我、我老婆和我的儿子；二哥一家四口，二哥、二嫂、他们的儿子和儿媳妇。

两家人聚齐了，一共七口。这样，一辆车就坐不下了，就各走各的，各开各的车。孩子们总是事儿多，多数情况下，都是我们夫妻和二哥夫妻，共四个人去看我母亲。这样，我就开车去接二哥二嫂，一辆车就够了。

接上二哥二嫂，我们再穿过北京城，到东四环慈云寺桥外边儿的四弟家，去看母亲。从二哥家到四弟家，我常走的有这样几条路线。

一条是长安街，以前经常走，路上还能看一眼新华门和天安门。新华门后面是中南海，领导人办公和休息的地方；天安门后面是故宫，明清两代皇上办公和居住的地方。这条路最宽敞，但是国家总有重大活动，这样就要实行交通管制，就要被占去一条或者两条车道，走起来就不那么方便了。后来我们就很少走了。

一条是两广路。这条路要穿过东二环的广渠门桥和西二环的广安门桥，所以叫两广路。这次大雨使广渠门桥下积水最深处达到四米，从而使之一举成名。走这条路，路上可以看一眼中国新闻大厦和光明日报社的办公楼。光明日报社是我工作的地方，虽然天天在这里工作，开车路过它的时候，望上一眼，心情还是有些异样的。这条路因为地下正在修城铁，弄得地面上也不太好走。

一条是从二哥家出来，直接上南二环，再到东二环，从东二环的广渠门上通惠河北路，到大望桥，走大望西路到朝阳路，穿过慈云寺桥，就到了四弟家。这条路如果不堵车，走起来是最快的，因为这条路上没有那么多的红绿灯。

母亲这些年一直跟着四弟。父亲活着的时候，父母两个人，还有保姆，三个人一块儿跟着四弟过。

父母跟着四弟，不论怎么说，都给我们减轻了负担。有个儿子在身边，总是一件让人放心的事情。

7月21日，是星期六，我和二哥没有去看母亲，因为要去参加一个聚会。这样，我们就来到了香山脚下的杰王府。

据《新京报》7月24日消息，截至23日14时30分，京港澳高速积水路段已打捞出47辆汽车，约80辆车仍然被积水淹没。水下多处两三辆车叠加。

积水最深处6米，平均积水约4米，积水量20万立方米。22日发现的3名遇难者为两女一男，其中男性十七八岁。

21日的强降雨导致十渡、野三坡、百里峡景区交通、通信、电力全部中断，由于正赶上周末，万余名来自北京、天津、河北等地的游客被困在了景区。

7月21日早晨，我在起床前就从收音机里听了当天的天气预报，预报里说当天下午4点左右，北京有大到暴雨。我的床边放着一个收音机，每天早晨5点前后我就醒了，醒了就把收音机打开，听着单田芳的评书，还能再睡一会儿。接着，是养生保健的知识，听着，还能再睡一会儿。这样就到了6点，收音机里开始预报天气，听完，我就该起床了。

这天老婆还要去上班，她是白衣天使，周末上班是平常事儿。我先把老婆送到友谊医院，然后和儿子直奔香山脚下的杰王府。我们走两广路一直往西，到了西四环岳各庄桥，上四环向北，到了四海桥往西上闵庄路，沿着路标，7点之前，就到了香山脚下的杰王府。

杰王府是一家央企下边的一个会议中心，能吃能住，闹中取静。二哥的儿子刘轩，大学毕业在这家央企工作，做财务。工作两年后遇到这个会议中心竞聘经理，觉得是个机会，就应聘了，因为准备工作做得充分，他竟应聘成功了。

　　这件事让全家人都很高兴，四弟表现得更是比别人激动，他表示以后请客就在这里了，也算是对侄子工作上的支持。

　　这次聚会，也是利全张罗的，主角是二哥以前的一个同事。

　　据《新京报》7月25日消息，周口店镇瓦井村占地千余亩的6家石料厂全部被这次大雨冲毁，众人爬入大货车车厢逃生。22日凌晨，躲避在大货车内的30余人被瓦井村村委会用一辆铲车接至安全地带。这些人里，有4个不足7岁的孩子，有两位老人。

　　我和刘船是最先到的杰王府，差一刻七点我们就到了。刘船是我的儿子，正在上大学，大二读完了，正在放暑假，开学后上大三。本来二哥之前给我打电话，让我参加这天的活动，我不想去，可是为了刘船还是答应了。刘船放假后和同学去了一趟韩国，一个礼拜，其他时间基本上都是在家待着，看电视或者玩电脑。这次带他一块儿出来，活动活动，透透气。

　　刘船上半年一直在和父母较劲，闹别扭，说我总是训斥他，管得太多，没有共同语言，有代沟，周末也不怎么回家。刘船总的来说还是一个懂事、听话的孩子，从小到大都很省心。可要是别扭起来也挺讨厌。我也经常检讨儿子和我们闹别扭这个事情，觉得责任还是在我，是我没有处理好和孩子的关系。

　　如果能在大学里入了党，将来毕业找工作，就比别人要占点儿优势。还有，入了党，多少对自己都是一个约束，少一些放任。我就鼓励刘船入党。刘船对自己倒是有着清醒的认识，说，入党的都是学习拔尖儿的学生，我的成绩中下等，争取了也没戏。我现在也没这个兴趣和愿望。

二哥的一个同事，有个老乡正好在刘船的大学里是个中层领导，以前就是管组织的，现在虽然不管这块儿，说句话还是有分量的。二哥就让同事和他老乡打招呼，老乡说没问题。过了一段时间，没有动静。有人请二哥吃饭，二哥就让同事把老乡接来了。那次吃饭我也去了，还给老乡带了礼物。老乡是个实在人，一激动就把自己喝多了，并且保证，这件事回去就办，问题不大。

问题出在我的儿子身上。他一听说我们在给他找人，帮助他入党，就和他妈发火了，说入不入党是我自己的事儿，这种事情还走后门，太丢人了，我不干。老乡挺负责任，和刘船的辅导员打了招呼，辅导员就找刘船谈话，好像第一次谈得还不错，第二次两个人就谈崩了。谈完后，刘船给他妈发了个短信，说："入党的事儿不要再找人了，我很不高兴！"

老乡也想找刘船再谈谈，打他的手机，刘船也没回。老乡就把情况告诉了二哥的同事，同事告诉二哥，二哥听了以后很着急，给我打电话，我说：这件事以后就不要再提了。将来等刘船有了入党的愿望，条件成熟了，他自然就会去争取。他不想，非要做他的工作，没有问题也闹出了问题。为了这件事，弄得都挺不愉快。但是我没有为了这件事说过刘船一句，我尊重他的想法。我对他有信心，我有信心等着他慢慢成熟。尤其是男孩子，成熟需要一个过程。

这次带着刘船参加这个活动，也是想改善一下我们父子的关系，改善一下他和家里其他人的关系。

二哥一家四口，二哥、二嫂、刘轩和宣以驰，是7点过了10分赶到杰王府的。刘轩和宣以驰是大学同学，现在是新婚不久的夫妻。

四弟去接主角，二哥的同事，两个人是七点半赶到的。在等四弟他们的时间里，杰王府看门的师傅，领着我们看了那里的一处墓地。墓修得很结实，有一个很大的墓室，还有一块石碑，石碑下边是一个四方的水泥高台。从这座墓的气派劲儿上，就能看出当年主人的不凡。

看门的师傅介绍说，墓的主人是蒋介石的部下，是蒋经国的同学，在国民党的部队里级别不低。他的儿女现在都在台湾，每年都要过来一次，扫扫墓，祭奠祭奠。师傅文化不高，说不出个子丑寅卯，只能说个大概。

墓地被圈了起来，看门的师傅在里面养了两只藏獒，我们进去看墓之前，师傅先把藏獒赶进狗窝，等我们看完出来，他再把它们放出狗窝。两只藏獒在我们参观这座墓地的过程中，表现得一直很热情。如果不是被关在狗窝里，它们肯定会扑上来，和我们逐一热情拥抱，还会亲吻我们的脸，甚至咬我们两口。

看门的师傅在杰王府的门外的空地上种了两架黄瓜，见我们去了，摘了几根，洗洗，人手一根，吃起来很嫩，黄瓜味儿挺足。二哥张罗照相，于是自由组合，照了几张相。

四弟和同事一来，我们又简单照了几张相，然后吃早饭。早饭时商定，不去爬香山了，改去植物园里走走。

据《新京报》7月26日消息，"7·21"特大暴雨造成全市56处道路塌陷、桥梁受损，市交通委路政局组织养护单位进行紧急抢修，共出动455车次1483人次。

京港澳高速出京方向17.5公里处（南岗洼路段），积水长度900米，约23万立方米，平均水深4米，最深6米，127辆机动车被淹。该路段清理淤泥3000余万立方米。

这次暴雨造成房山山区丘陵地带山洪和泥石流暴发。大石河、拒马河两条河洪水暴发，破坏力叠加影响，引发新的次生灾害，对基础设施的毁坏明显。

从杰王府到植物园，步行大概要十五分钟。当时，虽然是阴天，但看不出就要下雨的样子；至少，感觉上午不会下雨。

植物园很大，路线很多。二哥的同事带我们走的这条，有几个文化古迹，有曹雪芹的故居，有一小片碑林，有一座碉楼，有梁启超的墓地。从一进公园的门开始，同事就滔滔不绝，见什么说什么，见什么讲什么，从历史到现在，从史实到传说，从文学到哲学，夹叙夹议，旁征博引，谁也插不进话去。从中可以看出他读书下过真功夫，而且记忆力非常强，关键是表达能力特别强，善于表达而且乐于表达。

我们走了将近一个小时，天上开始下起了零星小雨。我们几个人谁也没有带伞，因为谁都没看出要下雨的样子。小雨没有停的意思，反而有越下越大的意思，这时我们才下决心往外走。

一边往外走，刘轩一边给杰王府打了个电话，让他们派一个车过来。等我们出了公园的大门，车子已经等在了门外。

据《北京青年报》7月27日消息，截至7月26日，北京区域内共发现77具遇难者遗体，其中66名遇难者身份已经确认，11名遇难者身份仍在确认中。已经确认的66名遇难者，包括在抢险救援中因公殉职5人，溺水47人，触电5人，房屋倒塌3人，泥石流1人，创伤性休克2人，高空坠物2人，雷击1人。

杰王府里有一个茶室兼绘画室，可以喝茶，可以写写字，秀秀书法，还请画家在这里小住过，画画山水人物，是个怡情小憩的地方。我们在这里喝茶，二哥和他的同事平时喜欢书法，经常在一起切磋交流，二哥喜欢楷书、隶书，字写得很大、很工整的那种，同事喜欢行书，行云流水般的那种。

两个人喝了两口茶，就开始写字。二哥写了个"克勤克俭"，写了个"听涛"；同事先是写了一首唐诗，因为布局不合理，写到最后，有一句怎么也挤不进去了。后来同事又写了两首毛泽东的诗词，写得很认真也很投入。我看了一会儿，就打了一把伞，在杰王府里转。雨忽大忽小，我转了一圈又回到书画室，继续喝茶，吃已经潮了的花生、瓜子。

中午十一点半的时候，服务员对我说："饭菜已经做好，你们什么时候去吃饭？"我看看正埋头在笔墨中，书写正酣的同事，说道：再等等，等他写完。

那天杰王府里正接待一个会议，客房都住满了人，餐厅也满了。后厨在中午十一点半开始做菜，因为客人多，他们也不管客人上没上桌，凉菜热菜已经陆续上桌了。同事放下手中毛笔的时候，已经过了12点，我们冒雨来到饭桌的时候，饭菜早就端上来了。所有的热菜都已经不那么热了。很多热菜，如果不是出锅就吃，放一会儿再吃，味道就打了折扣，而且是很大的折扣。这顿饭就是，因为客人比饭菜晚了半个小时，吃起来，就不是那么回事儿了。

因为开车，我没有喝酒，我喝的是茶。敬酒的时候，我以茶代酒。酒过三巡，二嫂点将，让我朗诵一首诗，助助兴。我说好，就站起来朗诵了《静静的顿河》卷首诗。

我朗诵完了，大家鼓掌，碰杯，酒席间，掀起了一个小高潮。这几年，每次喝酒，只要人对脾气，几杯酒下肚，我都会站起来朗诵几首诗，或唐诗，或宋词，现代诗歌，活跃活跃气氛，助助酒兴。

又是两杯酒过后，四弟朗诵了李白的《将进酒》，四弟的声音浑厚，穿透力很强。四弟有一段时间被自己的声音冲昏了头脑，想搞个演出公司，专门做朗诵。征求我的意见时，被我坚决地否定了。朗诵，就是自娱自乐，搞演出，肯定不行。一个是你自己没那个水平，再一个也没那个市场。他对我的意见不屑一顾，坚持要弄，结果是一场演出也没搞起来，这个理想就泡汤了。

二哥朗诵了一首他自己写的诗。他曾在报上发表过一组诗，题目为《琴棋书画》，因为刚刚秀了书法，他就朗诵其中一首《书》。

鼓掌，碰杯。同事说："看着你们兄弟都这么有出息，在一起这么和睦，我真是又羡慕又愧疚，我们兄妹四个，我是老大，四个里只有我一个人从农村考了出来，在城里安家，有了稳定的工作，下边的弟弟妹妹却没有一个走出农村的。我没有起好带头作用，所以常常感到愧疚。只好把希望寄托在下一代的身上，所以我平时特别关心侄子一辈的学习，希望他们都能成材。"

又喝了两杯酒，我儿子刘船朗诵了一首诗，张若虚的《春江花月夜》。我说，我们一家三口经常在家里搞诗歌朗诵会，把电视关了，三个人轮番登场，每人朗诵一首诗，一个晚上过得非常快乐。这既是小快乐又是大快乐。同事说他平时喜欢京剧，喜欢听，喜欢看，也喜欢唱。他媳妇不喜欢，他跟他媳妇说，你也陪着我看看京剧，看着看着，就有意思了。他媳妇不，从来和他没有这个共同的爱好。

酒桌上的气氛慢慢热烈起来，同事说他最喜欢曹操的《短歌行》。他说，《三国演义》里，曹操在吟诵《短歌行》时，气氛铺垫得特别好。说着，他竟背诵起来，背的是《三国演义》里曹操吟诵《短歌行》时前面铺垫的大段文字。他的普通话不很标准，但是他情绪饱满，语速较快，有腔有调，非常流利。看得出来，他非常喜欢这段文字，并且下了功夫去背诵，而且经常温习，锻炼自己的记忆力，也锻炼自己的口才。

二哥看同事能背诵那么长的一段文字，就让我再朗诵一首白居易的长诗《琵琶行》，而且要求"包括长诗前边的序"。我说好，就站起来朗诵这首长诗，因为没有喝酒，脑子是清醒的，中间有几处犹豫，儿子在旁边一提醒，我就接上了，终于顺利把它朗诵完了，倒也声情并茂。

两个小时就这样，在不知不觉中过去了。有人提议"今天就到这儿吧"，大家响应，于是这顿饭就吃完了。

据《新京报》7月26日消息，房山区城关镇一座养殖场内，3800头生猪，几乎全数命丧洪水。几日过去，养殖场仍是一片汪洋，数千头死猪的尸体漂浮其中。现在这些尸体开始腐败，散发浓浓恶臭。为防止出现疫情，驻军、武警及房山区各部门，自前日起，就开始进行紧张的清理消毒工作。

据《北京青年报》消息，房山区拴马庄村一奶牛场饲养奶牛100多头，一场洪水，冲走了70多头，还剩30多头。贮存的牛饲料也全都被洪水冲走了。剩下的30多头奶牛，因为没有了饲料，也都快要饿死了。场主哭着呼吁："大家快帮我想想办法吧！"

下了饭桌，看外边的雨下得正大，就有人说，稍坐一会儿，等雨小一点儿，咱们再走。二哥立刻说，我去刘轩那屋洗个澡去，洗完咱们再走。说罢，就拉着儿子，每人一把伞，打着，冒雨离开了。

我们想离开餐厅都不可能了，因为没有雨伞了。于是剩下的人，就坐在餐厅旁边的半圆形的长沙发上随便聊天。同事问我工作顺不顺心，我说挺好；又问我收入还不错吧，我说挺好，我很知足，不但能解决温饱，小康也早就达到了。他说，那就好；又说，官场也没啥意思，看着好像挺风光，有时让人感觉很无聊。

我对二嫂说，我二哥洗完澡，咱们就立刻走，这么大的雨，不知路上有多少地方积水。可别把咱们困在路上。我知道北京的路有多脆弱，一场小雪、一场暴雨，就能让它的交通瘫痪。

我的话让大家感到了一些严峻，都做好了回城的准备。二哥洗完澡，我们就立刻行动了。伞不够，四弟和同事先每人打一把上车。四弟不熟悉回城的路，就在车上等着我把他们带到五环。我还有一把伞，就打着去开车，把车开到餐厅门口，二哥二嫂，还有刘船，赶紧上了我的车。刘轩说他和宣以驰不回城了，晚上就住在杰王府了。

刘轩嘱咐我，出了杰王府，走香泉环岛，上五环，然后从五环回城。我没有这样走过。我平时走的是闵庄路，上四环，从四环回城。这样视线非常差的大雨天气，我就更不敢冒险走生疏的五环，我决定走熟悉的闵庄路，上四环。可是，出了杰王府，走了没多远，我前边的路上就是一片汪洋，很多车都停了下来，不敢往前走了，有的车开始掉头。

我看见前边的汪洋之中有一辆奥拓小车，停泊在水中，既不往前走，也不往后退，好像是熄火了，不知车上有人没有。这辆车像个小火柴盒，泊在一片汪洋之中。我停下观望了好长时间，四弟的车跟在我的后边。我发现有一辆挂着军牌的轿车犹豫了一下冲进了水中，平静的水面立刻掀起很大的波浪。大雨很快模糊了我的视线。我不知这辆勇敢的军车最后是不是冲出了眼前的一片汪洋。像我一样观望的车越来越多，谁也不敢冒险涉水。

经过再三犹豫，排队观望的轿车，一辆一辆开始掉头。四弟的车也跟着我掉了头，返回的路上也是一片一片的积水，汽车跑在路上，就像小船荡在水中。我的驾龄已有八年，八年里这是我第一次这么长时间地涉水驾车。我特别害怕车在水里熄火。要是熄了火，水就会顺着排气管，流进发动机里，发动机有可能就毁了。我好像听电视上是这么说的，不知道准不准。

我按照路标的指点，走到香泉环岛，从这里上了五环。五环路上没有积水，但是前边的车带起的水雾，瞬间，就把后边车的车窗糊住，让开车的人什么也看不着。只好把雨刷开到最大，于是它就像发了疯似的摆动。这样，才能保证司机的视线。

刘轩好像嘱咐我要走莲石路上四环，再到三环，我因为没有走过这条路，所以听完就忘到了脑后。在五环走了不远，我看到了下杏石口路的指示牌，走这条路也可以到四环，然后到三环，我就下了五环，走杏石口路。

没走多远，就是一片汪洋，看看前边的车已经涉水过去，于是我便低挡、加油，一口气冲了过去。没走多远，又是一片汪洋，又是低挡、给油，加速冲了过去。连续几次涉水行车，我感觉车开始发抖，打哆嗦。我想可能是发动机进水了，我担心发动机突然坏掉，把我们扔在路上。这样的大雨，要是被扔在路上，想找救援，救援也过不来。

一边很紧张地向前走着，一边看着对面的路上，积着更多的雨水，有着更大的汪洋。我就边开车，边说："咱们还算幸运，遇到的几处积水还不是很深。对面的积水好像要大得多。估计对面的汽车，从四环上五环的汽车，肯定过不去了。"我的话不幸言中，果然，对面的车很快就排起了长龙，堵死了。

雨很大，我车上的雨刷拼命摆动，我说："看看这雨刷，就像抽风似的。"坐在我旁边的儿子说："鬼出豆腐渣了。"这是我平时说他的话，他一抽风，我就说："别鬼出豆腐渣来了。"这时他用我平时形容他的话形容雨刷，我俩相视一笑。

走到一个十字路口，发现前边的车都停了下来，还有的车正在倒车。倒车的司机对我说，别往前走了，堵死了。十字路口就是一片汪洋，已经有车停在水中，不知是故意停下的，还是在水中熄了火，想走也走不了了。见前边的人纷纷倒车，我也只好往后倒。路中间的隔离栏杆有一个很大的豁口，见别的车有从这个豁口掉头的，有直接拐到对面的辅路上的。我也把车开到了对面的辅路上，再从辅路上到一个高台，停下，观望形势。

我把车停下，没敢熄火。我跳下车，打着伞，站在路边，背着人，撒了一泡长尿。我午饭时喝了好多饮料，早就憋坏了。

二嫂打着伞，蹚着水，说是到前边看看，看看是个什么情况。我坐在车上就想，要是回不去，难道四个人就在车里过夜？过了一会儿，二嫂回来说，往前堵死了，倒是有车涉水往北去了，往北是哪儿不知道。既然不能往前走了，只好掉头试试。于是发动车子掉头，走到一个十字路口，犹豫了一下，我就往南开了。没想到往南是一条新路，很快就到头儿了，于是往左拐，看看从这条路能不能上四环，走了一段，发现前边也是一片汪洋，而且是个很深的大坑，只好再掉头。返回到杏石口路，还是想上五环，走了一段，发现走不了，前边的车正在纷纷掉头或者倒车，我就把车开到了辅路上，走了一段发现还是走不了。

遇见一辆警车，问警察怎么才能上四环或者五环，他说四环是去不了了，堵死了；上五环，他让我从刚才二嫂看过的那个十字路口左拐，走旱河路。再掉头，来到刚才撒尿的那个路口。

这时二哥接到了刘轩的电话，说他没有住在杰王府，原来准备退房的客人没有退房，他们小两口就没有地方住，只好回家。他们走的是五环，下莲石路，这时已经到家了。他说走莲石路到三环，这条路不堵。四弟也打来电话，说他是从长安街西延长线下的五环，已经把同事送回了家，现在正在回家的路上，这条路也不堵车。

两个电话给了我们信心，只要重新上了五环，就可以安全到家。

据《新京报》7月28日消息，7月27日上午，市委书记郭金龙来到拒马河畔灾情严重的十渡，郭金龙十分沉痛地说，特大自然灾害给我们的教训异常深刻，在灾害面前，我们的规划建设、基础设施、应急管理都暴露出许多问题。在这里，想想已经逝去的生命，看看受灾的群众，我们必须深刻反思，永远铭记这个教训，不断加强和改进我们的工作，使我们的规划建设更科学、更符合自然规律；使我们的各项工作更加体现以人为本，确保这样的灾难不再重现。

又来到了刚才撒了一泡长尿的路口。这时，一个女警察从我们车旁匆匆走过，问她前边路口的情况，她说，过不去，水太深了，好多车都在水里熄火了。这么说着，也没停下脚步，就走远了。二哥在身后问，她是警察吗？我说，是。二哥的意思可能是，这个警察怎么一点儿耐心也没有，回答别人的询问，连脚步都不停一下。我就说，她不是交警。

总算又来到了这个十字路口。我停了下来，面前是一片汪洋。我不敢往前，即往东走。这是去西四环的道路，可是前边已经有好几辆车在水中熄火了，有轿车，也有公共汽车。我也不敢往左，即往北走，这是刚才警车上的警察说的，通向旱河路的方向，因为有一个特别大的一片水面横在面前。我更不能往右，即往南走，因为往南没有路。

我如果想在这天晚上回家，唯一的选择就是往左，即往北去，涉过这片很大的水面。我不敢下水,是因为不知道这片水究竟有多深,担心车子在水里熄了火。我的车是辆新车,开了不到两年,跑了不到两万公里,当初买车时花了二十万,要是就这么报废了,我当然会非常心疼。

我停在那里观察情况。我看见几个市政的工人,在用一台抽水机排水,排我面前这片汪洋的水。他们正在往排水管道里排,可是排水管道早已经饱和了,不但不往出排水,里边的水正在"呼呼"地往外冒。

我原本是想等面前的水面小一点儿再冒险涉水,看了一会儿,我发现面前的水永远都不会少,只会越来越多,越来越大。有一辆奇瑞轿车从我的左边涉水开了过来,我没敢轻举妄动。又有一辆奔驰轿车从这个方向开了过来,我还是没有轻举妄动。一辆奥迪从我的后边开了过来,向左拐了,涉水冲了过去。我还是没有动。又过了一会儿,一辆和我相同车型的新领驭,也从我的后边开了过去,向左,涉水过去了。

这时,我终于下了决心。挂一挡,给油,匀速驶入水中,胸中憋着一口气,冲过了这片水面。这是我回家路上最大的障碍,被我们克服了。后面还会遇到什么,再说吧。一直往前走,终于上了旱河路。二哥说,明天赶紧去修车的地方,看看发动机是不是进水了,有事儿没事儿。我说,只要路上不熄火,就没事儿。

在雨中开车,四周灰蒙蒙,我已经闹不清方向了,不知正在往哪边开。就看路标,又回到了香山的方向,又回到了香泉环岛。到了香泉环岛,我又弄错了方向,二嫂及时提醒,才顺利地上了五环的外环车道。

五环路上车不是很多,这次终于知道,杏石口路是死路一条,不能再走了。路上二哥又给刘轩打了一次电话,确认莲石路没有积水,三环的六里桥下也没有积水,才敢放心地走这条路。二哥又给四弟打了一个电话,他说已经到了家门口,虽然车挺多,还算顺利。

这次我们也还算顺利,虽然雨一直在下着,路上的车也很多,万幸的是路上没有太深的积水,我们下了五环,走莲石路直达三环的莲花桥,再走外环,到六里桥,盘桥上去,从六里桥往东,然后向南走西客站南路,把二哥二嫂送到家门口。我和刘船继续走西客站南路到丽泽路，往东，上南二环，到陶然桥，盘桥上来，往北，过陶然亭东门，到了友谊医院。

我们大概是下午两点半从杰王府出来的，到达友谊医院时，已经是晚上八点半了，路上用了六个小时。而早晨，我从友谊医院到达杰王府，只用了四十分钟。

到了友谊医院，给老婆打了一个电话，在她下楼的时候，我和刘船冲进医院的门诊大厅，找到厕所，又每人长长地撒了一泡热尿。出来，老婆已经等在楼下了。我们开车回家。这次走的是南中轴路，从天桥到永定门桥，再过三环的木樨园桥，过了大红门往西，走大红门西路，到了角门南路，就到了我们居住的小区西马厂南里小区。

有一次下雨，小区外边积水很深，很多车在这里熄火，这次我担心我的车会在家门口搁浅，没想到这次回家的路上没有遇到积水，顺利到家。到家已经过了9点10分。给二哥打了一个电话，报了平安，二哥非常惊讶地说，这么快?！路上没有积水? 我说，没有，很顺利。二哥连说，那就好，那就好! 早点休息吧。

这时，我就一边洗漱一边想，不知今夜又会有多少人被困在路上，多少车被毁在了路上。这么想着，我就再一次觉得自己是个幸运的人。

据《北京晨报》7月28日消息，"7·21"特大暴雨后，截至7月22日19时，密云水库来水2822万立方米，成为密云水库15年来入水最多的一天。截至7月26日，密云水库增蓄0.4亿立方米，相当于"喝"进20个昆明湖。这场强降雨有效扼制了华北北部连年恶化的地下水下降局面，对改善生态环境十分有利。

我的老师，我的三姐

黄柏寺

1980年9月，新学期刚开始，学校来了一位女教师，教英语。新来的女教师个子不高，长得端庄大方，尤其是脸上的笑容，让人如沐春风。老师姓周，周翠平。

那年我十五岁，正读初三。学校叫黄柏寺中学，在黄柏寺村的南边，学校有个大操场，没有围墙。黄柏寺村背后是一座大山，叫海陀山，属燕山山脉。村北原来有座寺庙，叫黄柏寺，所以村名也一直叫作黄柏寺。破"四旧"的时候，寺庙被毁，村名却一直这么叫了下来。

黄柏寺中学属于乡村中学，教师大都是当地的教师，学生也都是当地的学生，不论是教师还是学生，总给人一种风尘仆仆的感觉。原来学校有两个京城下放来的老师，后来落实政策，又都返回了京城。村边有一处驻军，军营很大，驻军的子女原来也在这所中学上学，后来也都陆续转到了县城。

京城下放来的老师，还有军营来的子女，他们明显不同于我们这些当地农村的老师和学生，他们皮肤白皙，长相漂亮，衣服干净，说话也是京腔京韵，好听。模样好看，养眼；声音好听，养耳朵。养了眼睛和耳朵，养心。

可惜，他们后来全都陆续离开了学校。

周老师一来，就像一朵鲜花绽放在了这个风尘仆仆的校园，让人眼前一亮。周老师给人的感觉是既养眼，又养耳，更养心。

那时候的黄柏寺中学，每个年级两个班，两个班里有一个英语班一个非英语班。开始的时候两个班都有英语课，农村的孩子舌头硬，口音重，普通话都说不好，更甭提英语了。有一半以上的孩子，学了一年，二十六个英文字母，感觉还是像天书，于是放弃。老师呢，感觉这些孩子实在是朽木不可雕也，也就放弃了。这样，开始重新分班，想继续学英语的一个班，叫英语班；不想再学英语的班，叫普通班。

我呢，开始的时候，对英语也没兴趣。当时，教我们的英语老师姓李，看着李老师在讲台上，表情夸张地教我们读单词，样子像个小丑。尤其是他的嘴巴，张得很大，扭来扭去的，总让我联想到我们家院子里母鸡的屁眼儿。母鸡在拉屎的时候，屁眼儿一撅，喷出一泡鸡屎。鸡屎有稀有稠，有多有少，鸡的屁眼儿撅得就有高有低，张得有大有小，表情甚是丰富。单词也是有大有小，有稀有稠，这样，老师的嘴巴噘得就时高时低，张得就时大时小，同样丰富。

这么一想，我就在其他人毫无准备的情况下哈哈大笑，把李老师和班上的同学吓了一跳。班里有几个调皮捣蛋的男生，早就憋坏了，就像有蛋下不出来的母鸡一样，快被乏味的老师、天书一样的英语课，憋死了。听了我的毫无准备的大笑，他们以为我是故意捣乱，愣了片刻后，也跟着哈哈大笑起来。他们的笑声毫无内容，是空洞的怪笑。

这样，课堂秩序就乱了。李老师先是把我们几个大笑的学生轰出教室，然后问，谁还不想听，可以自动出去。班上的男生一听，全都出来了。女生一看男生全都出去了，也走了大半。最后班上就剩下五个女生，三个趴在课桌上睡着了，两个弱智，张着嘴，一脸蠢相地望着老师。李老师的课，讲得就有点儿对牛弹琴的意思了。

后来班上换了一个英语老师，姓王，女的，宽大的身板，戴个眼镜。王老师来上第一节课，班长喊了"起立"后，她发现我还戴着棉帽子。当时是冬天，所以我戴了一顶棉帽子。王老师指着我道："你上课为什么不摘帽子？"我说："我头疼。"她说："头疼去看病，来上课必须把帽子摘下！"我说："我不去看病，我就戴着帽子。"她说："那我们就一起等着你把帽子摘下来再上课。"

就这么僵持住了。王老师不喊"坐下"，我们就只好继续站着。僵持了一分钟，我就自己坐下了。有几个男生看我坐下了，也跟着坐下了，大部分同学就都坐下了，所有的同学全都坐下了。王老师什么也没说，转身出了教室。

很快她就把我的大哥叫来了。我大哥高考几次没有考上，学校缺教师，就让他留校代课。这样，我大哥也就成了我的老师。王老师拿我没办法，就去把我的大哥叫来了。我大哥一听我又在课堂上捣乱，一脸黑烟地就来了。我一看他冲着我来了，立刻站了起来。我大哥抬起右手，向我打来。我一低头，躲过了他的巴掌，帽子却被他打掉了。我顾不上捡帽子，转身跑到教室的门口。大哥捡起地上的帽子，向我打来。我用手接住，没说"谢谢"，赶紧跑了出去。

这么一折腾，半节课就过去了。等王老师再站到讲台上，发现有好几个男生都戴着帽子，各种各样的棉帽子。身板宽大的王老师心也大，一看，笑了，说："我早就听说你们这个班里没几个好东西，果然！"说完，转身出了教室。就这样，王老师一堂课没上完，一个单词也没讲，就再也不教我们了。

到了初三，我们那届的两个班，一个英语班都没有了，全都变成了普通班。不用再上英语课了，不用再为比绕口令还拗口的单词头疼了，真是让人欢欣鼓舞；但是，没了英语课，好像又少了一个捣乱、出洋相的地方，少了逗乐的地方，又多少有点儿遗憾。

这个时候，来了端庄、大方、洋气的周老师，她教初二的一个英语班、高一的一个英语班。她不教我们，因为我们这届初三，已经没有了英语班。

她让英语变得如此迷人

其实，我的英语学得还是不错的。虽然我一上英语课就带头儿捣乱，但是我对英语还是感兴趣的。我发现我在学英语上还是有点儿灵气的。上英语课捣乱，是我觉得英语老师站在台上，像一个小丑，不捣乱，你都对不起他。尤其是男性李老师，根本就不适合当老师。我总觉得，让他当老师，是老天和他开的一个玩笑。因为他身上找不到一点儿老师的威严。一看到他，调皮的学生就忍不住想拍他的肩膀，甚至摸他的脑袋，或者用笔在他的脸上画个眼镜，或者别的漫画。

不仅是我们班的课他上不好，其他班的课，他也上不好。打也好骂也好，可学生就是不怕他，就是喜欢在他的课上捣乱。后来他调到了别的学校，仍然管不住学生，仍然把课堂秩序弄得一团糟。

我呢，一边在英语课上捣乱，一边在下边使暗劲，下狠劲地学习英语。有时我背英语单词、课文可以通宵不睡。当时的中考，可以考英语，也可以不考。考英语的，就按六门功课计分，即数、理、化、语、政、英；不考英语的，就按五门计分，不影响升学。初三，我们两个班虽然都成了普通班，可以不考英语，但我仍然没有放弃这门功课，不但要考，而且还不能让它往下拉分。

我记得我是无意中在书店买了一本英语课外辅导的书，细细看来，突然就开窍了。书中讲了一些读、记单词的技巧，还有一些语法的规律，让我茅塞顿开，欣喜不已，越学越有乐趣。

到了初三，我从一个成绩特别差的学生，很快成为班上学习最好的学生。中考的时候，我以全年级第一名考上了县师范学校，我的成绩远远高于县重点高中的录取成绩，远远高于年级第二名的成绩。

我上初三的时候，周老师从北京外语学校毕业，分配到我们中学。第一次看到她，我便眼前一亮，心情特别舒畅。从记事起，一直到现在，人到中年，一看到漂亮的女性，我就会感到心情舒畅，有时会舒畅好几天。这应该是一个男人正常的生理反应吧。

在我的印象里，乡村中学的英语课特别不好上，一是好的教师少，再有就是农村的孩子不爱学、学不好，还有，老师在说外国话时的表情，总给人一种滑稽的感觉。学生不爱学，一看老师又挺滑稽，本来不想捣乱，也管不住自己了。可新来的周老师给学生讲课，却没有一个学生在课堂上捣乱，听得懂的，听不懂的，都瞪大了眼睛认真地听。周老师不打人，不骂人，更不说脏话，她总是用欣赏的目光看着你，不论和谁说话都面带笑容，不紧不慢，和蔼可亲。她尊重身边的每一个人，不论是老师还是学生。学生们都很喜欢她，又都挺怕她。这个怕，实际上是尊重、珍惜，还有爱戴。在别的老师眼里特别浑蛋的学生，到了周老师面前，一下子就变得特别规矩、懂事了，你说奇怪不奇怪。

那一年她二十一岁，正是一个女人最美丽的年龄，好似静静绽放的花朵。

周老师虽然不教我，可这并不能阻止我接近她。我总是能想出很多问题，学习英语遇到的问题，去向她请教。有的问题是真问题，需要有人指点，有的是假问题，属于明知故问，纯粹是为了和她多接触，套近乎。什么时候发现周老师在办公室，我就赶紧找出英语书，拿着去找她。

我说出我遇到的问题，她笑着为我一一解答。

我觉得这个过程太有意思了。从喊"报告"开始，到走出办公室，这个过程太让人激动了。那感觉就像经历了一场向往已久的约会。那时我就总在想，要是周老师再小几岁就好了，我将来就有可能娶她做老婆了。或者这么想，我将来的老婆要是能够像周老师这样就好了，温和、美丽、大方，尊重别人又令人尊重，让人总是想亲近，却又不敢在她面前有任何不恭敬的举动。这就是我理想中女人的样子，这就是我理想中老婆的样子。这么一想，一个幸福的浪头就扑过来，把我淹没了。

迷人的周老师让英语变得如此迷人。

我们班没有英语课，周老师给高一的英语班上课时，我就去旁听。那时，我不但把初中的英语自学了，还把高中的也自学了，所以即使是跨年级听高一的课，我也毫不吃力。我虽然是个旁听生，课堂上却一点儿都不见外，总是抢着举手，抢着回答问题，抢着提问，我的提问和回答，总有令人出其不意的地方，周老师常常被逗得"扑哧"一乐，说："问得好！"

或者是："答得好！"

这时，我的心里就像喝了蜜一样。

我去高一英语班听课，当然是事先征得周老师同意的，也事先得到了我所在班级老师的许可。我上初三时候，因为学习成绩过于出色，任课老师都给了我一个特殊的权力，就是他们的课我想上就上，不想上可以不上。也就是说，如果是物理课，我可以在课堂上做数学题，也可以去高一英语班听英语，甚至可以到教室外边的阴凉处背书。我晚上自己在家看看书，就把老师第二天要讲的课，全都弄明白了，甚至觉得书上说的，比老师讲的还要明白。有一次，老师在讲物理题，突然把自己讲糊涂了，这时她就像考验我一样，让我去讲台上接着讲，我上去一讲，台下的学生就明白了，短暂糊涂的老师也明白了。老师可不愿承认自己糊涂，她说："讲得很好，继续努力！"就让我下去了。

我不是神童，其实我的智力顶多能够达到中等水平，我只是在下边下了比别人多几倍的功夫。

1981年中考，我考上了县里的师范学校，从此再也没有见到周老师。听说，她又在黄柏寺中学教了一年，她带初二英语班，一直带到初三，参加中考，英语成绩在全县名列前茅。要知道，黄柏寺中学是个很不起眼儿的乡村中学，之前连英语课开展起来都非常难，不是没有英语老师，而是学生都不爱学，也学不好，整体的英语成绩也就一塌糊涂。没想到周老师用了两年时间，就让这个不起眼儿的乡村中学的英语，中考的时候在全县名列前茅了，了不起。

于是，县教育局把周老师从黄柏寺中学调到了当时县城唯一的一所重点中学。

把她的妹妹介绍给了我

我在县里的师范学校读了三年书，在乡下教了四年书，在乡政府干了八个半月，又调到了县里的监察局。这时我已经二十四岁了，还没有结婚，甚至没有一个明确的女朋友。

我的一个朋友，叫谢久忠，是个诗人，在县城的重点中学教语文。那时我一下了班，就去他家找他，在他家吃晚饭，然后和他胡乱地聊天。三天两天还好，时间长了，他就受不了了，他被我折磨得快要疯了。他说："我得帮你找个媳妇了，成了家，你下了班就回自己家了，就不会天天往我家跑了。我已经受不了你了！"

他立刻帮我介绍了三个对象，让我逐一去相。这天晚上，他陪我去相第一个对象。谢久忠向他的女同事介绍了我的情况，问她身边有没有合适的女孩儿。女同事听了我的情况、我的姓名，笑了，说："你说的这个人我认识，是我的学生。当年我在黄柏寺中学教书的时候，教过他。"

谢久忠的这个女同事，就是周翠平老师。周老师说："行啊，我手里还真有个合适的女孩儿，让他们见个面，认识一下。"见面的地点，就在周老师的办公室。

对于这次相亲，我一点儿都不紧张。看见了过去的老师，又因为有谢久忠在场，我从始至终都在信口开河、胡说八道。其实，在日常生活里，我并不是一个信口开河、胡说八道的人，我也讨厌这样的人。可不知为什么那天我竟变成了那样一个人。周老师准备介绍给我的那个女孩儿，一直很安静，长发披肩，模样端庄，穿着也很得体。

周老师简单地介绍了一下，说女孩儿在县医院上班，比我小一岁，属马。谢久忠简单介绍了一下我的情况，文学青年、才子什么的。剩下都是我在说话，天上一句，地上一句。这中间，我和相亲的女孩儿却没有说过一句话，甚至她都没有认真看我一眼。

时间不长，女孩儿提出要走，周老师把她送出去。后来我才知道，出去后，周老师问女孩儿，对男方感觉怎么样。女孩儿说："不怎么样。话太多，太贫了。"周老师问："什么时候你们单独见个面？"女孩儿说："不想见面了，算了吧。"周老师说："别呀，你今天看到的只是表面，单独接触一下，你才能了解他。明天你们单独见见，再了解了解。"女孩儿很信任周老师，很听她的话，答道："好吧。"说完，走了。

周老师回来的时候，问我对女孩儿感觉怎么样。我说挺好，接着我停顿片刻，说："这个女孩儿怎么和你长得那么像，你们不会是姐妹吧？"周老师笑了，说："她就是我的妹妹。我们家姐妹五个，我是老三，她最小。我还有两个哥哥。一共是兄妹七个。一个大家庭。"

我听了以后，非常高兴。我说："真没想到。上中学时候，你就是我最喜欢、最崇拜的女老师。那时我就想过，一定要娶一个像你这样优雅的女人做老婆。没想到，这么多年过去，咱们以这种方式又见面了。我一定努力，争取把你的妹妹追到手，咱们成为一家人。"周老师说："好，那就努力吧。"

后来听说，周老师回到家里，和父母、妹妹说起我时，也很纳闷儿：他现在话怎么这么多呀，而且还信口开河？不过，他们家兄弟几个我还是了解的，都不错，好人性。说到我，她又回忆起我初中时的样子，评价道：好学，聪明。听说发表了不少作品，有才华。她对妹妹说："你要是想找一个有才华的男人，他倒是合适，这样的人将来或许会有出息。处处看吧。"

女孩儿因为信任她的姐姐，所以对我也很信任。因为有了这份信任，我们恋爱就非常顺利，四个月吧，我们就领了结婚证。周老师也就变成了我的三姐。

谢久忠给我介绍了三个对象，我只见了第一个，就认定这是我要找的女人了。剩下两个，我都没有去看。谢久忠说，去看看，比较比较。我说："不了，再看，我没准儿就眼花了，看不出好赖了。"

三姐的婆家是邻居

结婚以后，尤其是后来日子越过越好以后，每次和周老师一块儿吃饭的时候，我都要向她敬酒，都要说大意相同的话：

谢谢三姐，把这么好的妹妹介绍给了我，让我过上了幸福的生活！你不仅是我的三姐，还是我的老师，还是我们的媒人，身兼数职，你看你在我们的生活中多么重要！我敬你！

周老师就笑，说："还是你会说。还是你优秀，否则我也不会把妹妹介绍给你，否则我妹妹也不会看上你。"

只要是在一起吃饭，这样的对话几乎成了固定的台词。我们笑，大家也都笑。

三姐的婚姻也很幸福，三姐夫是首都经贸大学的副教授。我很少叫他姐夫，都是半开玩笑半认真地叫他谢教授，向别人介绍他的时候也说："这位是谢教授。"他有时会纠正，说："副教授。"我说："你在我心目中，早就是教授了。"他很受用地说："那就叫吧。叫着叫着，就把副的叫成正的了。"

三姐和三姐夫是在一条街上长大的。三姐家在路南，三姐夫家在路北，相隔不到三十米。三姐夫比三姐大三岁，小时候不在一起玩儿，上学了不在一个年级，所以彼此没有什么感觉。三姐夫对三姐有感觉，是在三姐中考考上北京外语学校以后。好像还不是统一的中考，是在中考之前，外语学校来县里的重点中学，想在初三年级里招几个学生，一考试，三姐就考上了，就去北京上学了。

三姐夫特别爱学习，当时还没有恢复高考，上完高中就回到生产队里下地劳动了。三姐夫听说三姐考上了北京外语学校，羡慕得不行，突然对这个比自己小三岁，从小一条街上长大的女孩儿有了感觉。感觉就像心里有一扇门被打开了，眼前是一番新的景象。三姐夫就想："要是给我机会，我也一定会考到北京去，这样，就和那个漂亮的女孩儿拉近了距离。"

三姐本来就比别的女孩儿漂亮、洋气，举手投足都有一种从容、优雅的气质，这一去北京上学，放假回来，再走到这条街上，再从三姐夫家门前经过，就更与众不同了。三姐夫怦然心动以后，就开始以借书的名义去三姐家串门了，当然是向三姐借英语方面的书。三姐每次都落落大方，笑得很温和，说话时都是尊重和欣赏的语气，三姐夫便如沐春风了。就像后来我在黄柏寺中学去她办公室请教问题一样。

三姐夫先是借书，后来就是请教各种问题，三姐夫觉得自己的英语底子也不薄，有时还和三姐讨论讨论。后来三姐夫也考到了北京，去了北京供销学校，毕业后留在了京城。这下，三姐夫觉得自己和三姐没有距离了，再去三姐家串门，也不像原来那么紧张了。那时三姐已经毕业，被分配到黄柏寺中学教书去了。三姐夫节假日去三姐家串门，不再说借书，也不再说请教问题，干脆直截了当地说："我来看看翠平。"

三姐的母亲，我的岳母，早就看出了三姐夫心思。她提醒三姐，说："老永看上你了。"三姐夫叫谢永秋，家里人、邻居都叫他老永。接着，岳母说道："你可想好了。你要是有意，就往好了处；你要是没那个意思，也早点儿让他知道，可别让人家误会，伤着人家。"岳母一家人都很仁义，都有一颗菩萨一样慈悲的心。岳母又说："老永家和咱们家一条街上这么多年，知根知底儿的，一家子也都仁义，要是嫁到他们家，也不赖。"三姐笑了，说："这事儿您做主。"

很快，三姐夫家托人来提亲，这边没意见。很快，三姐就嫁给了三姐夫，搬到他家去住了。好在婆家、娘家离得近，不到三十米，来往方便。

我娶了周老师的妹妹

我娶了周老师的妹妹，婚后的生活非常幸福。周老师的妹妹，和周老师一样，性格好，温和，而且身体更健康，手脚更麻利。岳父一家人都很仁义，可谓是忠厚之家。在我们婚后二十多年的生活里，他们家的人，给予我们的全是帮助，没有人给我们找过任何麻烦。

虽然周老师的妹妹，我的老婆，性格很好，但是我们婚后的几年里也没少打架。打架的原因大都怨我，我毛病多，脾气又不好，老婆不能容忍的时候，就和我干了起来。但我们从来不冷战，打过之后，很快，就会有一个人给对方下台阶，对方也知趣，很快就雨过天晴，重归于好了。先给对方下台阶的，有时是我，有时是比我大度的老婆。

一次，我做了一件差劲的事情，她和我大闹一场。我想："这回糟了，这回我是一点儿都不占理。"老婆的娘家，我最怕的人当然还是三姐。她曾经是我的老师，还是我们的媒人，她那么信任我，把这么好的妹妹嫁给我，而我却做出这么对不住人家的事儿，我怎么给人家一个交代？我陷入了深深的惶恐之中。我在想，老婆回到家，把我这几年的"罪行"一一哭诉出来，他们家的人听了个个义愤填膺，然后组织一个浩大的声讨队伍，打上门来。我在家里静静地等待。

后来我听说，老婆在气愤中，向家人历数我的"罪行"。我在老婆嘴里迅速变形、扭曲，丑陋而且可恶。我被老婆妖魔化了。这时候，如果有人火上浇油，后果就会很严重。最应该发火的三姐，这时却很冷静，及时制止了妹妹，她说："别说了。你现在是在气头儿上，说的都是气话。他不是你说的那样，他人还是挺不错的。否则我也不会把他介绍给你，你也不会嫁给他。冷静冷静，回去吧。"三姐这么一说，老婆突然意识到这么在娘家抹黑自己的丈夫，实际上就是在抹黑自己。她不再说话了。

三姐这么一说，等于给这次事件定了调子，一家人马上知道应该怎么做了。他们不再跟着老婆声讨我，转而让老婆多检讨检讨自己。

那天，我没有等到老婆娘家声讨的大军。我想我得上门去接老婆，争取掌握主动。我去保姆家接上两岁的儿子，又上街买了一些水果。就这样，我抱着儿子，提着水果，来到了岳母家。我想，他们家的人怎么批评我，我都不要辩驳，都要态度诚恳地回答："是是是，好好好。"

我来到岳母家，出乎我意料的是，他们家没有一个人讨伐我。三姐主动地迎过来，从我怀里接过孩子，说："小云，你看谁来接你了。快，收拾收拾，回家去吧。"

更出乎我意料的是，老婆一点儿都没得理不饶人，一点儿都没仗势欺人，看了我一眼，看了儿子一眼，好像是在说："你可来了！"又像是在说："你怎么才来！"我叫了声"爸妈"，叫了声"三姐"，放下水果。全家人没有一个给我脸色的，让我悬着的心落进了肚里。老婆回到家里，也没再和我闹，一下就让我心软得不行。

婚后二十多年，我们的儿子已经长大成人，现在我们再也不打架，我们变得谁也离不开谁了，有点儿相依为命的感觉。我经常对我们的儿子说："爸爸这辈子，做的最正确的一件事，就是娶了你妈妈。因为娶了你妈妈，我才过上了幸福的生活；因为娶了你妈妈，我们才有了有出息的你。"

我儿子接过我的话头儿，说："饮水思源，你最应该感谢的，就是我妈的三姐，你的周老师。"儿子因为总是在饭桌上，听我当着三姐的面，说类似的话，所以才能说出这样的话。

我和老婆听了，都笑了。

三姐在姊妹中的作用

周家兄妹七个，兄弟两个，姐妹五个。兄妹里最先去世的是二哥，1996年4月因为肺癌走的，四十岁刚刚出头儿。二哥英年早逝，对岳母打击非常大，四个月之后，岳母便突发心肌梗死，毫无征兆地就撒手人寰了。

兄妹里第二个去世的是大姐，2001年，大姐五十六岁，刚从一个乡镇干部的职位上退休，发现脑袋里长了一个瘤子，手术后又长出一个瘤子。这年9月，瘤子突然像个炸弹一样爆炸了，大姐的生命旋即被夺走。大姐走后一个月，大姐夫被查出肺癌，第二年，就到另一个世界和大姐团聚去了。

老婆的二哥去世后，为了纪念，我写了一篇小说，叫作《王跃进的一生》，发表在了《十月》杂志上。小说里有二哥的影子，但故事全是虚构的。小说是个好小说，收获不少好评，主人公却不是二哥本人了。

大姐去世后，也是为了纪念，我又写了一篇小说，题目叫作《我叫王熙凤》，发表在了《青年文学》杂志上。小说里的主人公不是大姐的名字，但故事，基本上都是大姐的。大姐的一生，故事性很强，颇有几分传奇色彩。

周家的家风很好，人很仁义，大家和睦相处，相互谦让，相互帮助。再仁义，人一多，也会有矛盾。父母之间的矛盾，兄弟之间的矛盾，兄妹之间的矛盾，姐妹之间的矛盾，矛盾有大小，小的矛盾自己就解决了，大的矛盾，自己解决不了，就需要别人帮助解决。在周家，矛盾出现时，自己解决不了时，三姐就出现了，几句家常话，矛盾解决了。三姐从来不说激烈的话，不说极端的话，不说盛气凌人的话，不火上浇油，矛盾很快解决，风平浪静，重归于好。这就是三姐的作用，三姐的魅力。

岳父和大姐闹矛盾了，岳父把五万块钱交给大姐，让她给存在银行里，大姐一数，是四万五，就给岳父打电话，说："你给我的不是五万，是四万五。"岳父不干了，说大姐贪污了五千，让她把钱立刻还回来，而且必须是五万。大姐不干了："明明是四万五，非说是五万，还要让我还五万，哪有这样当爹的。"闹得不可开交，伤了感情。

三姐听了经过，批评岳父："肯定是你数错了，把四万五数成五万，冤枉了大姐。大姐是兄妹七个里的大姐，为家里做了很多贡献，别说是五千，五万她也不会要。"岳父不干了，说："五万是刚从银行取出来的，没有动，就交到了她手里，怎么会错。你大姐一贯的自私，做出这种事，也不奇怪。"

三姐又去找大姐，说："我相信爸爸不会故意冤枉你，他肯定是数错了。他年龄大了，又固执，你别和他计较。让你还他五万你肯定不干，你应该当着爸爸的面再数一遍。你拿上就走，回家再数，就说不清了。你办事这么谨慎的人，不应该出现这样的失误。"大姐说："他是亲爹，我还不信他？看来，亲爹也不能信。"

三姐又去做岳父的工作，岳父翻旧账，历数大姐的不是。三姐就批评岳父，做长辈的怎么动不动就翻旧账，要多看别人的难处，多想别人的好处。岳父就火了，甚至动手，把三姐赶出了家门。三姐特别生气、上火，手上、身上突然就起了多处牛皮癣。牛皮癣时好时坏，好坏和心情连在一起，心情好的时候，牛皮癣就好了；心情坏的时候，牛皮癣就厉害了。

虽然岳父和大姐，从此对对方心生不满，因为三姐的不断介入，总算没有闹出更大的笑话，对彼此造成更大的伤害。

三姐是个慢性子，她的婆婆也是个慢性子，两个人包饺子，边做边聊天，半天才包出一小盖帘儿。两个人还没有别人一个人干得快。慢性子，除了性格的原因，三姐的体质也不太好。全家人去给母亲、二哥扫墓，别人都没事儿，就是三姐感觉明显，恍惚、晕眩、疼痛，说不出的难受。以后，家里人再去扫墓，就不让三姐去了。

三姐去给二姐家送水果

2015年2月26日，星期四，正月初八，距约定的大家去二姐家拜年的28日，相隔仅有一天。这天下午，三姐给二姐打了一个电话，告诉她，昨天晚上一个朋友送来一箱葡萄，她这就下楼，给她家送点去。二姐说，好，来吧。

老婆家姐妹五个，大姐一直生活工作在京郊延庆，其他四个，陆续调到京城，并且安家。巧的是，二姐、三姐做了邻居，都在北城，离得很近；四姐家和我们家，都在南城，离得很近。这样，二姐和三姐走动就频繁一些，甚至晚上相约一起散步；四姐家和我们家，走动也频繁一些，没有相约一起散步过，但是经常一起吃饭。四姐每年冬天都要腌一大缸酸菜，我特别爱这口，一个冬天，隔三岔五地就去四姐家捞一棵。

住在楼房里，想吃酸菜，是一件比较奢侈的事情。楼上冬天有暖气，热，就不能腌酸菜，容易坏。四姐家也住楼房，却有一个晾台是没有暖气的，适合腌酸菜。四姐腌的酸菜味道正，吃着放心。

　　三姐放下电话，收拾了一下，就提着一袋子葡萄出了家门。她出门的时候，三姐夫正在书桌前，赶着为人翻译一部手稿。平时三姐夫都是和三姐一块儿出门儿，散步，买东西，或者去二姐家。这次他因为手里有事儿，三姐就一个人去了。下楼，去骑自行车，出小区的大门，这时是下午2点10分。

　　二姐和三姐家，都在奥运公园的西侧，二姐在北五环的外边，三姐在北五环的里边。从三姐家到二姐家，穿过五环时要过一座桥——林萃桥，林萃桥往南叫林萃路，林萃桥往北叫黑泉路。三姐骑上自行车，走了十三分钟，已经从林萃路走到林萃桥，过了林萃桥，走到黑泉路，这时，一辆红色的东风标致小汽车，像发了癫痫一样失去了控制，从机动车道，蹿上了自行车道。

　　这辆汽车剐到了一辆三轮摩托，三轮摩托打了个趔趄，没有摔倒。开三轮的是个中年男人，车上坐着一个几岁的孩子。两个人只是受到了惊吓。这辆发了癫痫的汽车，紧接着从后面，撞上了正常骑车行驶的三姐。汽车没有一点儿刹车的痕迹，速度很快，三姐毫无准备，一下子就被撞飞了，生命也随着飞到了另一个世界。

　　出事是在下午2点23分，当时三姐身上没有任何证件，警察无法联系家属，就让救护车把三姐拉走了。从下午2点一直等到7点，二姐没有等到来送葡萄的三姐，就往三姐家打电话，问："三姐出来了吗？"三姐夫接到电话，说："2点就出门了，怎么还没到？"这么一说，两个人都紧张起来，同时出发，从不同的方向沿路寻找。

　　找到出事地点，二姐和三姐夫碰头儿，听一个清洁工说，这里刚刚出了一场车祸，遇难者是一个中年女性，戴眼镜。二姐和三姐夫顿感大事不好，他们看到了地上的一摊血迹，还在路边的枯草中，找到一只鞋子。三姐夫认识，这是三姐的，出门前，穿在她的右脚上。

世上再无周老师，也没有了端庄大方、从容温和的三姐。

2月28日，星期六，正月初十，是我们约好去给二姐家拜年的日子，早晨我和老婆开车去接四姐，冒着小雪，先去三姐家，看望、安慰三姐夫，然后去二姐家。二姐和二姐夫在家，往年二姐、二姐夫为了招待我们，提前几天就开始准备。二姐夫亲自下厨，为我们做出丰盛的饭菜。这次，二姐一见面就说："今天不留你们吃饭了，没有心情吃饭。"

我们赶紧说："我们也吃不下，坐坐就走。"大家说了一些相互保重的话，我们就离开二姐家，又开车回到了自己的家里。

去龙庆峡看冰灯

2015年2月22日，正月初四，距离三姐罹难的日子，即2月26日，还有四天。人是不知道四天之后会发生什么的，甚至不知道四分钟、四秒钟之后会发生什么，否则，很多不幸就会避免。正月初四这天，我们夫妻，带着三姐夫妻，四个人，去龙庆峡看冰灯。

春节期间，我们和三姐夫妻一起在老婆的大哥家吃了一顿饭，那是大年初二的晚上。当时吃饭的，还有老婆的大姐的闺女鲍洁两口儿，大姐的儿子小峰父子。还有大哥的大闺女周红母子。

初三，二姐也回延庆给岳父、大哥拜年；晚上，二姐、三姐夫妻，一块儿来我们新家串门。他们三个人，还有我的老婆、儿子，五个人围在一起聊天，我一个人在旁边看电视。电视的音量开得很小，为的是不影响他们的聊天，也为了我既看电视又不影响听他们聊天。三姐夫的话最多，主要是回忆年轻的时候，三姐留给他的印象，夸赞三姐的美貌和性格，说了很多溢美之词。

后来，三姐夫回忆起这天晚上自己说过的话，说他追悔莫及，说那是不祥之兆，说他说的话，很像一篇悼念逝者的文章，说三姐就是被他赞美死的。三姐夫的话当然都是无稽之谈，三姐的遇难应该说是命里注定，是她的宿命，避免不了的。

我的儿子刘船，参加工作不到一年，听几个长辈聊过去的事情，听得津津有味。我在他们聊天的时间里，除了看电视，还去洗了一个澡。我注意到，三姐那天晚上的话很少，一直在听别人说，好像是想更多地听听家里人说话的声音，好像是知道，再过几天，五天吧，她就再也听不到他们说出的话了。

在三姐遇难前的半年时间里，她和三姐夫几次从京城回延庆看望岳父，住在岳父家里，帮着岳父搞卫生，洗衣服，做饭。之前，他们回家的频率可没有这么勤。一次，他们夫妻在我们家，和我们一起包饺子，本来想着多包点儿，给岳父端过去，没想到，还是少了岳父的那份。岳父不知道我们包饺子，自己已经吃了饭。三姐在我们家吃了饭以后，回去就立刻和面、剁馅，给岳父包了饺子。这也不像三姐的性格和风格。

三姐突然抢在别人前边尽孝，是不是冥冥之中预感到自己时日不多了？

第二天即正月初四上午，我开车，带着老婆、三姐、三姐夫，去龙庆峡看冰灯。冰灯年年办，我们也看过几次，本来对我们都没有多少吸引力了。之所以又很积极地去，主要是因为手里有几张冰灯票，不去看看，就浪费了。再有，开车出去转转，兜兜风，也挺好的。更主要的是，去龙庆峡看冰灯，要路过黄柏寺，路过黄柏寺中学，这是我和三姐有着共同回忆的地方，我们都想故地重游。

黄柏寺中学早就没有了，合并到靳家堡中学里去了。原来的校址，校舍部分被村里占了，操场部分被村里承包给了个人，个人在上面建了一个集吃住玩于一体的农家院。很大的一个农家院，住房二十多间，餐厅也很大。我们把车开进院子，老板娘领着我们看看房间，看看餐厅，各处转转，我指着三姐说："她原来就是黄柏寺中学的老师，我是这里的学生，我们对这儿都有感情。"老板娘说，那就常来，咱们这儿吃住玩的条件都还不错。

老板娘给了我一张名片，是老板的名片。老板的名字叫王宽来，一看这名字，我笑了。我问："老板在吗？"她说："不在，去进鱼了，中午和晚上吃的活鱼，刚从官厅水库打上来的活鱼。"我说："我和老板，你男人，是同学，还曾经坐过同桌。"老板娘反应比较平淡，说："噢，是吗？"

从农家院出来，我们就去了龙庆峡，去看冰灯。看冰灯最好是晚上，晚上才有那种如梦似幻的感觉。我们是上午去的，没什么人，用大小冰块雕出的各种造型都很粗糙，一点儿都不美。我拿着相机，给三姐夫妻，三姐和老婆，照了几张相。我自己没有照，眼前的景致让我没有兴致。转了一圈儿，我们很快就出来了。回来一看，几张照片照得还算不错，这也是三姐留在人世上最后的影像了。

之前，我还曾开车带着三姐夫妻去延庆的柳沟农家院吃过火盆锅，吃的是50号院的火盆锅；还去水磨村吃过炸糕；去江水泉公园走过一次，然后在公园南边的圣水渔家吃了晚饭；还在柳沟村5号院在县城办的分店里吃过饭；还到妫河西边南岸的两个公园去过，也是傍晚，夕阳西下，天空碧蓝如洗，远处的山峰因为空气的能见度超好，好像近在眼前，伸手就可触摸一样。

最让人难忘的，是其中一个公园里大片的芦苇荡，芦苇茂盛，芦苇之中，是一条长长的木质栈道，栈道贴着水面，走在上面，有点儿小紧张，有点儿大放松，心情很愉悦。我给三姐指指这里，说你看，又指指那里，说你看，怎么样，好不好。三姐说，好好。

以后，我又去过这片芦苇荡，芦苇依旧，栈道依旧，远山依旧，夕阳依旧，蓝天依旧，三姐却只能活在我们的记忆里了。

家族往事

绑票

我爷爷那代是兄弟四个，我爷爷最小，行四。

我爷爷的大哥，我叫大爷。大爷有两个儿子，老大有点儿闷，不爱说话，都叫他大哑巴。其实他不是哑巴，会说话，只是不爱说话，话少，少得像个哑巴。我们这一辈儿的，都叫他大哑巴大爷。大哑巴大爷打了一辈子光棍儿，年轻时是个小光棍儿，老了，是个老光棍儿，死了，就绝户了。

大爷的二儿子和他哥完全相反，聪明，能说会道，长得英俊，看着就招人喜欢。大爷在老二的身上寄托了很大的希望，从小就把他送到学堂，希望他长大后能出人头地，光耀门楣。老二也争气，脑子快，学习用功，经常受到先生的表扬。小学上完，大爷又努着老命，供他去县里上中学。

1941年，老二十六岁，每次从县里的中学回家，都给他爹拿回两张百分的卷子。大爷透过这一张一张卷子，看到了儿子的大好前程。

这年冬天，当地除了闹日本鬼子，闹游击队，还闹各路土匪。土匪经常夜里摸进各村，抢粮食，抢牲口，抢女人，绑票。

土匪绑票，绑的都是财主家的票。财主家有钱，有粮，有牲口，绑了他们的票，他们有能力去赎。绑了穷人家的票，穷人没有能力去赎，票只好撕了。土匪绑票不是为了自己撕，撕票没意义，还伤天害理。绑票是为了用票去换钱，换粮食，换牲口。所以，土匪在绑票之前，都先打听好了，哪个村的谁家，是财主，他们家有几个孩子，几个儿子，几个闺女，儿子里哪个最有出息，是一家子的命根子，好了，就是他了。然后踩点儿，摸清这家在村子里的具体位置，再确定行动的具体日期。

一天夜里，一股土匪悄悄地摸进了我们村。我们村里有一个财主，姓张，在村子的西头儿。这股土匪要绑的就是张财主的儿子。大爷家住在村子的东头儿，大爷家的家底和张财主家根本没法儿比。大爷有时给张财主家做长工，有时打短工，这要看张财主家的活儿多活儿少。两家的实力从此可看出高低。

那天夜里，土匪从山里下来，走了很长时间的夜路，到了村子，土匪的头目转向了，把东当作了西，把西当作了东，东、西不分了。土匪头目一转向，十几个喽啰里大部分也糊涂了，有两个不转向的，头目一骂人，也就跟着转向了。

头目一转向，大爷家遭了殃。他们把大爷家当成了张财主家。如果是白天，一看房子、院墙，就知道大爷家肯定不是张财主家。三更半夜的，土匪虽然有些疑惑，还是决定按原计划行动。一个土匪翻墙进去，打开大门，其他土匪手持长枪、短枪，还有大刀、长矛，旋风一样闯进了大爷的家里。大爷一家还在睡梦之中，冷冰冰的枪口，已经顶在了眉心。老百姓哪见过这阵势，大爷一家四口吓得体似筛糠，一声都不敢吭。

那天大爷的二儿子正好回家过周末，该他倒霉，他被当成张财主的儿子，让土匪绑票了。土匪把老二绑了，嘴里塞了破布，装进麻袋，扔到门外的马车上。临走，土匪头目撂下一句话，想要儿子，三天之内，带着二十块大洋，到后河十里坡找震八方赎人。后河十里坡是个地名，村里人都知道，在村北三十里外的大山里，震八方是一股土匪的名号，在当地名气很大。

这股土匪走出院子的时候，把门口一条吓成一摊烂泥的狗，一棒打死，和老二一样，扔进了马车。

从一进大爷家的大门，土匪头目就觉得不对劲儿，出了村子，他就把老二嘴里的破布掏出，问明情况，这才知道是绑错了票。再想回去，已经晚了，大爷家一叫，村里就响起了锣声，家家的青壮男人，都手持刀棒、火把，跑到了街上。土匪只好将错就错地把老二带回了驻地。

老二手脚被绳子捆着，扔进了一间闲置的柴房。土匪们等着大爷家拿钱赎人。

土匪一走，大爷家就开始借钱，先和亲兄弟借，然后是亲戚，二十块大洋两天内就凑齐了。二十块大洋虽然不是个小数儿，可毕竟人命关天，兄弟亲戚虽然家中都不富余，也都倾囊而助了。钱筹齐了，得找个人送去，交了钱，把人带回来。这个人不但要可靠，还得有胆量，毕竟是去土匪窝子，也算是深入虎穴了。选来选去，大爷选中了本村田家的田横，田横胆子大，交往广，和游击队、日本人、土匪都能说上话。

大爷就去找田横，田横开始还不愿意去，嫌路远，嫌不安全，大爷答应给他两块大洋，他才答应带钱去赎人。第三天，田横拿着大爷的二十块大洋，去后河十里坡赎人，走到半路，田横掂了掂手中的大洋，听着大洋相互撞击，发出的悦耳的响声，突然就改变了主意。他拿着这二十块大洋，跑到了口外，从此人间蒸发了。口外，就是张家口以西，山西、内蒙古一带。

等大爷知道被田横骗了，已经是四天以后了。此时，田横的老婆和孩子，也已下落不明，肯定是被田横偷偷地接走了。

大爷无奈，只好再次筹钱。第一次借钱，还没等大爷把话说完，大家便倾囊而出；第二次借钱，大爷磨破了嘴皮子，也在兄弟、亲戚家借不出钱了。很多家是真没了，有的家即使还有，也不敢借了。大爷就向亲戚之外的乡亲们借，用了五天的时间，才把二十块大洋重新筹齐。这时，已经是老二被绑走后的第十天了。

十天里，老二的手脚一直被麻绳捆着，双手和双脚血液不流通，慢慢地就变黑，坏死了。土匪想起来，就用破碗盛点儿剩饭，扔到他的面前，被捆住手脚的老二，就像猪一样，用嘴拱着吃。喝水，也是像猪一样，拱着喝。却没人想着给他松开麻绳，活动活动手脚。

大爷第二次凑够了二十块大洋，再也不敢找别人了，这次他亲自推着小车进山，去把儿子赎了回来。儿子已经瘦得只剩一把骨头了，就像后来减肥减猛了的电视台女主持人，皮包骨的女模特，从坟里挖出的骷髅。皮包骨还是次要的，关键是老二的手和脚，已经彻底坏死，已经变成四块风干的腊肉了。大爷想到了所有他认为应该想到的办法，想把老二的手脚救过来，让它们重新活动自如，最终无效。

老二的手脚，最终从他的手腕和脚腕上，脱落了。没了手脚，人立刻变得简洁而且怪诞。老二的学业理所当然地中断了，大爷在这个儿子身上寄托的所有希望，也都破灭了。

没了手，照样可以干活儿。写字，就用两只手腕夹着毛笔；切菜，就用两个手腕夹着菜刀；吃饭，是在右手的手腕上绑一根布条儿，把勺子插在布条儿里，照样吃得脑门儿冒汗。总之，没了手，什么活儿都可以干。没了脚，照样可以走路。怎么走？跪着走。把胶皮裹在膝盖上，里面塞着破布、旧棉絮，照样走得不慢。老二的父母、哥哥死后，他一个人生活，村里把他"五保"了。村里派人定期给他搞搞卫生，拆洗被褥。平时的生活，都是他自己料理。当然，没有结婚，哪家的女人，愿意嫁给一个没手没脚的男人呢？

晚辈的，比如我，都叫他秃爪大爷。同辈的，或者长辈的，都叫他秃爪子。有些残忍，有些恶作剧，却很生动，也很形象。没有恶意。

秃爪大爷被"五保"了，他对新社会怀着感激之情，对毛主席更是怀着敬仰之情。一天三顿饭，每次饭前，他都要跪在土炕上，冲着墙上的领袖像，举起没了右手的右臂，向领袖表达敬仰、感激之情，然后唱一遍《大海航行靠舵手》，或者《东方红》，或者《唱支山歌给党听》。唱完，才开始喝汤、吃饭。

我小的时候，有几次母亲下地干活儿，没人看我，就把我扔给了秃爪大爷。秃爪大爷家，有一股浓浓的只有光棍儿的身上才有的污浊之气，我很不喜欢，但我只能忍耐。秃爪大爷做出的饭菜，也有一股光棍家特有的怪味儿，饿急了，我也皱着眉头，和他一块儿吃。饭后，他带着我上街，他跪着走，我站着走。总觉得他跪着走路有意思，于是和他一样，以膝代脚，跪行数米。顿觉疼痛难忍，裤子的膝盖处也破了两个洞。为这，母亲下地回来，把我摁在炕沿上，赏了我一顿笤帚疙瘩。

我刚参加工作那年，秃爪大爷全身溃烂，已经卧床不起。我周末回家，去后院看他，用手推车推着他去卫生所换药。他的身上已经多处化脓，大夫用大号针头把他体内的脓水吸出来，一针一针，吸了好几针。我带他去换了几次药，并嘱咐他安心养病。秃爪大爷临死的时候，还在念叨我，说我仁义、心眼儿好。可惜的是，他一死就被村里草草掩埋了，没人告诉我，我没有送他最后一程。

秃爪大爷正经上过中学，是个好学生，没了手脚后，仍然喜欢看一些小说、话本。他经常给我讲书上的故事，有时还边讲边唱，很有意思。他讲得最好的是《隋唐演义》，他讲得最生动的人物是秦琼和罗成。

大爷家的老二被赎回半年以后，另一拨儿土匪趁着月色摸进了我们村，目标还是财主张家，令人不可思议的是，他们一进村也转了向，认错了门儿。把和张家隔着八丈远的季家，当成了张家。季家十八岁的大儿子，被当成肉票，绑走了。要的也是二十块大洋，期限也是三天。季家穷，本家少，用了五天才把赎金凑齐。

五天里，季家老大的手脚一直被麻绳捆着，万幸的是他的两只手腕捆得松，血液还能在手上流动，所以两只手保住了。两只脚被捆得紧，血液不流通了，两只脚很快坏死，脱落了。季家老大以后走路，和大爷家的老二一样，只能以膝代脚跪行了。幸运的是，他还有两只活动自如的手。

相好的

二爷是我爷爷的二哥，他有三个孩子，两个闺女，一个儿子。闺女成人后就嫁到外村，又不经常回来，所以我没有印象。二爷的儿子叫窝瓜，因为比我的父亲年龄小，我应该叫叔叔。可我们那儿把"叔叔"叫成"伯伯"，读音又读成了"百百"。"百百"可能是从"白白"那儿来的，"白白"是从"伯伯"那儿来的。所以，我们那儿叫叔叔不叫"叔叔"叫"伯伯"，伯伯又读半边读成了"白白"，白白发音又不准，叫成了"百百"。

有点儿像绕口令。

所以，从小到大，我们叫窝瓜叔叔，都叫"窝瓜百百"，叫其他叔叔，也叫成"百百"。

父亲的同辈，比他大的，应该叫伯伯，我们不叫"伯伯"而是叫"大爷"。

爷爷辈儿的，排行老大的，我们叫大爷；父亲辈儿的，比父亲年长的，我们也叫大爷，不是叫乱了吗？乱不了，此大爷非彼大爷。爷爷辈儿的大爷中的"爷"，读二声，叫"大爷"的时候，重音放在"爷"上。父亲辈儿大爷里的"爷"，读轻声，叫"大爷"的时候，重音放在"大"上。老北京都这么叫，我们那儿属于北京的远郊，也这么叫。

窝瓜有一个儿子，叫角瓜，角瓜和我同辈，比我大，我叫角瓜哥。窝瓜的媳妇，在儿子角瓜很小的时候就去世了。窝瓜一直没有再娶，一个老光棍，带着一个小光棍，就这么一天天地把个寡淡的日子，过下去。窝瓜自己却不觉得日子寡淡，他觉得日子很滋润。为什么呢？因为他在村里有个相好的。

窝瓜的相好叫西凤，是宽板凳的媳妇。宽板凳和西凤有三个孩子，两个儿子，一个闺女。闺女长得一点儿都不像她爹宽板凳，一天天眉眼越来越像窝瓜。这孩子八成是窝瓜的种，抢在宽板凳之前，发芽了。宽板凳也看出这丫头儿哪儿哪儿都不像自己，开始是模样不像，后来发现连脾气都不像自己，却越来越像窝瓜了。他好像也不是很在意。

窝瓜和西凤好，差不多是公开的。有时他去西凤家，宽板凳和孩子们都在，西凤欢迎他，别人也不嫌弃。就是聊聊天，正常的串门儿。如果家里只有西凤一个人，他们才匆匆忙忙地相好一次。有时西凤去窝瓜家，用头巾包着脸，整得像个阿拉伯女人似的，只露着两只眼睛，贼一样东瞅一眼，西瞅一眼，然后溜进窝瓜家。

窝瓜的儿子角瓜，很小就到煤矿上挖煤去了，家里就剩下了窝瓜一个人，这就给他和西凤偷情提供了方便。其实，西凤用不着包脸，也用不着鬼鬼祟祟，像个贼似的，她就是大大方方地进出窝瓜家，也没人大惊小怪。可这种事儿，要是能大大方方地去干，也就没劲了。这种事儿，妙就妙在鬼鬼祟祟，妙就妙在胆战心惊。西凤就是包着脸，别人也能一眼认出那是西凤。认出了也假装没认出，故意不叫她。西凤就很得意，进出窝瓜家也就更频繁了。

邻居家的小喇叭问她娘，意思是西凤去窝瓜家串门儿，为什么还包着脸呢？她娘就说，因为她要去干不要脸的事儿了，所以就把脸包起来了。小喇叭又问，她是去偷东西吗？她娘说，不是偷东西，是偷人。小喇叭问，啥叫偷人？她娘想了想，说，偷人就是包着脸，贼一样地去人家串门儿。别问了，也别乱说。

后来，角瓜挖煤的煤矿出了事故，好几个工友就在他的眼前被砸成了肉饼，角瓜受了刺激，再也不敢下井了，从煤矿跑了回来。从此，角瓜再也没有出过村子。在村里种地，再苦再累，也不会被砸成肉饼。角瓜一回来，还是和他爹一块儿过，又是两根光棍儿。儿子在家，窝瓜就不好再在家里和西凤相好，害得两个人很不方便。

再后来，角瓜结婚了，虽然和父亲分开过，可还是在一个院子里。有了儿媳妇，老公公再和西凤相好，就更不方便了。儿媳妇很快就知道了公公和西凤的事儿，就好言劝说公公：要找，就找个合适的女人。西凤有男人，有子女，和她好，多不合适。

窝瓜有点儿下不来台，赌咒发誓，自己和西凤是清白的，比清白还清白！

儿媳妇就笑了，不再说这事儿。

角瓜娶媳妇之前，西凤有时还以借东西、还东西的名义过来看看、坐坐，角瓜揣着明白装糊涂，睁一只眼闭一只眼。娶了媳妇，西凤就很少来了。有几次窝瓜和西凤实在熬不住了，又找不到更合适的地方相好，窝瓜就把西凤装在麻袋里，像背粮食一样，把她背回了家。关上门，死劲儿地相好，尽兴了，窝瓜又把西凤装在麻袋里，把她背了出去。

儿媳妇早就透过窗户，把一切尽收眼底。她看得清清楚楚，老公公背相好的进来的时候，两只脚还是有力的，走路咚咚的。等他背着相好的出去时，两条腿已经打晃儿，两只脚就像踩在了棉花上。儿媳妇就笑了，两个老东西，这是豁出老命了。

看过几次后，儿媳妇从屋里出来了。那天，窝瓜和西凤折腾够了，窝瓜又背西凤出来，儿媳妇也出来了，问公公，麻袋里装的是啥？窝瓜晃着两条软得快要站不住的腿，说，棒子豆，去磨点儿棒子面。棒子就是玉米，棒子豆就是玉米豆。媳妇说，咋看着不像棒子豆，倒像是一头猪，或者是一个人，里面不会是个人吧？公公赶紧说，不是人，怎么会是人呢！有用麻袋装人的吗？！媳妇就说，不是人就好。要是人可得小心点儿，千万别磕了碰了，别让人看见！

窝瓜和西凤就知道，这件事露馅儿了。儿媳妇不但自己看得紧了，还去找了西凤的男人宽板凳，嘱咐他看好自己的媳妇。宽板凳本来在这件事上态度模糊，现在人家的儿媳妇都找上门儿来了，他的态度一下子明朗了。窝瓜再去他家串门，变得不受欢迎了，不但他冷着脸不搭理人了，连三个孩子也开始把他往出轰了。宽板凳开始把媳妇看得紧了，只要西凤一出门，就派个孩子跟着，让她没有和窝瓜单独相好的机会。

看不见对方，看见了不能单独相处，两个人就觉得这日子没法儿过了。离开对方，日子没法儿过了。西凤和宽板凳摊牌了：离婚！不离婚，吾宁死！宽板凳不同意，他也想不明白，过了大半辈子，孩子都快成人了，撒的哪门子癔症，离的哪门子婚呀！说完好话说狠话，哄着不成就棍棒伺候，怎么着都不能动摇西凤离婚的决心。

问她为啥要离婚，回答是为了嫁给窝瓜。

问她窝瓜哪儿比我好，回答是哪儿都比你好。

宽板凳又去找窝瓜，把他堵在一个墙角，突然掏出一把杀猪刀来，顶在了窝瓜的脖子上。窝瓜有种，眼皮都不多眨一下，说："捅死我得了，我早就不想活了。"宽板凳一看这孙子不怕死，自己先软了，扔了刀子，扑通跪下了，说："你就放过西凤吧，没了她，我和三个孩子怎么过？"窝瓜说："西凤是你媳妇，你为什么来求我？"说完，转身走了。

闹得不像话，闹得不可收拾，宽板凳和西凤终于离了婚，西凤嫁给了窝瓜，有情人终成眷属了。

窝瓜和西凤，偷情偷了半辈子，历尽千难万险，终于可以心安理得地在一起过日子了。都觉得他们会把日子过得很幸福，两个人更是觉得姻缘来之不易，应该倍加珍惜，你恩我爱，白头偕老。没想到，他们只在一起过了三个月，就离婚了。因为啥？合不来。

西凤嫌窝瓜太懒，懒得晚上不洗脚。不洗脚，不光是懒，还不讲卫生。窝瓜嫌西凤爱吃蒜，一嘴蒜臭，让人不敢靠近。西凤就骂，结婚前你个王八蛋怎么不嫌老娘有蒜臭，抓到老娘就要吃嘴儿？窝瓜还嫌西凤张嘴就"老娘老娘"的，粗俗。不仅有蒜臭，还粗俗。西凤嫌窝瓜吃饭吧唧嘴，吃相难看，让人心烦，让人吃不下，恨不得把手里的饭碗扣在他的脑袋上。窝瓜嫌西凤做饭不好吃，而且饭后刷碗也刷不干净。

就是这样一些鸡毛蒜皮的小事儿，两个人你骂我我骂你，你打我我打你，闹得鸡犬不宁。两个人都骂自己瞎了眼。还差一天半，两个人就在一起过了三个月，也不凑那个整儿了，离！就真的离了。离了婚的西凤，当天就拿上自己的东西回了原来的家，问宽板凳，你要是愿意，明天咱们就去复婚。宽板凳喜出望外，赶紧说，愿意，愿意。就这样，西凤和宽板凳复婚了，窝瓜重新成了一根光溜溜的棍儿。

西凤再也不去找窝瓜了，窝瓜也不理西凤了。甚至大街上走成对面，谁都不理谁了，好像两个陌生人。

记得我在师范读书的时候，一个周末，我帮窝瓜百百家收庄稼。上午干了半天，累乏了，回去躺在他家炕上就睡着了。醒来，窝瓜已经做好了手擀面，面条煮好还过了水，吃在嘴里非常可口。调料是什么？蒜泥。新砸的蒜泥，蒜香扑鼻，又咸又辣，吃得我满头大汗，直呼过瘾。多少年过去了，一想起窝瓜，我就想起那次的手擀面，想起那次又咸又辣的蒜泥。

他怎么能把过水面做得那么香呢？

私奔

三爷是我爷爷的三哥，三爷有四个孩子，三个闺女一个儿子。三个闺女有一个很小就夭折了，剩下了两个。一个儿子，三爷供他上学，希望他能出人头地，可这个整天流着鼻涕，怎么也擦不净的儿子，小学上到四年级，就怎么也升不上去了。四年级之前，学习很好，语文算术学得都很好，尤其是珠算，打算盘，噼噼啪啪，班里几个同学，谁也没有他打得快，打得准。

都以为他是个学习的材料，没想到，他的智力发育到四年级，抛锚了，再也不往前走了。四年级升五年级的题，死活不会做了，死活也不及格了。再读一个四年级，还是升不上去。第三次读四年级，学得挺好，一考，还是不及格。四年级就像跳高的横杆，他是死活也跳不过去了。只好死了继续上学的心，回家种地。四年级的水平，家里的账都能算清。后来在生产队里当会计，队里的账，加减乘除，也能应付。

三爷的这个智力发育到四年级就停滞不前的儿子，比我爸爸小，我们也叫"百百"。这个"百百"叫白薯，小名地瓜，我们叫他地瓜百百。前面已经说过，"百百"就是叔叔。我们管叔叔不叫叔叔，叫"百百"。

我爷爷的父亲，我叫太爷，我太爷给他的四个儿子盖了南北两排共十间房子。北面这排的五间房，住着老大、老二，老大住东边的两间半，老二住西边的两间半。两家各有两间卧室，当中一间堂屋两家共用，各占半间，分别盘着一个灶台，用作厨房。

南面这排的五间房，住着老三、老四。也是各占两间半。老三应该住在东边，老四住在西边。可是西边两间半是先盖好的，一盖好，三爷就要结婚，所以就让他住了西边的两间半。东边的两间半盖好后，就给了老四，我的爷爷。五间房为什么没有一块儿盖呢？没那个实力。实力不够，只好分两次盖了南面的五间房。

东为大，所以北面这排，老大住在了东边，老二住在了西边。南边的五间，东边应该住哥哥老三，西边住弟弟老四。可西边的两间半是先盖好的，所以给了急着结婚的老三；东边两间半是两年以后盖的，就给了老四。南面五间房子，顺序就颠倒了，东边住了老四，西边住了老三。

我对三爷和三奶奶有一点儿印象，但很模糊。那时我应该是四五岁，已经满地跑了，从东边的屋子跑到西边的屋子，就跑到了三爷家。三爷坐在炕上喝酒，酒是最普通的高粱白散酒。虽然廉价，还是很少喝，喝酒的日子肯定是个不寻常的日子，生日或者节日，那天三爷家就飘散着让我记了一辈子的酒香。三爷的模样我一点儿也记不住了，记住的，就是这挥之不去的酒香。三爷的面前肯定还有一点儿下酒菜，油炸花生米和猪头肉。

我站在地上，仰头看着脸已经被喝得泛红的三爷，看着他把花生米嚼得嘎嘣嘎嘣响，还有他喝酒时嘴唇嗫着酒杯，发出吱儿吱儿的响声。我目不转睛地看着，影响了三爷的酒兴。三爷用筷子点了一下地上的我，对三奶奶说，快把他弄出去。三奶奶就捏着我的小胳膊，说，走，咱们去外边玩儿去。说着，就把我弄出了西屋。

这就是我对三爷的唯一的一点儿记忆。

三奶奶比三爷去世晚，所以我对三奶奶的印象要稍多一些。三奶奶是个很小很瘦的老太太，小脚。个子虽然小，身上好像有用不完的劲儿，一天到晚不停地忙碌，喂猪喂鸡，洗衣做饭，在院子里种菜、浇水，永远也停不下来的样子。我们两家共用一个大院子，西边的一半是他们的，东边的一半是我们的。他们那边种着一架葡萄，还有一棵李子树。三奶奶看得很紧，生怕我们兄弟摘了他们家的葡萄和李子。三奶奶一再嘱咐我们，说葡萄和李子都打了农药，小孩儿要是吃了，会死的。等它们熟了，三奶奶会摘下来让我们吃，吃个够。我们就耐心等待它们熟透。

等葡萄和李子熟了的时候，三奶奶总会找一个我们不在家的日子，找人迅速把它们全都摘净，卖掉或者藏起来。当我们问起时，三奶奶就会说，哎呀，你们怎么不在家呢，都让人摘走了，想吃只有等到明年了。

我们那边的院子，有两棵香椿树，一棵杏树。春天香椿下来的时候，三奶奶和我们这边打个招呼，就自己去掰了。低处的，用手去掰；高处的，就用专门的工具，一根长长的木杆，顶上绑着粗铁丝弯成的钩。我们有时候也想拒绝她掰香椿，也算是对她的自私的惩罚。可只要她一张嘴，我们就狠不下心来，心就软了。如果我们把头茬香椿掰下来，在她张嘴之前，肯定会分一半给她。我们不会吃独食，咽不下去。

杏子熟了，他们也可以自己去摘。我们摘了，也会送一些给他们。

在我十岁的时候，西屋三奶奶家在外面盖了新房，搬走了。他们要把西边的两间半旧房卖给我们。他们要价是七百五十块钱。我十岁的时候，是1975年，那时的七百五十块钱，是一笔很大的数目。尤其是在农村，这样一笔钱，是可以盖四间新房的。三奶奶和地瓜百百跟我母亲说，你们如果不买，我们就把西边的两间半房子拆了，弄走。五间房是一体的，拆了一半，另外的一半会非常难看，非常不便。

母亲没有和他们斗气，她还有五个儿子，也就是我们兄弟五个，他们长大了也要有房子住。七百五十块虽然不便宜，母亲找人算了算，也还合适，就答应了，买。

我父亲是个乡村教师，虽然工资不高，可每月都有固定的收入。母亲每年都要养一头猪，从小猪崽，把它养大，卖掉。母亲还养了十几只鸡，卖鸡蛋的钱除了零用，也都攒起来。这样省吃俭用，十几年下来，母亲就攒了六百五十块钱。母亲把这些钱给了三奶奶，说手里只有这些了，还差一百，一年之内给齐。三奶奶没想到我母亲能一下子拿出这么多钱，赶紧把钱接过去，收了起来。收起来，又觉得自己吃亏了，应该一下把钱收齐，又担心剩下的一百拿不到了。于是找了保人，立了字据，捺了手印。

说好一年还清，刚过了三个月，三奶奶就沉不住气了，总觉得这里面有鬼，总觉得剩下的一百块钱会打了水漂儿。她就来找我母亲，说，你就把剩下的一百块钱赶紧给我吧。我也活不了几天了，我想在死之前见到这一百块钱。母亲就笑了，说，不是说好一年之内还吗？这才三个月，我攒不出来呀。再说，您身体这么好，肯定能看到这钱还上。就是真有个好歹，您不是还有儿子、孙子吗？放心吧，跑不了。三奶奶说，你还是赶紧想想办法，各处借借，还了吧。母亲就说，好，我想想办法。

一个月过去了，三奶奶看我母亲没有动静，就捯着小脚，步行十里土路，找到了正在教书的父亲。当时，父亲正在教室给学生上课，三奶奶也没喊"报告"，就一头撞了进去，把我父亲和全班同学都吓了一跳。三奶奶一进教室，"扑通"一声，就给父亲跪下了。父亲吓坏了，赶紧上前，去搀扶。三奶奶跪在地上，挡住了父亲的手，说：大娘有话要说，你答应了，我就起来，不答应，我就不起来！父亲说，答应，答应，你说什么我都答应，快起来！

三奶奶很固执，说：等我说完，你再答应。不让我说，我就不起来。父亲说：那你快说，这么多学生看着呢！三奶奶说：我快死了，我想在死之前，看到你们把买房时，差的那一百块钱还上！父亲说：行，你说什么时候还上，就什么时候还上，赶紧起来！三奶奶说：十天，再给你们十天时间，你答应我就起来！父亲都要哭了，他一直孝敬长辈，今天长辈跪在他面前，而且是当着他学生的面，让他无地自容。父亲带着哭腔说：行，十天之内，肯定还上！

父亲说完这句话，三奶奶立刻从地上站了起来，拍了拍膝盖上的土，转身出了教室，回家了。父亲留她喝水，吃饭，她都没答应，有了父亲的承诺，比喝什么吃什么，都让她放心、踏实。她知道父亲只要答应，就一定会做到，父亲要是做不到，她还会到教室里下跪。她知道，这一招，就能要了父亲的命。

果然，十天之内，父亲向同事借了七十块钱，母亲从娘家借了三十块钱，终于凑够一百块钱，还给了三奶奶。三奶奶没有像她说的那样马上就死了，她又硬硬朗朗地活了三年多。

三奶奶的儿子，地瓜百百，眼看就要三十了，还没娶上媳妇。三奶奶急呀，就到处托人，介绍了无数个，都没有成，地瓜百百仍然是根光溜溜的棍儿。三奶奶就想到了自己的亲妹妹，地瓜的姨妈。妹妹家有个闺女，二十了还没出嫁，三奶奶就去找妹妹，让她把闺女嫁给自己的儿子，这样不是亲上加亲了嘛！妹妹当初不同意，妹夫也不同意，当然最不同意的还是妹妹的闺女。三奶奶拿出当初跟我父母要房子尾款的精神，终于把他们一个个地攻破了。要是不答应，他们的日子就没法儿过了。既然还想继续生活下去，就只好答应了。毕竟是亲姐妹，闺女嫁过去，日子也不会差到哪儿去。

就这么，地瓜娶了比他小十岁的表妹。表妹模样很端正，性格也温和，话不多，很少发脾气。表妹在兄妹中排行老小，我们那儿管排行老小的女孩儿叫老头，就是老丫头的简称。这么称呼的时候，重音要放在前边的"老"上，要是重音放在后边的"头"上，就成老男人了。我们管地瓜百百的媳妇，叫老头婶子。老头婶子，智力比地瓜高一点儿，上学上到五年级，跟不上了，就回家种地去了。种地种到二十岁，本来想找个好点儿的人家，好点儿的男人嫁给他，最后却嫁给了表哥地瓜，只好认命。

嫁给地瓜，老头婶子五年里生了三个孩子，一个儿子，两个闺女。儿子长得活脱脱就是一个小地瓜，连吸溜鼻涕的样子都和地瓜如出一辙，看样子智力也不会超过四年级。两个闺女里有一个是哑巴，这就是近亲结婚的恶果。最小的闺女长得很像她妈，端正的模样，温和的性格，三个孩子里就这个，多少还让当妈妈的有些安慰。

地瓜的智力虽然只有小学四年级，做个农民，已经足够了，村里智力能够达到四年级的毕竟不多，所以地瓜就做了会计。会计就算是村干部了，在村里多少也是有点儿身份的人。手里多少有点儿小权力，小瞧不得。

有一次，年底我们家的粮钱没有交够，母亲说等月底我父亲发了工资立刻补上，地瓜就很大公无私，就是不答应，分粮的时候，就是不让分给我们家。我们家就只好等到月底，父亲发了工资，粮款交齐，才最后一个分到了粮食。地瓜拍着胸脯跟人说，我就是坚持原则，就是六亲不认！

转眼，就是地瓜婚后生活的十五年。这期间，三奶奶当然早就作古了。十五年里，他们的生活，和村里其他人家的日子也没有什么区别。

这天，村里来了个刷墙、糊顶棚的，四十岁上下的一个男人，河南口音。因为长年和墙壁、顶棚打交道，墙壁、顶棚上都是陈年的灰土，这个男人给人的感觉就总是灰头土脸的，怎么也洗不净似的。虽然给人的感觉灰头土脸的，这个男人的轮廓还是有模有样的，要是能把头脸洗净，还真有几分英俊呢。

关键是这个男人能说会道，俏皮话，小笑话，奇闻趣事，一个接一个，常常把身边的人逗得笑声不断。这个男人就很招人待见，尤其是招女人待见。他的生意就很好。本来不准备刷墙、糊顶棚的，也把他叫到家里，刷刷墙，给顶棚翻翻新。墙重新刷白了，顶棚翻了新，家里立刻就亮堂了许多。屋里一亮堂，心里就亮堂，心里一亮堂，日子就过得有了滋味。

地瓜的媳妇，老头婶子，尤其喜欢听这个糊顶棚的男人说笑话，讲故事。他们家的墙壁本来可刷可不刷，顶棚可糊可不糊，她还是坚持把这个男人叫到家里，把几间屋子里的墙壁都刷了一次白，顶棚都翻了一次新。这样，这个男人就在他们家待了三天。三天里，地瓜家充满了笑声。笑声一阵一阵地从地瓜家响起，跑出门外。当然，笑声最大，最长久的，不是地瓜，也不是地瓜的三个孩子，是地瓜的媳妇，我的老头婶子。老头婶子说她从来没有这么笑过，没有这么开心过。虽然干了三天，却只收了地瓜两天半的钱，地瓜很高兴，觉得自己占了便宜。

在谁家刷墙、糊顶棚就住在谁家。这个男人要求不高，在堆放杂物的房间里铺条褥子就行。饭菜也是干到哪家哪家管，平常饭就行。农村人都好客，很少有让手艺人睡在放杂物的屋子里的。农村人家里的房子多，宽敞的屋子也多，干净的被褥也多，手艺人住得就比较舒适。能重新刷墙、糊顶棚的人家日子也都不错，所以每家晚饭时都会上酒。有了酒，糊顶棚的男人话更多了，其他人的笑声也就更多了。

刷墙、糊顶棚的，在地瓜家干完，又干了两家还是三家，总之，一共在我们村里待了二十六天。二十六天以后，这个男人离开了我们村，谁也没有想到，他走的时候，把地瓜的媳妇，我的老头婶子也给带走了。也就是说，老头婶子，跟着糊顶棚的，跑了。

那么一个不言不语的女人，和地瓜百百结婚十五年的女人，有了三个孩子的女人，怎么会和一个糊顶棚的男人跑了呢？太不可思议了。走的时候，老头婶子还给家里留了一张字条儿，说：我和老胡（刷墙、糊顶棚的男人姓胡，村里人都叫他老胡）走了，不回来了，别找我，你们也找不着我。王秀芝。某年某月某日。

村里人，包括地瓜百百，这才想起她叫王秀芝。大家早就忘了她的名字，地瓜叫她"嘿"，村里人叫她"老头"，我们叫她"老头婶子"。

老头婶子在字条儿上说不让找她，可地瓜怎么会不找她呢？媳妇跟着一个糊顶棚的跑了，奇耻大辱呀！为什么别人的媳妇没跑，偏偏是他的媳妇跑了，地瓜为这个生了一阵子气，很快就不生气了。他开始着急上火了，没有了媳妇，以后的日子怎么过，三个孩子怎么养？她是被人拐跑的，一定要把她找回来！地瓜终于想明白了，想明白自己该干什么了，找媳妇！

地瓜找媳妇，一口气找了三年。先是发动亲戚、乡亲一块儿帮着找，时间一长，就只剩他一个人在外面找了。河南、河北、内蒙古、山东、山西，地瓜大海捞针一样四处乱撞，终于在一天晚上，突发脑出血，晕倒在了山西一个小县城的火车站上。

村里派人把他接回来后，他已经行动不便，说话也口齿不清，而且口水涟涟了。好在地瓜的儿子已经成人，他经常用小车推着父亲，到村口张望。地瓜希望媳妇有一天能重新回到他的家里。可是，老头婶子一直杳无音信。

投水

我没见过我的爷爷。因为我出生的时候，他已经长眠于地下了。1964年4月，月初的一天中午，冰雪已经融化，乍暖还寒，我爷爷在村西的大水坑前站了一会儿，就投水自尽了。1965年2月，我呱呱坠地，来到了这个神鬼莫测的人世，开始了我的不平静、不平凡、不平常的人生。

我很想知道爷爷长得什么样，可家里连他的一张照片也没有。父亲说老家原来有他的一张画像，后来也找不着了。父亲说，我爷爷的个子要比我高，一米八几的个头儿，腰板挺直，不苟言笑。

爷爷是个能干的庄稼人，会过日子。他勒紧裤腰带也要供他的孩子们读书。挂在他嘴边的话就是"书中自有黄金屋"。但他的儿女中没有一个因读书出息了的。只有他那个最老实的儿子，我的父亲，后来做了乡村小学教师，一直到退休，也没有什么起色。

除了我父亲，爷爷还有四个闺女。爷爷虽然只有我父亲一个儿子，因为他太老实软弱，甚至有点儿窝囊，所以并不得宠。

爷爷的二女儿，我的二姑，读书最多，读到高中，在当时的农村很了不得。人也长得漂亮。于是就有很多人追她，想讨她做老婆。

没想到我们村中一个大户，武氏家族的一位男子，也相中了我二姑。当时武氏在我们村掌权，有势力。这位武某人天天找我爷爷，想娶我二姑。爷爷不同意，嫌武某人是个驴脾气，觉得他和自己的闺女实在不般配。武某人天天来，不走，好话说了很多。爷爷仍不同意。后来武某人就火啦。

武说："摆在你面前的，是两口锅。一锅肉包子，一锅手榴弹。你要是给我你的闺女，我献上一锅热气腾腾的肉包子，管你一辈子吃好喝好。不答应，就给你一锅手榴弹。"

爷爷一指房门，喝道："滚！"

武某人说话算话。不久，就纠集一些人，把中农成分的爷爷，变成了富农。很快就要开批斗会，批斗我的爷爷。

一辈子都挺着腰板过日子的爷爷，不愿弯着腰被人羞辱。为了那一点点气节，投水自尽了。据说，在给我爷爷出殡的时候我父亲痛不欲生，身子都哭软了，摔盆的时候，摔了两次都没有摔碎。母亲气急，上前，一脚将那个丢人现眼的瓦盆踩个粉碎。从这件事上，就能看出父亲和母亲截然不同的性格，也就注定了父亲一辈子要受母亲的欺负。

爷爷自绝于人民，奶奶倒霉了。村里人开始批斗奶奶，在她的脖子上挂一根细铁丝，铁丝上吊着七块方砖，低头认罪。还有人用木棍打她的背。除夕夜里，她仍抱着大扫帚，扫大街上的雪。村街很长，大雪纷飞，她默默地扫着。家家都在放鞭炮。她停下来听听，想想，然后弯腰继续往前扫。

爷爷自杀后，父亲也遭了殃。挨整，批斗，被关在一间黑暗潮湿的小屋子里。又冷，又饿，没人去看他，处境艰难。那时候母亲正坐在炕头上，给她的儿子们讲述父亲在外面寻欢作乐、乱搞女人的故事。当然都是一些虚构的故事，就像我后来虚构的一些小说。

后来父亲继续教书，为人师表。他刚喘过气来，便下了决心，为他的父亲、我的爷爷的含冤自杀鸣不平，告状。

父亲天天晚上写状纸，一式几份，投送四面八方。县里、市里、中央，所有执法部门都收到过父亲的状纸，又都原封不动地退了回来。这有点像后来我的投稿。到处投送，又纷纷退回。里面夹一张"谢谢信任，继续支持"诸如此类的话。

很多人劝父亲甭写了，没用。父亲不听，他固执地认为总会有人为他撑腰做主，为爷爷昭雪平反。这也有点像我写作，相信自己一定会成为文豪什么的。

写状纸投送不管事，父亲便利用寒暑假亲自去上访上告。他一双脚不知踢破了多少政府和执法部门的门槛。冷面孔热面孔，父亲见得太多了。但他不灰心。这样，差旅费无处报销，给我们这个本来困难的家庭带来了很大的负担。父亲什么事都怕母亲，唯独这件事，不论母亲怎么劝、说、闹，他都不放在眼里。

父亲每次在告状信上诉说完爷爷被人陷害含冤而死的经过后，都要在信后写上"我还有五个儿子"以及他们的姓名、年龄和工作学习的地方。他之所以要一次次郑重其事地把"我还有五个儿子"用力地写在告状信的结尾，好像是告诫对方，你们不能小看我，不能置我的状词于不顾，我告不出个结果，我的儿子们会接过来继续告下去，儿子不行有孙子，子子孙孙永无休止，好比愚公移山。

其实，儿子们对父亲下定决心干下去的事情并不感兴趣，这让他失望。即使儿子们继承了他那未竟的"事业"，最终又能怎样呢？

告了二十多年，仍没告出个所以然。

1989年，我从一个乡村小学调到了县监察局，也算是执法部门吧。干那种抄抄写写相当于秘书的差事。父亲的腰突然就挺了起来，他很可笑地找到村干部家，说："我劝你识时务，抓紧时间给我们家平反！我儿子现在执法了！"说罢，扭头就走。把那个村干部弄得愣了半天。

接着父亲来找我，毕恭毕敬地呈给我一份状纸。我接过一看，眼泪就涌了上来。我劝父亲别告了，没有一点儿用，现在不讲家庭成分了，过去是"地主"也没关系了。回家吧。把精力用在别处，比如钓钓鱼、下下棋、读读书、练练字不好吗？

父亲很失望地走了。儿子再不给他做主，那他就真的告不出个所以然了。

父亲当了一辈子小学教师，干得不错，得过很多奖状。对待工作非常负责。他的毛笔字也写得不错，工整大方，和他人一样规矩老实，识字不多的村里人就认这字，每年春节，大半个村子的院门上都是他的字。

2008年3月，父亲去世，享年七十六岁。父亲比母亲大七岁，母亲病逝于2014年1月，享年也是七十六岁。活着的时候，他们打闹了一辈子，是不幸婚姻的典范，但愿他们在另一个世界能够和睦相处。

附

华夏主要作品及出处

长篇小说

《一场虚惊》（《小说月报·原创版长篇专号》2008年第2期）

中篇小说

《黄峪口》（《十月》1994年第6期）

《那些日子让人头疼》（《十月》1996年第3期）

《给你一个机会》（《小说》1996年第3期）

《和你开个玩笑》（《青春》1996年第3期）

《王跃进的一生》（《十月》1999年第3期）

《李艳萍的故事》（《青年文学》1999年第7期）

《安楠的爱情》（《小说家》2001年第1期）

《花儿》（《天津文学》1999年第1期）

《情人节的傍晚下起了雪》（《广州文艺》1999年第4期）

《我的生活空间》（《广州文艺》2000年第4期）

《颠倒》（《青年文学》2000年第12期，转载于《中篇小说选刊》2001年

第3期）

《过着狼狈不堪的生活》（《长江文艺》2000年第12期）

《误入歧途》（《广州文艺》2001年第5期）

《杂种》（《长江文艺》2002年第9期）

《安楠在乡政府》（《青春》2003年第6期）

《虫子的味道》（《青春》2007年第7期）

《我婚姻的样子》（《青春》2008年第9期）

《我叫王熙凤》（《青年文学》2009年第9期下半月刊）

短篇小说

《有人给我来了一封信》（《青年文学》1992年第5期）

《家人及其他》（八篇）（《十月》1992年第6期）

《小学同学》（《北京文学》1992年第8期）

《村人》（两篇）（《青年文学》1993年第5期）

《中学同学》（《青年文学》1994年第1期）

《村人》（三篇）（《十月》1994年第1期）

《哈莫》（《天津文学》1995年第10期）

《吕老师》（《当代人》1996年第2期）

《让我给你一个嘴巴》（《作品》1997年第2期）

《换一种活法儿》（《当代人》1997年第5期）

《武松打虎》（《十月》1997年第6期）

《杀人》（《青年文学》1997年第7期）

《飞翔》（《作品》1997年第9期）

《温故1996》（《当代人》1997年第10期）

《盯梢》（《广州文艺》1998年第7期）

《李铁的爱情》（《作品》1998年第11期）

《没有人代替我疼痛》(《作品》2000年第3期)

《王树的婚姻》(《北京文学》2000年第6期)

《别让我恨你》(《延河》2000年第8期)

《别干傻事》(《延河》2001年第5期)

《土匪李响和人质刘玉秀的故事》(《北京文学》2005年第3期)

《绑票·相好的》(《北京文学》2017年第3期)

报告文学

《立根原在破岩中》(《十月》1991年第6期)

《岔道》(《十月》1993年第1期)

《前线》(《北京文学》2003年第7期)

《给母亲唱歌》(《老人天地》2006年第6期)

散文随笔

《古槐》(《中国青年报》1992年7月15日)

《想起玉米》(《北京日报》1993年3月22日)

《想起麦子》(《中国青年报》1993年4月2日)

《那一年我到外面走了走》(《中国青年报》1993年4月16日)

《遇险》(《中国青年报》1993年7月23日)

《保温杯》(《中国青年报》1994年4月8日)

《那双干净的眼睛》(《光明日报》1995年6月9日)

《母亲回娘家去了》(《北京日报》1995年10月30日)

《送礼》(《光明日报》1995年12月22日)

《请你跳舞》(《光明日报》1996年8月2日)

《我们缺少的是什么》(《光明日报》2002年4月5日)

《鞠躬》（《北京日报》2003年1月17日）

《我最幸福》（《光明日报》2004年2月4日）

《点点红灯映白雪》（《光明日报》2008年2月16日）

《我看〈百家讲坛〉》（《北京日报》2009年2月3日）

《后细瓦厂胡同25号》（《北京日报》2013年8月1日）

《把平淡的日子过得诗意盎然》（《北京日报》2016年4月21日）

《微信群里的诗意生活》（《北京日报》2016年12月1日）

《平凡的生活里总有不期而至的感动》（《北京日报》2017年3月23日）

《是什么如此打动我的心》（《中国文化报》2017年5月11日）

《请你打分》（《北京日报》2017年7月13日）

《我的老师》（《北京日报》2019年9月6日）

《腌一缸酸菜慰乡愁》（《北京日报》2020年2月9日）

《桥》（《散文》1986年第9期）

《雨中》（《散文》1986年第10期）

《同去看海》（《散文》1989年第2期）

《三个人一双眼睛》（《散文》1991年第4期）

《童年的一个雪天》（《散文》1992年第3期）

《到北京去学习》（《美文》2000年第6期）

《一个人被孤立起来是个什么滋味》（《散文》2001年第3期）

《廿五年前的一次大哭》

《我是怎么加入红小兵的》（《天涯》2001年第3期）

《我是如何表达爱意的》（《美文》2001年第11期）

《无照上路》（《美文》2009年第1期）

《7月21日，我经历的北京大到暴雨》（《美文》2012年第12期）

《我们都是朗读者》（《北京文学》2018年第10期）

跋一

吐槽华夏

　　网络上有一个综艺节目，叫《吐槽大会》。最早是郭琪发现的，推荐给了我，我又推荐给了华夏。华夏一看，喜欢得不得了，尤其喜欢李雪琴和王建国，还有李诞和呼兰，他说："没想到还有这么说话的呢，新鲜，过瘾，爽！"

　　这次，华夏要出新书了，他说："我准备让你妈给我写序，刘船、郭琪，你们就给我写跋。题目我都替你们想好了，就叫'吐槽华夏'，参照李雪琴和王建国的风格，好好吐槽吐槽我。不要美化我，怎么砢碜怎么来。"他既然都这么说了，我们也就不客气了。

　　不过，我们俩，一个是他的儿子，一个是他的儿媳妇，也不敢太造次。他毕竟是我们的老爸，为尊者讳，为长者讳，还得顾着他的脸面，要是把他惹翻儿了，吃不了兜着走的还不是我们！

槽点一：夸老婆

　　我没见过像华夏这么能夸老婆的，他老婆就是我妈，郭琪的婆婆。华夏在夸老婆这方面，还真是为所有的男人树立了榜样。我妈叫周翠云，可他在私底下从来不叫她的名字，而是叫她"周美丽"，或者干脆就叫"美丽"，一进家门，第一句话就是："美丽，我回来了！"

　　听着，是不是挺牙碜的？

开始我妈听着也别扭，说："真难听！再说我也不美丽呀！"华夏就说："谁说你不美丽？在我眼里，你是世界上最美丽的女人！"我妈就说："过去我们班上，有个女同学，长得特别寒碜，全班女生数她不好看，可她偏偏叫个王美丽，听起来就像是个笑话。你是不是也想把我叫成个笑话，叫成个讽刺？"华夏就说："你同学那是假美丽，你是真美丽，咱们就是要把这颠倒了的美丽再颠倒过来！"

华夏继续"美丽长美丽短"地叫着我妈，我妈呢，脾气好，性格温和，不计较，时间长了，大家也就习惯了。

我的新婚妻子郭琪，听公公这么叫婆婆，太新鲜了，太有趣了，就跟我说："你也叫我美丽吧，叫我郭美丽。不行，两个美丽地叫着容易叫混了，你干脆就叫我漂亮吧。郭漂亮，怎么样？"我说："呸，别恶心人了！我可不像我爸那么不要脸！"

我虽然这么说，但我打心里觉得我爸这么叫我妈挺好的。我爸叫着高兴，我妈听着高兴，两个人都高兴，家里就幸福美满。我生活其中，多好。我也不是觉得郭琪不漂亮，我要是觉得她不漂亮怎么会娶她呢？我是不能跟我爸这么学，这么邯郸学步、照猫画虎地学，也太笨了，太傻了，太让人笑话了。要学咱也得偷着学，背地里学，取其精华，去其糟粕。精华就是哄女人高兴，糟粕就是太牙碜。

每次吃饭，华夏端起酒杯敬我妈时，都说："谢谢你！谢谢你为我们准备了这么一桌丰盛的饭菜，谢谢你给了我这么幸福的生活！我敬你，干了！"我妈开始听着也别扭，说："别练贫了，多做点儿家务，帮我分担分担，比说多少漂亮话儿都强！"后来，听得多了，我妈就习惯了，不觉得别扭了，感觉挺受用。

我妈这么说，并不是说华夏平时不做家务，是个好吃懒做，油嘴滑舌的男人。其实，华夏是个做事非常认真、非常勤快、非常有责任感的男人。除了做饭他很少插手，其他家里的大小事情，都是他在管，他在干。大到房子的几次装修，我上小学六年的每天接送，小到刷碗、擦地、买电买气，以及各种维修，都是这个耍贫嘴的男人在干，可以说是事无巨细，无微不至。

我妈又不傻，华夏要不是这么能干，这么顾家，这么负责，还这么有才，她怎么会对他那么死心塌地、任劳任怨呢？我爸要是不好，我妈能对他这么好吗？

这几年，每次我妈过生日，华夏都在全家人的微信群里，又是献花，又是献爱心，还会说上一堆肉麻的话。别人听着也许觉得好玩儿，我妈单纯呀，感动得直抹眼泪。

有一次，我妈过生日，华夏在微信群里写道："因为爱劳动，所以你美丽；因为爱运动，所以你美丽；因为爱学习，所以你美丽；因为少是非，所以你美丽；因为不计较，所以你美丽；因为心胸大，所以你美丽；因为我爱你，所以你美丽！……"

还有几个"因为……所以……"，我记不住了，我说："你这么夸我妈，不怕别人多心、别扭，甚至反感？"华夏说："你太小瞧家里人的觉悟了，你妈身上好的东西，我就是要大声地说出来，别人身上好的东西也可以大声说出来，大家互相学习嘛！这才是好的家风。"

我和郭琪结婚的时候，华夏致辞，让我们记住三个成语、四句家常话、一副对联。三个成语是琴瑟和鸣、相濡以沫、比翼齐飞，四句家常话是做家务，下厨房，说谢谢，夸对方，一副对联是黄金无种偏生书香门第，丹桂有根独长勤俭之家。

其中，说谢谢，夸对方，应该是他们夫妻和谐相处的秘籍吧。

槽点二：吹儿子

老子疼儿子，看哪儿都顺眼，人之常情。华夏却做得有点儿过。他不仅嘴上说，还把儿子写成文字，弄成文章，到处发表。甚至，还出了一本书，书名就叫《刘船词典》。听说过《康熙字典》《新华字典》《成语词典》，这些都是工具书，人手必备，他倒好，整出一本《刘船词典》，遇见熟人，签名就送，也不管人家喜不喜欢，爱不爱看。

每次说到儿子，他就眉飞色舞、滔滔不绝。我本来就是个平常人，小时候是个平常的孩子，长大了是个平常的青年，相貌平平，资质平平。到了他嘴里，嘿，我立刻变成了神童、天才、国家栋梁、人中龙凤。

他在饭桌上说，办公室里说，大街上遇见熟人也说，甚至遇见爱说话的陌生人也和人家说。人家就像听相声，跟着乐，有的人正一脑门子官司，一肚子牢骚，就不爱听，就说他"真敢下嘴"。

小时候，我和他去饭馆吃饭，每次结账的时候，他都会把人家服务员叫过来，说："来，我给你介绍一个小明星。"说着，指着我，问人家服务员："这孩子你认识吗？"服务员也逗，捧哏一样回道："恕俺眼拙，您给介绍介绍？"这下，华夏可就来劲了，撸起袖子，说："嘿，那今儿你可是逮着了！这孩子，他可了不起！"

他正在往下说，我已经臊得不行了，撒丫子跑到门外去了。他怕我被车子碰了，赶紧结账，追出来。站在大街上，我们父子开怀大笑。他问我"好玩儿不？"我说"好玩儿"！

我上学时也贪玩儿，也淘气，也有惹老师不待见的时候，特别是初中时喜欢踢足球，高中时喜欢打篮球，成绩时有起伏，有时起伏得还挺大，老师坐不住了，以为天要塌了，就找家长。有两个班主任为这事儿找过华夏，老师因为负责，因为着急，话就说得有点儿言过其实，有点儿痛心疾首，好像我成了不良少年，不可救药了。

华夏听着听着，不高兴了，板起脸来，分别把两个班主任给批评了一顿，说："你怎么能这么说孩子呢？你的教育方式有问题！不就是踢个足球嘛，不就是打个篮球嘛，不就是成绩下降了嘛，收收心不就上去了嘛。要多看孩子的优点，多看长处，要多鼓励。你觉得我说得对不对？"

京城的老师，重点学校的老师，个别差劲的，盛气凌人惯了，有时训家长就跟训孙子似的，哪儿见过华夏这样儿的，一下子还真被他给镇住了，态度立刻就转变了，赶紧说："您说得也有道理，我们一定注意！"

下来他们就打听华夏是个什么来头儿，听说是一家大报的记者，就跟我说："你爸爸，还是有点儿水平的，服了！"以后，他们见了华夏依然很客气，华夏也一如既往地尊重他们。我呢，赶紧收心，成绩又上去了。老师对我又重燃希望之火。如果不是涉及儿子，华夏不这样。我知道，如果老师不改变态度，他还有更难听的呢，贬低他行，贬低他儿子那可不行。

过后，我还跟老师解释呢，我说："我爸就那样，没素质，甭理他。"老师意味深长地看着我，笑了。

去年我结婚，华夏又开始炫耀儿媳妇，说："我儿媳妇不简单，老家是保定唐县，那可是一块宝地、贵地。尧帝你知道吧？'唐尧虞舜夏商周'里的那个尧帝，唐县是他的故里。那是华夏民族的发祥地，中华民族的摇篮。我儿媳妇就出生在那块宝地上，她肯定是尧帝的后裔，延续着先贤的血脉。老听说谁谁是贵族出身，要论身份高贵，谁能贵得过尧帝？唐县人民才是真正的贵族呢！我儿媳妇才是贵族出身呢！"

他说："我儿媳妇是英国名校的硕士研究生，在人民大学党委工作，你说得多优秀吧，要是不优秀，也不会看上我儿子；要是不优秀，我儿子也看不上她。"

他也不管别人爱听不爱听，先说痛快了再说。

今年我们有了儿子。儿子还没出生，他就给起好了名字，还四处显摆。他说："我孙子，人还没见着，名字我已经给起好了，小名叫铁锤，是大铁锤，不是小铁锤，是锻造用的铁锤，是打铁用的铁锤。为什么叫铁锤呢？一是为了结实，二是希望他长大后敢于碰硬，什么艰难困苦、妖魔鬼怪、邪门歪道，看我铁锤伺候，砸它个稀巴烂。"

接着他说："大名我给起了四个，备用。男孩儿两个：刘致尧、刘敬尧；女孩儿两个：刘慕尧、刘欣尧。为什么名字里都有个尧字呢？因为他妈是唐县的嘛，唐县是尧帝的故乡嘛。"

5月16日中午，我们的儿子顺利来到人间，遵照爷爷的意思，小名铁锤，大名刘致尧。华夏美了，爷孙俩第一次见面，已经是四天以后，在美满月子中心了。华夏小心翼翼地抱起孙子，感觉又熟悉又陌生。孙子不哭不闹，一脸平静地望着爷爷。以后的漫漫岁月，有这爷俩亲的，闹的。说不定华夏还会整出一本《铁锤词典》呢。

众所周知，十月怀胎，一朝分娩。孕妇在过了"足月"期之后，随时都有可能临盆。郭琪的预产期是 5 月 12 日，听说男婴不少都提前出生，全家都做足了准备。华夏对郭琪说"当初刘船比预产期提前五天出生，所以他比其他孩子更勤快，更懂事，知道体谅妈妈，不在妈妈肚子里赖着，怕她受罪。"医院其他孩子，有比预产期延后的，他说人家是个小懒货。

日子一天天过去，郭琪愈发焦虑。过了预产期也不见动静，她念叨着肚里的孩子也是个小懒货。听到有人这么说他孙子，华夏立马接过话来，说："咱家孩子可不懒，这叫沉得住气，有定力，将来肯定是个干大事儿的。"一听这话，郭琪笑了，着急的情绪也随之消散。

同一件事，因为对象不同，华夏的标准就变了。郭琪笑称老爸是个"双标"，即双重标准，家里人一个标准，外边人一个标准。家里人在他的眼里总是最好的，即使没有那么好，他也会不遗余力地吹捧着，赞美着。

受华夏的影响，我在陪媳妇坐月子时，每当儿子拉完屁屁，我一点儿都闻不到臭，怎么看儿子都比其他孩子亲，都比其他孩子香。我甚至想，我儿子当爹之后，看他的孩子可能也这样儿，这可能就是基因的力量。

槽点三：慢半拍

华夏这人对新事物反应比较迟钝，总是比别人慢半拍。他是单位最后一个使用微信的，当年轻人已经用手机在网上预约打车时，他的手机还只停留在能接听电话、发送短信的功能上。后来，我给他换了一部功能齐全的新手机。经过一段时间的学习研究，他现在不仅可以通过手机买酒，还学会了使用导航、摄影、语音转文字等功能。在不断感慨科技进步的同时，他也意识到自己需要不断融入新事物。

去年疫情期间，我跟华夏一起在家看《乐队的夏天》。作为一个去KTV只会唱《甜蜜蜜》和《南泥湾》的音乐爱好者，这对华夏来说是一个完全陌生的节目。演出嘉宾他一个也不认识，新裤子、南无、痛仰乐队都是第一次听说，对于演奏风格、演奏技巧就更不必多说了。跟文字打交道多年的华夏，看节目有自己的一套方法论。

看综艺节目，他更注重歌词写得好不好，演员与嘉宾沟通的环节是他最爱看的。他喜欢看不同歌手的人生故事，他喜欢看马东跟嘉宾选手耍贫嘴。在看电视节目的过程中，时常蹦出几个新词，他还会问我这些词是什么意思。

有一次我回到家，发现他一个人坐在电视机前又回看《乐队的夏天》。我问："你怎么又看一遍？"他说："新裤子的主唱，你别看他人站没个站相，软塌塌像根面条儿，但是这歌唱得真好！唱得我热泪盈眶。"通过回看，他把《生活因你而火热》反反复复听了好几遍。

现在的华夏还是不会主动接触新事物。吃过一家好吃的饭店之后，他几乎不会再去其他家吃饭；在给汽车安装ETC之前，纵然反复解释如何方便，他也不允许在车上多加一个设备。

有时候我总讽刺他："凭什么你吃老本儿不与时俱进，把头发混白了，你就成权威了，年份越久你越牛，你是茅台啊？"

他听完总会哈哈一笑，然后亲切地说："滚！"

吐槽是门手艺，笑对需要勇气。用吐槽的方式为书写跋，足见华夏的勇气，足见这本书的成色。

华夏的槽点太多了，以后再慢慢吐。既然是跋，怎么也得说几句作品。华夏的作品我看过一些，有的是发表以后看的，有的是发表前看的，因为熟悉作者，熟悉他笔下的故事，感觉就很好，很真实。记得是2015年，我在中新社工作，他给我的邮箱发了几篇散文，我看后回复："刚才认真读完四篇文章，写得非常好。简单而真挚是一种生活态度。人生难免有不顺，但也总会有不期而至的温暖和生生不息的希望。充满正能量，点赞！"

就这么简单的几句话，华夏也拿着四处显摆，显摆完了还问人家："我儿子是不是很有水平？这小子现在虽然只是个副主编，将来肯定是个社长。"

这样的老爸，真是让人哭笑不得，你说他有多不着调！

今年春节，我们一家和几个朋友一块儿吃饭。其间说到他的散文《腌一缸酸菜慰乡愁》，其中一人评价道："婆婆妈妈。"他可能不是贬义。华夏听了，一笑，没反驳，也没解释。我觉得他"婆婆妈妈"的评价是准确的，但我的理解却是褒义的。华夏的散文，好就好在"婆婆妈妈"。古今中外，哪部伟大的作品，又不是好在"婆婆妈妈"呢？

《红楼梦》好不好？好。为什么好？因为它"婆婆妈妈"。《安娜·卡列尼娜》好不好？好。为什么？因为它"婆婆妈妈"。《老人与海》好不好？好。因为它"婆婆妈妈"。《伊豆的舞女》好不好？好。因为它"婆婆妈妈"。华夏的散文好不好？好。为什么好？因为它"婆婆妈妈"。

读懂了"婆婆妈妈"，你才能读懂一部作品的好。写好了"婆婆妈妈"，你才能写出好作品、大作品。否则，你就是一个假把式、假行家、二把刀、半吊子，甚至就是一个冒牌货。

老骥伏枥，志在千里；宝刀在手，笑傲江湖。

华夏加油，老爸加油！

刘船　郭琪

2021年5月28日

我这本书的几个亮点

亮点一：书名很长

本书的书名叫作《平凡的生活里总有不期而至的感动》，十五个字，太长了，如果肺活量不好，一口气都读不下来。如果是个大舌头、结巴嗑子，一口气就更读不下来了。

为什么要叫这么一个书名呢？因为我曾经在《北京日报》上发表过一篇散文，题目叫作《平凡的生活里总有太多的感动》，反响很好，我自己也很喜欢。本来我是想用这个标题做书名的，细想想，这个标题又有点儿别扭。别扭在"总有"和"太多"上，这两个词放在一起，好像有些不满、有些抱怨、有些矛盾，而我在本书里却没有丝毫这方面的意思。

这次出书，犹豫再三，我还是下决心把它改成了现在的样子。这样，一下子就通顺了，也更接近我的本意了。这个书名虽然长了点儿，但生动准确，而且传神。

我自己也很喜欢"不期而至"这个成语，它总让人感觉有些意外、有些惊喜、有些不确定性，就像我们的生活一样。

亮点二：老婆作序

这年头儿，出本书不新鲜；可是，丈夫出书，老婆作序，这事儿就新鲜了。

如果是你出书，你敢让你的老婆写序吗？你敢让她写，她敢写吗？她敢写，能写好吗？写出来了，读者能看吗？

要是能做到皆大欢喜，那肯定就是一段佳话了。

老婆得知我要出这本书，就说："你咋不找个名家写个序，装装门面。"我说："不用，也没有合适的人选。"

我本来是想自己写个序，自序，后来灵机一动，决定让老婆来写这个序。

这个世界上，还有谁比她更了解我、了解我的写作呢？没有了。她在我的鼓励下，终于写出了《我眼中的华夏和他的作品》这样一篇序言。写得非常好，超出了我的预期。

她为什么能写好呢？因为她一直是我创作上的欣赏者、鼓动者和参与者。还有，就是她对我深深的爱。

你可能见过各种各样的序，但你肯定很少或者从来没有见过老婆给丈夫的新书写的序。

因为难得，所以珍贵。

亮点三：儿子作跋

比老婆作序更绝的，是这本书的跋，因为它是我的儿子和儿媳妇写的。

看到老婆的序写得那么好，我又灵机一动，何不让儿子写个跋呢？这个世界上，最了解我的，除了老婆，然后就是儿子了。题目我都替他想好了，就叫《吐槽华夏》。

在儿子四岁的时候，我给他写了一个长篇随笔，题目叫作《刘船词典》，里面讲的都是他的一些趣事儿、糗事儿、尴尬事儿，后来，我还以此为书名出了一本书，让他大名远扬。提起这事儿，他就苦笑。

我想他"报仇"的机会来了，就说："找几个槽点，把我的磕碜事儿也说说。"

他说："你的槽点可太多了，就怕我写了，你不高兴，你一不高兴，就把我写的都改成了你写的。"我说："不会，你放开手脚去写，我一个字都不改。"

几天后，儿子和儿媳妇就把这个跋给写好了。两个人果然出手不凡，稳、准、狠，一点儿都没给我留面子。我看完，感觉脸红、心跳，惊出一身冷汗。

不过，我感触最深的，同样是儿子对我深深的爱。

亮点四：书后有个"附"

这个"附"是"华夏的主要作品及出处"。

这部分对于我本人，还有对我感兴趣的读者，都非常重要。

写作这么多年，我自己都记不清曾经写过哪些作品，更说不清都发在了哪些报刊上。这次我下功夫整理出这份资料性很强的东西，是对我这些年创作上的一个回顾。

我边整理边惊讶：原来我曾在这么多有分量的报刊上，发表过这么多有分量的作品，我真有点儿为自己感到骄傲！

这份成绩单，为我平添了自信，也为我平添了动力。那些对我感兴趣的读者，也可以凭借这份成绩单，对我有一个大致的了解。

亮点五：小故事，大作品

这本书共收入了三十九篇我不同时期创作的散文随笔。这些作品，写的都是发生在我生活中的琐碎小事儿。

我一直以为，能把小事儿写好，写出小事儿里藏着的大道理、大情怀、大味道，就是好作品、大作品。这也是一个好作者应该具备的能力。所幸的是，这本书里的大部分作品都做到了这一点。

这本书里的每段文字仿佛都"沾着泥土、带着露珠、冒着热气"，是活的语言。每篇文章仿佛都散发着泥土的气息、烟火的气息、生活的气息，是接地气儿的作品，值得静心品读。

华夏

2021 年 12 月 2 日